SUR LA ROUTE
DES CROISADES

DU MÊME AUTEUR

Les Jours terribles d'Israël
Seuil, 1974

Les Confettis de l'Empire
Seuil, 1976

Les Années orphelines
Seuil, 1978

Un voyage vers l'Asie
Seuil, 1979
et « Points Actuels » n° A 37

Un voyage en Océanie
Seuil, 1980
et « Points Actuels » n° A 49

L'Ancienne Comédie
Seuil, 1984
et « Points Roman » n° R 479

Le Voyage à Kéren
Arléa, 1988
Prix Roger-Nimier

L'Accent du pays
Seuil, 1990

Le Rendez-vous d'Irkoutsk
Arléa, 1990

La Colline des Anges
(avec Raymond Depardon)
Prix de l'Astrobale
Seuil, 1993

La Route des Croisades
Arléa, 1993

La Trahison des lumières
Seuil, 1995

Jean-Claude Guillebaud

SUR LA ROUTE DES CROISADES

Arléa

ISBN 2-02-024676-7
(ISBN 2-86959-180-2, 1re édition)

Pour Léa, Ariane, Catherine,
celles qui attendaient

Remerciements

Ce long voyage de Clermont-Ferrand à Naplouse, en Cisjordanie, préparé en 1992-1993, a été effectué en mai et juin 1993. Reprenant, huit cent quatre-vingt-dix-sept ans après, la route suivie par la Première Croisade, il concrétisait un très ancien projet. C'est la confiance que m'ont accordée Bruno Frappat, directeur de la rédaction du *Monde* et Robert Solé, rédacteur en chef, qui m'a permis de le mener à bien. Qu'ils en soient très chaleureusement remerciés.

Une partie du texte qu'on lira ici a été publié jour après jour dans *Le Monde*, sous forme de feuilleton, du 19 juillet au 7 août 1993. Les différents chapitres correspondant aux principales étapes ont été sensiblement étoffés et enrichis. D'autres aspects de la Croisade et d'autres étapes ont fait l'objet de développements supplémentaires. J'ai tenu, en outre, à ce que soient reproduits, à titre de documents, les principaux textes concernant les croisades, textes inlassablement signalés mais rarement repris et presque jamais relus comme ils le méritent. On les trouvera donc sous forme d'encadrés clairement distincts du texte principal et replacés à l'intérieur du chapitre concerné.

Je remercie enfin les très nombreux lecteurs du *Monde* – souvent spécialistes de telle ou telle question – qui m'ont écrit après la parution du feuilleton, me permettant ainsi de rectifier quelques erreurs ou d'ajouter au récit des précisions intéressantes. J'ai largement tenu compte de leurs observations.

J.-C. G.

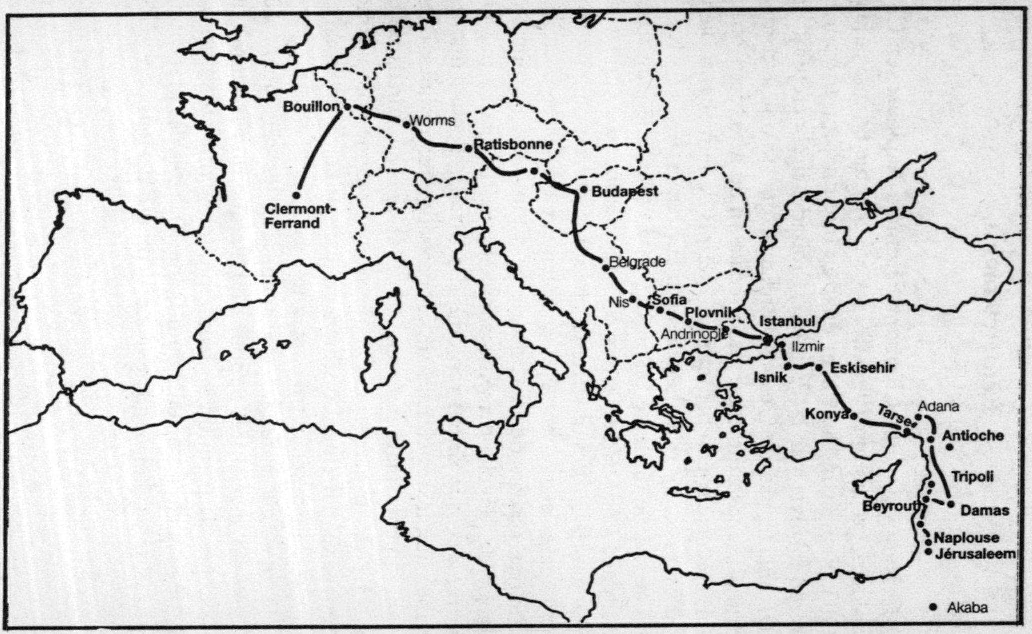
Bouillon
Worms
Ratisbonne
Budapest
Clermont-
Ferrand
Belgrade
Nis
Sofia
Plovnik
Andrinople
Istanbul
Ilzmir
Isnik
Eskisehir
Konya
Tarse
Adana
Antioche
Tripoli
Beyrouth
Damas
Naplouse
Jérusaleem
Akaba

I
Le passé convoqué

Sur cette route inouïe – Constantinople, Antioche, Jérusalem, Akaba... –, on ne part pas innocemment. Ni avec ingénuité. Autant s'expliquer sans détours comme on le faisait, jadis, au chapitre des prolégomènes : « *Où l'on verra l'auteur donner ses raisons...* » Reprendre le chemin des croisades ? Neuf siècles après ? Cheminer le long du Danube, de l'Oronte ou du Jourdain, derrière les escadrons cuirassés de Godefroi de Bouillon ou les pèlerins illuminés de Gautier-sans-Avoir qui chantaient à tue-tête le *Vezilla Regis prodeunt* ? Préparant ce voyage depuis plusieurs mois, j'enregistre des commentaires circonspects ou exagérément gourmands, soupçonneux ou trop empressés. Ils font eux-mêmes partie du sujet.

Car enfin, cette passion spontanée ou cette gêne... Le mot croisade, chargé de connotations embarrassantes, exprime globalement une tentation conquérante. Ou un remords historique qu'il s'agit moins de conjurer que de regarder en face. Popularisé par le pape Urbain II en novembre 1095 au concile de Clermont-Ferrand – *crucesignatus, hiérosolymitains, croisés* – il désigne, depuis près d'un millénaire, cette forme de conviction *absolue*

Les croisades et l'*Encyclopédie*

« Les *Croisades* appauvrirent et dépeuplèrent l'État, auquel elles furent néanmoins très utiles, en l'affermissant sur les ruines de la haute noblesse. Telle est en général la réflexion qui résulte de l'histoire de ces grandes et malheureuses expéditions. Quelque exagérés que paraissent les récits des historiens sur le nombre des *Croisés*, sur leurs victoires, sur leurs défaites et leurs malheurs, il est certain que les *Croisades* produisirent dans le gouvernement et dans les mœurs, une révolution avantageuse à la postérité. Ce que les hauts barons perdirent en puissance fut autant d'ajouté à l'énergie de l'autorité souveraine. La superstition, portée à son comble dans les premières *Croisades*, mais affaiblie en voyant les choses de plus près, cessa de dégrader la religion dans son culte. Enfin les mœurs, liées essentiellement à la constitution de l'État, s'épurèrent quand les premiers seigneurs, obligés de s'abaisser devant leur maître, furent moins exposés aux regards de leurs vassaux et du peuple et cessèrent de les entraîner par le mauvais exemple.

« L'intérêt et la cupidité furent les principaux mobiles qui entraînèrent la plupart de ces seigneurs loin de leur patrie, en leur présentant l'espoir d'augmenter leurs domaines ou d'en acquérir de nouveaux par des conquêtes faciles. Ces conquêtes flattaient à la fois leur ambition et leur amour pour la gloire. Ils partirent, les uns accablés de dettes, les autres abandonnant aux églises et aux monastères des biens qu'ils comptaient regagner au centuple ; mais ils revinrent glorieux et pauvres, chargés de lauriers et dépouillés de leur patrimoine.

« La superstition avait mis à la mode les pèlerinages aux saints lieux ; mais les pèlerins n'étaient guère accueillis par la nation qui tenait alors Jérusalem sous sa puissance. Un prêtre picard nommé Cucupiètre, et connu dans notre histoire sous le nom de Pierre l'Ermite, touché des outrages que les chrétiens essuyaient, conçut l'idée de leur faire conquérir une terre qu'il croyait faite pour eux. Il excita le pape et les souverains à joindre leurs forces pour cette expédition, et il eut la gloire de réussir.

« La ligue fut résolue en 1095, au concile de Clermont, où chacun cria d'une voix unanime, *Dieu le volt, Dieu le volt.* Tous ceux qui partirent pour la Terre sainte portaient une croix d'étoffe rouge sur l'épaule droite. L'empressement fut si grand que le nombre de ces premiers croisés monta, dit-on, à plus de dix millions d'âmes, ce qui est tout à fait incroyable. »

(*Encyclopédie méthodique de MM. Diderot et d'Alembert*)

capable de jeter sur le chemin des foules rêveuses. Et casquées.

Sous l'apparat du rassemblement et la séduction de la foi collective – oriflammes déployées, cantiques à pleine voix –, pointent les massacres et les inquisitions à venir. Ceux du XIe siècle, certes, mais tant d'autres également ! Ceux des conquistadores de la Caraïbe ou du Mexique, ceux des répressions coloniales, des Saint-Barthélemy aux tueries de Madagascar ou d'ailleurs, qui procéderont peu ou prou des mêmes certitudes intolérantes. « *On ne pouvait voir sans horreur*, écrira Guillaume de Tyr dès le XIIIe siècle, *cette multitude de morts, ces membres épars jonchant la terre de tous côtés, et ces flots de sang inondant la surface du sol.* » Le mot croisade transporte ainsi avec lui une violence originelle et spécifique (la guerre juste) comme l'orage porte la foudre. Prudents, on ne l'utilise plus guère aujourd'hui qu'en forme de reproche ou bien apprivoisé par l'usage courant et dégradé en raccourci médiatique : croisade contre le tabagisme et *tutti quanti*... En réalité ces trois syllabes, ces expéditions gigantesques et renouvelées continûment pendant trois siècles, *fondent* bel et bien quelque chose de considérable autant qu'ambigu : l'Occident.

Rien de moins.

Les grandes découvertes elles-mêmes – celle de Colomb, qu'on célébra en 1992 dans la pompe – ne furent pas autre chose qu'une démarche « croisadiste », mais basculée vers l'Ouest : convertir les âmes pour Dieu et conquérir les terres pour le roi ! « *Vos Altesses parviendront à convertir à notre Sainte Foi une multitude de peuples*, écrira Colomb au roi d'Espagne, *en gagnant de grandes seigneuries et richesses.* » Colomb avait lu, dit-on, *La Chanson d'Antioche*, de Richard le Pèlerin, rêvait d'alliance avec le grand Khan des Mongols et voulait prendre l'Islam à revers. Symbolique des dates : lorsque Colomb part pour l'Amérique, en 1492, le dernier roi musulman de Grenade vient justement d'être chassé, cette même année, par la *Reconquista* en Espagne. La découverte du Nouveau Monde en 1492 comme prolongement et *continuation* de la prise de Jérusalem en 1099 : la filiation est trop rarement soulignée.

Des traces encore fraîches

Cette Première Croisade quittant la France en août 1096 est donc bien l'organisatrice involontaire de notre deuxième millénaire tout entier. En reprenant cet itinéraire vers le Saint-Sépulcre sur une route de légende tracée jadis par Charlemagne, il faut donc s'interroger sur ce que l'on fait. Rameuter un tel souvenir en 1993, n'est-ce point réintroduire, fût-ce de manière oblique, je ne sais quelle nostalgie de *Reconquista* blanche et chrétienne, relégitimer une espérance, certes, mais aussi une intolérance européenne enracinée très profond ? Car il s'agit bien d'Europe dans cette affaire. « *S'il est au Moyen Age une politique que l'on puisse qualifier d'européenne*, écrit l'historien Jean Richard, *c'est certainement la politique des croisades.* » On y reviendra... Voilà en tout cas un passé qui, tout à la fois, nous définit et nous encombre.

Pourquoi, diable, retourner sur ces traces-là ? Parce qu'elles sont encore plus fraîches qu'on ne l'imagine !

Le passé n'est pas si loin. Deux mots pour le dire. A l'approche de ce « deuxième an mil », celui vers lequel nous avançons avec crainte et confusion, on dirait même que le passé a littéralement changé de statut. « *Une nouvelle étoile*, écrivait en mai 1993 Daniel Lindenberg, *semble être en hausse constante au firmament des grandes valeurs civiques : la mémoire.* » Il est vrai que les plus grands ébranlements de cette fin de siècle, et surtout le grand naufrage communiste, ont dissipé l'illusion selon laquelle « du passé on pouvait faire table rase ». Avec le mur de Berlin, une figure emblématique du XXe siècle s'est effondrée dans la désillusion, celle de « l'homme nouveau » – *El Hombre Nuevo !* – affranchi des fatalités de l'Histoire et présomptueux bâtisseur de l'avenir. Le passé, fantôme dérangeant, cadavre ressuscité, vient de resurgir partout en Europe, proliférant et impérieux. Sous la banquise disloquée, de Bucarest à Moscou et de Dresde à Sarajevo, l'Histoire refait surface et reprend son cours.

On s'avise, en somme, que le passé, plus qu'un avenir redevenu indéchiffrable, gouverne obstinément notre présent. Le passé ? Celui, immédiatement discernable en Europe Centrale, des traités de Versailles et Trianon, par exemple ; celui des Empires ottoman ou austro-hongrois ; celui, chez nous, des Lumières, de la Révolution ou de Vichy. Ce « passé qui ne veut pas passer », comme disent les Allemands, et que l'on questionne à nouveau avec une humble anxiété. Ce passé vers lequel, dangereusement, se retournent les peuples jetés trop vite dans une modernité qui pèche par étourderie amnésique.

Ainsi des événements surgissent, des incendies se rallument en Europe et ailleurs, des forfaits s'accomplissent que seul le passé – même lointain – rend analysables. Celui des croisades serait-il trop archaïque ? Trop reculé vers l'amont occidental ? Certainement pas. Dans ces colères et ces rancunes qui traversent l'actualité comme des frissons de fièvre, d'étranges réminiscences sont perceptibles. Dissimulées derrière les fumées de l'événement, cheminent mille allusions auxquelles on ne prend point garde et qui renvoient explicitement à ce « temps long » des croisades.

Combien veut-on d'exemples ?

Le « commandant » des croisés

Avant de tirer ses coups de revolver sur le pape Jean-Paul II, le 13 mai 1981, sur la place Saint-Pierre de Rome, le Turc Ali Agça s'était expliqué dans une lettre sur ses mobiles : « *J'ai décidé de tuer Jean-Paul II, commandant suprême des croisés.* » Ce n'étaient point là paroles de fou. Le brasier du Proche-Orient, sans cesse rallumé, brûle encore – et principalement – au feu de ce souvenir-là. Pour l'imaginaire musulman, les croisades demeurent la déchirure initiale, la blessure jamais tout à fait cicatrisée et qui légitime encore, aux yeux des plus durs, toutes les formes de *djihâd*. Les principaux dirigeants contemporains du Proche-Orient, de Gamal

Abdel Nasser à Hafez El Assad, en passant par Mohamar Al Kadhaffi ou Saddam Hussein, furent nourris de l'épopée des croisades dont le premier épisode s'acheva, après la bataille de Hattin (en 1187), par l'expulsion des Francs de Jérusalem. L'État d'Israël, assimilé à un nouvel État croisé par la rhétorique baasiste ou islamiste, connaîtra fatalement, répète celle-ci, un sort identique et le monde arabe trouvera tôt ou tard son nouveau Saladin, le *Salah al Din* des chroniques, qui sut unifier l'Islam combattant. Nasser, « socialiste arabe », se compara à Saladin, Assad également. « *Le président syrien,* écrit par exemple l'historien Thierry Bianquin, *a toujours été très imprégné, comme les Israéliens et pour des raisons inverses, de l'histoire des croisades.* »

Plus précisément, on ignore en général au sujet de l'OLP que des trois divisions de l'armée de libération de la Palestine, l'une portait encore le nom de Hattin et l'autre celui de Ain Jalout, deux noms qui renvoient clairement à la déroute du royaume franc. « *On est souvent surpris,* ajoute l'écrivain libanais Amin Maalouf, *de découvrir à quel point l'attitude des Arabes et des musulmans en général à l'égard de l'Occident reste influencée aujourd'hui encore par les événements d'il y a sept siècles.* » Quant aux chrétiens d'Orient, dont le statut précaire fut au centre de l'interminable guerre du Liban, c'est leur alliance « pro-occidentale » avec les États francs qui scella jadis leur isolement. Dans la presse de Beyrouth, comme dans celle de Damas ou de Jérusalem, les références aux croisades sont un quasi-réflexe. On en sous-estime, au-dehors, la puissance symbolique.

Ainsi certains rappels, pourtant assez convenus, furent-ils mal compris chez nous. La hâte avec laquelle, durant la guerre du Golfe de 1991, Saddam Hussein se posa à son tour en nouveau Saladin dressé face à l'Occident ne fit sourire que les oublieux. Dans le petit peuple arabe, dans les médinas de Jordanie ou du Maghreb, la symbolique fut d'autant mieux comprise que Georges Bush, de son côté, invoquait Dieu, la prière et la « guerre juste » pour justifier l'opération *Desert Storm* et l'envoi d'une armada occidentale pour libérer le Koweit. Faisant cela, il répétait sans le savoir, presque mot pour mot, les paroles fameuses du pape Urbain II appelant aux croisades. « *Engagez-vous sans tarder ; que les guerriers arrangent leurs affaires et réunissent ce qui pourvoira à leur dépense... Dieu le veut !* » Délivrer le Saint-Sépulcre d'un côté, libérer les puits de pétrole de l'autre. *In God we trust*, est-il écrit sur les dollars américains. Les croisés eux aussi sollicitaient Dieu et entendaient fonder un « nouvel ordre international »...

Ironie de l'Histoire : même le ralliement, en 1991, de la Syrie à la coalition occidentale reproduisait un cas de figure qui fut celui des XIe et XIIe siècles. Les premiers rois francs de Jérusalem, Baudouin Ier et Baudouin II, firent alliance en effet, *pendant une soixantaine d'années*, avec Damas.

La mémoire orthodoxe

Mais si les rapports entre l'Islam et l'Occident sont encore hantés par le souvenir des royaumes francs de

Jérusalem, d'Édesse, d'Antioche ou de Tripoli, il en va de même des antagonismes, ravivés aujourd'hui, entre les chrétientés latine et orthodoxe. Lorsque éclatèrent au printemps 1991 les premiers combats dans la fédération yougoslave déliquescente, on prêta peu d'attention à un « détail » : la ligne de front entre les deux républiques sécessionnistes et le reste de la Yougoslavie coïncidait exactement avec la ligne de partage de l'an 395, celle que traça l'empereur latin Théodose, entre les deux Empires romains, chacun étant attribué à l'un de ses fils ; ligne devenue la frontière entre le monde orthodoxe (Byzance) et l'univers latin (Rome) ; frontière enfin vers laquelle les armées franques s'étaient justement avancées, durant l'été 1096, à la rencontre des émissaires de l'empereur byzantin. Cette même frontière sépara, par la suite, l'Empire ottoman de celui des Habsbourg.

L'Histoire est têtue.

« *Les Serbes*, écrivait en avril 1993 l'historien François Fejtö, *ne négligent pas de mettre dans leur jeu l'orthodoxie chrétienne en se présentant comme les successeurs des croisés contre l'islamisme qu'ils accusent de viser, à travers les Balkans, ni plus ni moins que la conquête de toute l'Europe.* »

Mais s'ils se posent volontiers en « rempart de la chrétienté » face à l'Islam, les « purificateurs » serbes du président Milosevic convoquent paradoxalement d'autres sortes de souvenirs pour mobiliser la vieille solidarité du monde orthodoxe face aux « papistes » latins qui soutiennent les Croates catholiques. Là encore, les rhétoriques et les propagandes renvoient aux croisades. Début

1993, alors qu'une intervention occidentale en Bosnie était à l'ordre du jour, les artilleurs serbes postés sur les hauteurs de Sarajevo menaçaient volontiers de représailles (par missiles)... le Vatican ! On retrouvait curieusement dans leur bouche, exprimée de façon élémentaire et violente, l'antique rancune orthodoxe à l'endroit des Latins. Or, si le schisme entre Rome et Constantinople (1054) précède d'une quarantaine d'années la Première Croisade, c'est la prise – et le pillage – de Constantinople par les armées franques (1204) qui consomma l'irréparable. L'orthodoxie, débouchant plus tard sur le messianisme russe de la « troisième Rome », se confondit dès lors avec un nationalisme exacerbé qui s'affirma *contre* le monde latin.

Aujourd'hui, la dislocation de l'URSS et le réveil du « chauvinisme grand-russe » viennent de rappeler aux Occidentaux incrédules que cette blessure, elle non plus, n'est pas refermée. L'irréductible hostilité panslave et orthodoxe qui s'exprime dans les milieux slavophiles de Russie s'appuie volontiers sur le souvenir des « horreurs perpétrées par les Latins à Constantinople » au début du XIIIe siècle. En rejetant la « démocratie importée du dehors », en récusant le modèle occidental dont s'inspire Boris Eltsine, en rameutant la spécificité de la sainte Russie, c'est aussi le vieux discours antilatin que l'on réactive. Quiconque voyage un peu en Sibérie ou sur la Volga ne s'étonne plus de réentendre ces sortes de fulminations dans la bouche d'un pope *de base*.

Mieux encore. Un pays comme la Grèce, membre à part entière de l'Europe des douze, se trouve insensiblement ramené vers l'Est et les Balkans par les vieilles solidarités orthodoxes, réveillées après la chute de l'Empire soviétique et l'éclatement de l'ex-Yougoslavie. « Nos peuples, déclarait au printemps 1993 le Premier ministre grec au sujet des Serbes, sont amis depuis des générations. Nous avons certainement plus de sympathie pour les Serbes que vous pour les Allemands. » Mais qu'est-ce donc que cette « sympathie » ancienne sinon l'appartenance commune à un univers orthodoxe demeuré rétif à la suprématie catholique et protestante ?

Ainsi, dans l'Europe de cette fin de siècle, des failles s'ouvrent à nouveau, des discordances réapparaissent que l'on croyait « *définitivement enfouies dans les placards de l'Histoire* », pour reprendre l'expression incrédule du grand quotidien allemand de Munich, le *Süddeutsche Zeitung*. C'est bien au grand schisme du XIe siècle et au divorce – définitif – qui suivit le sac de Constantinople que renvoient explicitement ces *stupéfiants* archaïsmes.

Il est vrai que le monde orthodoxe n'a guère apprécié le triomphalisme évangélisateur qui fut celui du Vatican après la chute du communisme. Face à une formidable « demande » spirituelle s'exprimant de Moscou à Vladivostok et de Saint-Petersbourg à Kiev, devant ces foules innombrables envahissant à nouveau les églises, en quête de certitudes et de repères, le clergé orthodoxe, usé par soixante-quinze ans de persécutions – ou, parfois, de compromissions –, se trouvait en position de faiblesse. Le zèle catholique, notamment celui des évêques polonais, la maladresse avec laquelle fut réveillée la délicate question des uniates d'Ukraine, tout cela contribua aux mêmes crispations. Elles renvoient aux ambiguïtés qui, voici près de mille ans, présidaient déjà aux rapports entre Grégoire VII ou Urbain II et les empereurs de Constantinople.

Douterait-on encore de l'actualité des croisades ?

Certes, non. A un détail près. Leur souvenir est non seulement revisité sans relâche, mais il est également falsifié, sélectionné, *instrumentalisé*. Dans un camp comme dans l'autre ; chez nous comme ailleurs. « *Il faut beaucoup de courage*, m'écrivait Roger Deladrière, l'un des meilleurs spécialistes de l'Islam, *pour entreprendre de remettre de l'ordre dans un domaine où a joué à plein la falsification de l'Histoire.* » Les leaders arabes d'aujourd'hui, dressés contre Israël, oublient volontiers que les juifs furent pendant deux siècles leurs alliés contre les Francs et que le philosophe juif Maïmonide, pour ne citer que lui, fut médecin à la cour de... Saladin. Les orthodoxes négligent la responsabilité particulière d'Alexis Comnène, empereur de Byzance, dans l'inspiration et le ravitaillement des Francs. Les chrétiens *croisadistes*, rêvant d'une nouvelle Europe catholique et perpétuant une vision sulpicienne des croisades, passent volontiers sous silence les massacres et les pogroms dont elles furent jalonnées. Quant aux historiens laïcs et hypercritiques, héritiers des sarcasmes des encyclopédistes (Diderot en tête), ils demeurent fâcheusement imperméables à la *sincérité* messianique bouleversante des premiers croisés.

Cette mémoire qui revient hanter notre présent n'est donc pas une donnée inerte. Neuf siècles après, c'est encore un enjeu. Et il est à vif. C'est aussi un immense territoire qu'il s'agit de parcourir et reparcourir avec le dessein têtu, comme l'écrit Pierre Vidal-Naquet dans *Les Assassins de la mémoire*, de « *séparer le faux du vrai* ». Est-il d'autres manières de lutter contre les perfidies souvent menteuses du souvenir ?

Partons !

II

Clermont-Ferrand : le temps des cathédrales

C'est ici !

Les retraités qui chuchotent sur les bancs de la place de la Victoire comprendraient-ils mon léger trouble ? Savent-ils seulement ? La statue qui coiffe aujourd'hui la fontaine des Croisades, à Clermont-Ferrand, ne porte aucune mention, ni plaque de bronze, ni prière gravée dans le roc. Ce clerc à la crosse dressée vers la cathédrale noire en lave de Volvic, c'est le pape Urbain II qui vint ici, en novembre 1095, prêcher la Première Croisade devant treize archevêques et deux cent vingt-cinq évêques réunis en concile, quatre centaines d'abbés et quelques milliers de laïcs. Un « appel » aux formidables conséquences dont l'écho, dans toute l'Europe médiévale, de la Scandinavie à la Sicile normande, de la Basse-Lotharingie au pays occitan, stupéfia son auteur lui-même. *Deus lo volt !* (Dieu le veut !) L'un des plus étonnants « phénomènes médiatiques » de tous les temps, en quelque sorte.

C'est ici !

La place de la Victoire et la cathédrale dédiée à Notre-Dame sont au centre du vieux Clermont, ce secteur piétonnier aux venelles emmêlées en attente de ravalement, ce cœur historique qu'entourait jadis « l'enceinte aux cinq portes » et qui couronne la butte où naquit la ville. Bien des Clermontois ignorent aujourd'hui quel est ce prélat anonyme, campé sur son socle, et combien son rôle fut prodigieux. Ce n'est point par hasard. Le souvenir des croisades n'est pas anodin.

La statue non plus.

Érigée en 1895-98 par Gourgouillon et Jean-Baptiste Teillard, architecte municipal, à l'occasion du huitième centenaire de la Première Croisade, elle déclencha en ce XIXe siècle finissant de mémorables polémiques. Dans cette capitale de l'Auvergne, de tradition laïque et radicale, il faut dire que ce huitième centenaire tombait mal : en pleine lutte anticléricale, au tout début de l'affaire Dreyfus (le capitaine juif fut dégradé en janvier de cette même année), alors même que les pieuses célébrations catholiques, de leur côté, ne s'embarrassaient point de nuances ni d'ouvertures progressistes. (Qu'on se souvienne de ce qu'écrivait à l'époque le journal des Jésuites, la *Civiltá cattolica*...) Les républicains de la ville s'étranglèrent de fureur. Magnifier un pape combattant ! Honorer les croisades ! On en vint presque aux mains. Une fois le pugilat consommé, après que *Le Moniteur du Puy de Dôme*, journal républicain anticlérical, et *La Croix d'Auvergne*, organe catholique (les deux feuilles concurrentes de l'époque), en eurent répercuté les échos, le monument fut laissé en place. Inachevé, faute de crédits. Il n'empêche. Les vieux Clermontois ne parlent de cet épisode qu'avec un peu de gêne.

A tout prendre, et plutôt que ce pape prêcheur aux initiatives controversées, Clermont-Ferrand préfère honorer benoîtement Vercingétorix, vainqueur très païen de Gergovie, qui exhibe depuis 1903 son torse musculeux sur la place de Jaude. Vercingétorix, dont le mythe fut ostensiblement réactivé par Napoléon III. S'il y va de la paix municipale...

Pour le reste, c'est de manière quasi subreptice, en effet, que Clermont assume le rôle historique qui fut le sien au début des croisades. Dans la vieille ville, les rues Pierre-l'Ermite et Godefroi-de-Bouillon sont de modestes ruelles, même si un lycée porte aussi ce dernier nom. Dans le musée des beaux-arts, on peut voir une monumentale peinture d'Alexandre Dunony qui fut commandée par Louis XVIII en 1819 et représente Pierre l'Ermite prêchant la Croisade dans les montagnes d'Auvergne. C'est à peu près tout. Et rares sont les Clermontois qui savent que la ville porte encore dans ses armoiries la croix rouge des croisés.

Providence du voyageur : une rumeur me rejoint soudain sur la place de la Victoire qui n'est qu'à portée de voix des usines Michelin en pleine réduction d'effectifs, une rumeur de cantiques et de prières. La surprise est assez forte pour qu'on sursaute en se frottant les yeux. Le pugilat auvergnat reprendrait-il autour d'Urbain II ? Une nouvelle croisade serait-elle en partance ? Non. Juste une coïncidence de date : comme chaque année, la procession de Notre-Dame-du-Port rassemble quelques milliers de fidèles derrière une madone noire en majesté que les ouvriers polonais de chez Michelin assimilaient, avant guerre, à la Vierge noire de Czestochowa. Je me mêle au cortège de scouts et de quidams auvergnats qui, lentement, gravement, descend bientôt la rue Pascal.

C'est un dimanche de printemps. Des affiches collées sur les porches annoncent un concert de Vanessa Paradis. Vers le sud, sur les monts d'Auvergne, cavalent les ombres de quelques nuages. La foule reprend les cantiques avec une ferveur manifeste. Cette « procession du Port » rassemblait autrefois toute l'Auvergne, ou presque. Nous ne sommes plus aujourd'hui que trois ou quatre mille à cheminer dans ces ruelles en pente, sonorisées par l'évêché. Passé l'église romane dédiée à Notre-Dame-du-Port, je quitte la procession pour déboucher sur la place Delille. Et m'y asseoir solitairement.

J'ai mes raisons.

Un secret bien gardé

Qu'on imagine un peu...

Transportons-nous à ce même endroit, neuf siècles plus tôt, le 27 novembre 1095. Au-delà de la place Delille, qu'on appelle alors le Champ-Herm et qui marque les limites nord de la cité, s'étend un paysage imprécis de talus herbeux et de chemins creux où s'est assemblée une foule énorme qui grelotte sous le ciel de novembre. On a dressé, hors les murs, une estrade de madriers pour le pontife et ses prélats, parmi lesquels Adhémar de Monteil, évêque du Puy, qui sera bientôt désigné comme chef spirituel de la Croisade. La cathédrale, où s'est tenu le concile proprement dit, n'aurait pas suffi à contenir les milliers d'hommes et de femmes convoqués par la rumeur dans cette « cité des Arvernes » déjà fameuse pour ses pèlerinages. En 1096, il est vrai, la seule ville de Clermont compte cinquante-quatre églises...

Calcul publicitaire ou prudence politique ? Urbain II, dit-on, a gardé le secret le plus absolu sur l'appel qu'il s'apprête à lancer du haut de cette modeste estrade. Le concile convoqué à Clermont s'est consacré jusqu'alors à des questions liturgiques et disciplinaires dont l'une au moins n'allait pas sans témérité : l'excommunication pour bigamie du roi de France, Philippe Ier, coupable d'avoir conquis – et enlevé – l'épouse de son rival, le duc d'Anjou. Ce secret, cet *embargo* dirait-on maintenant, maintenu par le pape sur l'essentiel de ce qu'il doit dire, ne comptera pas pour rien dans l'effet de surprise qui va littéralement électriser toute la Chrétienté.

Ce pape-là, il est vrai, n'est pas un prédicateur ordinaire, ni l'un de ces mystiques illuminés que décrit la légende. De son vrai nom Eudes de Chatillon, originaire de Champagne, c'est un pape français, et la chose est exceptionnelle. Mais c'est surtout ce qu'on appellerait en 1993 un intellectuel. Ancien disciple du grand pape réformateur Grégoire VII, ancien moine érudit de la puissante abbaye de Cluny (deux mille abbayes filles !), Urbain II a inscrit son pontificat dans la logique de la réforme grégorienne qui vise – notamment – à restaurer l'autorité de l'Église contre les empiétements et les abus de la féodalité. Un pape « de gauche », en somme...

Et pacifiste, de surcroît ! En imposant peu à peu aux seigneurs féodaux la trêve de Dieu et la paix de Dieu, Rome entend limiter la dévastation des guerres privées et des chamailleries meurtrières qui opposent ces chevaliers au sang vif et aux manières brusques. On devine ce que déjà, en son for intérieur, il se répète : « Ah, ils aiment se battre ! » « *Canaliser la violence, la diriger contre les infidèles, la faire servir à une juste cause,* écrira Jacques Le Goff au sujet de cet appel, *restait plus que jamais un souci majeur.* » Et tout l'art d'Urbain II sera d'associer maintenant cette puissante aspiration au salut, très répandue dans la noblesse, au mythe de Jérusalem.

A voix forcée, pour se faire entendre de la foule, dans une langue romane simplifiée par les nécessités oratoires, Urbain II commence à parler. Les chroniqueurs ont retenu, dans le détail, une version assez fiable de son prêche. Le pape évoque les persécutions dont sont victimes, en Terre sainte, les pèlerins qui s'y rendent quelquefois par milliers. Persécutions aggravées, au début du XIe siècle, par le khalife fâtimide Al Hakim bj'Amr Allah, une sorte de Néron musulman qui alla jusqu'à raser le Saint-Sépulcre. Ces persécutions ne sont pas tout à fait imaginaires, comme le prétendront, ultérieurement, certains historiens laïcs. En 1064 par exemple, les sept mille pèlerins conduits par Gunther, évêque de Bamberg, ont été attaqués par les Bédouins. Refusant de se défendre, des centaines d'entre eux ont été exterminés. Ces persécutions se sont d'ailleurs renouvelées depuis la conquête de Jérusalem par les Turcs seldjoukides du général Atsiz, en 1071, qui, sans états d'âme, ont massacré une partie des habitants.

Pour un homme du XIe siècle, cette souillure des Lieux saints est un désastre eschatologique qui touche au cœur même de la Chrétienté. Dans la mémoire chrétienne, il rameute de très anciens et très sombres souvenirs : ceux de ce funeste VIIe siècle au cours duquel les Perses du roi Chosroès Parviz avaient envahi la Terre sainte (614), détruisant les églises et pillant le Saint-Sépulcre de Jérusalem avant d'être chassés par l'empereur Héraclius. Imaginons ce que serait aujourd'hui la réaction de l'Islam si l'on annonçait l'occupation brutale de La Mecque et la destruction de la Ka'aba par un régiments de *marines* ou une division de Tsahal... L'auteur de *La Chanson d'Antioche*, Richard le Pèlerin, trouvère des Flandres, dans le truculent parler de l'époque, désignera l'horreur du scandale dans un vers brutal :

Jherusalem ont pris la pute gent haïe !

Urbain II s'emporte. Il évoque explicitement un sujet plus grave encore : les menaces qui planent sur l'Empire chrétien de Constantinople (*Vos frères d'Orient*) depuis que l'empereur byzantin, ayant perdu, en 1071, la bataille de Manzikert (ou Malâzgerd), a été refoulé de l'Orient qu'il occupait et se trouve quasiment assiégé par les Turcs seldjoukides à deux pas du Bosphore. L'empereur de Byzance, assure le pape, adjure les chrétiens d'Occident de venir à son secours. « *Si vous laissez à présent* [les Turcs et les Arabes] *sans résister, ils vont étendre leur vague plus largement sur beaucoup de fidèles serviteurs de Dieu. C'est pourquoi je vous prie et vous exhorte – et non pas moi, mais le Seigneur vous prie et vous exhorte comme hérauts du Christ – de vous hâter de chasser cette vile engeance des régions habitées par nos frères.* »

Le pape promet ensuite la remise des péchés « *sur l'heure* », à ceux qui perdraient leur vie pendant le voyage ou « *dans la bataille contre les païens* ». Il exhorte enfin les chevaliers batailleurs et ceux qui ont été « *mercenaires en échange de gages sordides* » à s'engager immédiatement au service du Christ. Faisant cela, il fonde une institution qui ne sera pas pour rien – quatre siècles plus tard – dans la Réforme luthérienne : les indulgences. Puis il jette cette exclamation fameuse que la foule va bientôt reprendre et qui, répétée de place en place, de décennie en décennie, dans toutes les langues, va faire plusieurs fois le tour de la Chrétienté :

« *Dieu le veut !* »

Commentaire ébahi d'un historien d'aujourd'hui : « *Le génie d'Urbain II fut de proposer à la foule des croisés disons un « mythe » capable de retenir les imaginations. Le pape a inventé un jeu de signes capable de résumer toute une prédication abstraite et de se propager en contagion. Un mot de passe,* Dieu le veut, *un étendard, la croix.* »

En proposant cet étendard de tissu rouge que les croisés coudront sur leurs vêtements, Urbain II ne fait jamais que prendre au pied de la lettre certaines périphrases évangéliques. Notamment celle de Matthieu (16, 24) : « *Si quelqu'un veut venir à ma suite, qu'il se renie lui-même, qu'il se charge de la croix et qu'il me suive.* »

L'appel d'Urbain II

« Il est urgent d'apporter en hâte à vos frères d'Orient l'aide si souvent promise et d'une nécessité si pressante. Les Turcs et les Arabes les ont attaqués et se sont avancés dans le territoire de la Romanie jusqu'à cette partie de la Méditerranée que l'on appelle le Bras de Saint-Georges, et, pénétrant toujours plus avant dans le pays de ces chrétiens, les ont par sept fois vaincus en bataille, en ont tué et fait captifs un grand nombre, ont détruit les églises et dévasté le royaume. Si vous les laissez à présent sans résister, ils vont étendre leur vague plus largement sur beaucoup de fidèles serviteurs de Dieu.

« C'est pourquoi je vous prie et exhorte – et non pas moi, mais le Seigneur vous prie et exhorte comme hérauts du Christ –, les pauvres comme les riches, de vous hâter de chasser cette vile engeance des régions habitées par nos frères et d'apporter une aide opportune aux adorateurs du Christ. Je parle à ceux qui sont présents, je le proclamerai aux absents, mais c'est le Christ qui commande...

« Si ceux qui iront là-bas perdent leur vie pendant le voyage sur terre ou sur mer, ou dans la bataille contre les païens, leurs péchés seront remis en cette heure...

« Que ceux qui étaient auparavant habitués à combattre méchamment, en guerre privée, contre les fidèles, se battent contre les infidèles, et mènent à une fin victorieuse la guerre qui aurait dû être commencée depuis longtemps déjà ; que ceux qui ont été autrefois mercenaires pour des gages sordides gagnent à présent les récompenses éternelles ; que ceux qui se sont épuisés, au détriment à la fois de leur corps et de leur âme, s'efforcent à présent pour une double récompense.

« Qu'ajouterai-je ? D'un côté seront les misérables, de l'autre les riches ; ici les ennemis de Dieu, là ses amis. Engagez-vous sans tarder ; que les guerriers arrangent leurs affaires et réunissent ce qui pourvoira à leurs dépenses ; quand l'hiver finira et que viendra le printemps, qu'ils s'ébranlent allégrement pour reprendre la route sous la conduite du Seigneur. »

(D'après Fouchers de Chartres, *Histoire du pèlerinage des Francs à Jérusalem*)

Pendant neuf siècles, on va débattre et argumenter à l'infini sur tous ces points d'Histoire : la réalité des persécutions antichrétiennes, la véracité des appels au secours venus de Byzance et leur interprétation « disproportionnée », les calculs « politiques » d'Urbain II, etc. Nous y reviendrons. La polémique n'est visiblement pas close. En 1993, on trouve encore, d'un livre à l'autre, les mêmes conflits d'interprétation.

C'est à la foule qu'il faut revenir, à cette foule rassemblée sur le Champ-Herm. Comprendrait-on, faute de cela, l'inimaginable ?

L'état du monde

Voyez ces hommes et ces femmes, ces nobliaux et ces marchands... Des milliers d'entre eux vont bientôt coudre une croix sur leur chemise, ferrer leurs bœufs, installer femmes et enfants sur un chariot et prendre la route. Certains vendront leur terre, donneront leurs biens, céderont leurs échoppes, quitteront village et province... Ils mourront sur les cailloux d'Anatolie ou les chemins de Syrie, et plus souvent qu'à leur tour. Ils le savent. Mais ils partent. D'un seul mouvement. Comment l'expliquer ?

Voilà neuf siècles qu'on s'y essaie.

Michelet lui-même, le grand Michelet, peu suspect de complaisance bigote, laisse percer sa stupéfaction : « *Ce fut un spectacle extraordinaire et comme un renversement du monde. On vit subitement des hommes prendre en dégoût tout ce qu'ils avaient aimé. Leurs riches châteaux, leurs épouses, leurs enfants, ils avaient hâte de tout laisser là....* »

Pourquoi ? Des raisons profanes ont certainement joué : expansion démographique de l'époque, inaction des fils cadets dans les familles nobles, tradition du pèlerinage remontant au IVe siècle – après qu'Hélène, mère de l'empereur Constantin, crut y découvrir la vraie croix et le lieu de la crucifixion –, mais tradition renouvelée au moins sept fois depuis le millième anniversaire (en 1033) de la mort du Christ, etc.

On insistera encore, plus tard, sur les calculs politiques d'Urbain II et quelques motivations inavouables que Diderot énumérera sarcastiquement dans le chapitre Croisade de l'*Encyclopédie* : « *L'intérêt des papes et de plusieurs souverains de l'Europe, la haine des chrétiens pour les musulmans, l'ignorance des laïques, l'autorité des ecclésiastiques, l'avidité des moines, une passion désordonnée pour les armes...* » Cette interprétation, qui donnera le ton pendant plus d'un siècle à l'historiographie des croisades, est à la fois polémique et datée. En outre, elle n'explique pas grand-chose du principal : l'incroyable, l'invraisemblable élan des foules et des chevaliers.

C'est sans doute dans la date elle-même qu'il faut chercher la principale explication.

La date ?

Il faudrait des pages pour resituer – même sommairement – l'extraordinaire « instant » historique que constitue cette période à cheval sur le XIe et le XIIe siècles. Ce lent et formidable moment entre deux millénaires où s'accumule, en Europe, une énergie spirituelle, culturelle et politique sans équivalent.

La terreur des grandes invasions, ce voile noir brusquement jeté pour plusieurs siècles sur l'Empire d'Occident, vient de se dissiper. En Espagne, soumise depuis le VIIIe siècle à l'islam, la *Reconquista* a commencé et les troubadours colportent partout une épopée fabuleuse dont certains croisés feront un refrain de marche : *La Chanson de Roland.* Ce n'est pas tout. Les grandes peurs de l'an mil, ce pressentiment de fin du monde, ces prédictions d'apocalypse et de triomphe de l'Antéchrist, ont reculé avec le changement de millénaire. Dans l'ordre temporel – socio-économique, comme on dirait maintenant – les famines disparaissent, des villes naissent...

Et la Chrétienté s'épanouit. Des abbayes surgissent et rayonnent. Un peu partout, on érige ces défis au sens commun, à la pénurie, à la pesanteur, ces cantiques de pierre et de poutres qui donnent à la France un visage : les cathédrales. Ébloui, le chroniqueur Raoul Glaber évoque dans son *Historiarum sui Temporis,* ce « *blanc manteau d'églises qui recouvre la Chrétienté* ».

Sait-on seulement ce que fut l'emploi du temps d'Urbain II dans les mois qui précèdent et qui suivent son appel de Clermont ? Il inaugure, de ville en ville, des cathédrales qui, pour la plupart, sont encore là aujourd'hui. La basilique de Cluny, la cathédrale de Valence, l'église de Saint-Flour, l'abbatiale Saint-Géraud d'Aurillac, la cathédrale de Maguelone, celle de Nîmes, la collégiale Saint-Sernin à Toulouse. Les autres, toutes les autres, surgiront bientôt, dans les décennies qui viennent : Notre-Dame de Paris, Reims... « *Entre le XIe et le XIIe siècle*, écrit l'historien André Vauchez, *on a plus construit ou reconstruit d'églises en France qu'à aucune autre époque.* »

Les hommes qui bâtissent les cathédrales et ceux qui vont partir vers Jérusalem, ce sont les mêmes. Est-ce assez ?

III

Bouillon (Belgique) : l'Europe en armes

Dans la « salle primitive » de cette forteresse campée au cœur des Ardennes sur une boucle de la rivière Semoy, les hommes rassemblés au milieu du mois d'août 1096 savent que plusieurs armées considérables sont prêtes à partir pour cette Terre sainte où *« coulent le lait et le miel »*. Le pape Urbain II lui-même a fixé la date : ce sera le 15 août, juste après les moissons, lorsque dans toute l'Europe les granges seront pleines et qu'on pourra entasser des provisions sur les chariots et les bêtes de bât.

Huit cent quatre-vingt-treize années plus tard... La « salle primitive » est restée à peu près en l'état. Elle toise de sa hauteur granitique l'ancien duché de Bouillon, aujourd'hui province wallonne de la Belgique. Une vallée mouillée pour chasseurs de sangliers et pêcheurs à la mouche, à deux pas de Sedan. Les touristes flamands ou français, qui visitent aujourd'hui le château étiré sur un promontoire enchâssé dans ce vallon de carte postale, s'arrêtent avec respect devant un monumental Godefroi de pierre, sculpté au siècle dernier et présenté en « tenue de combat ». Ils sont également invités à s'interroger sur le « mystère » de cette croix de bois logée dans une entaille en plein roc et découverte fortuitement en 1962.

Elle date, dit-on, de la Première Croisade mais son rôle et son état de conservation demeurent inexpliqués.

Apocalypse et logistique

Quoi d'étonnant ? Mystères, prodiges, phénomènes singuliers... Tous les récits des croisades ont leur part d'irrationnel. Il serait inconséquent de la négliger. Pendant des siècles, les chroniqueurs les plus vétilleux – et Dieu sait s'il y en eut ! – ont assuré que cette date du 15 août 1096 fut marquée dans la chrétienté par des signes du ciel extravagants. On constata, disent certains, des pluies d'étoiles, des colonnes de feu, des nuages de sang dans le ciel. D'autres notent le départ d'innombrables poissons, de papillons et d'oiseaux. Rien qui puisse étonner outre mesure ces hommes du XIe siècle familiers de l'Apocalypse, des hommes pour qui la Bible est « *un manuel complet de la vie* » (Régine Pernoud), qui apprennent l'alphabet dans les psaumes, et les humanités – les *artes liberales* – avec l'Écriture sainte. Au XIe siècle d'ailleurs, on retraduit et on diffuse l'Ancien Testament qui n'est pas avare en matière de prodiges.

Au sujet de cette croix singulière, le poète bouillonnais Marcel Leroy écrit aujourd'hui avec une sorte de bonheur à mi-mot : « *Le mystère sans doute restera ténébreux longtemps, aussi impénétrable que l'ombre où s'enlisent les couloirs et les souterrains. Et sans doute, cela est-il mieux ainsi.* » Notre deuxième millénaire finissant, autant que le premier, s'accommode assez bien du surnaturel qu'il offre, comme on le sait, en *prime time* à la télévision.

Mais qu'on ne s'y trompe pas ! Ces hommes de guerre, équipés de pied en cap, qui s'apprêtent à partir pour la Terre sainte au milieu de l'été, pour pénétrés qu'ils soient des prophéties, savent allier une inclination pour l'invisible à un sens pratique qui donne encore à réfléchir. Quoi de plus rationnel, en vérité, quoi de mieux organisé, planifié, calculé que l'ébranlement à la date exacte, fixée par le pape, d'un formidable corps expéditionnaire à l'échelle du continent ? (L'historien allemand Delbrück évalue à cent cinq mille combattants ses effectifs, auxquels il faut ajouter la foule des non-combattants.) Quelle FORPRONU, quelle manœuvre de l'OTAN ou de l'UEO eût osé affronter des difficultés logistiques équivalentes ?

Dans un premier temps, ce n'est pas une armée mais quatre qui vont prendre le départ en quelques semaines avec, pour point de ralliement, Constantinople, capitale de l'Empire chrétien d'Orient. Quatre armées réunissant chacune des contingents divers, ne parlant pas la même langue, ne portant pas les mêmes couleurs. A l'extrême sud, ce sont les Normands de Sicile, conduits par Bohémond, prince de Calabre et de Tarente, accompagné par son neveu Tancrède. Bohémond, ce baroudeur, est le fils du Normand Robert Guiscard, conquérant de la Sicile et de l'Italie méridionale. Au sud, en pays provençal et occitan, le puissant Raymond IV de Saint-Gilles, comte de Toulouse et marquis de Provence, a rassemblé ses féaux, ses barons et ses *batailles*. En Ile-de-France, à Pontarlier, se sont retrouvés les hommes d'Hugues de Vermandois, frère du roi Philippe Ier qui vient d'être excommunié, de Robert Courteheuse, fils de Guillaume le Conquérant, et d'Étienne de Blois, son beau-frère.

Enfin, ici, dans les Ardennes, c'est le duc de Basse-Lotharingie, Godefroi de Bouillon, qui sera le premier à partir. Il a convoqué autour de lui l'élite de la chevalerie wallonne, allemande, flamande et française. Godefroi a obtenu le concours de son frère, Baudouin de Boulogne (futur roi de Jérusalem), de son cousin Baudouin du Bourg et de cent autres. Au total, et pour cette seule quatrième armée du nord, plusieurs milliers de cavaliers et trente mille *piétons* se regroupent entre Bouillon et Cologne, d'où ils remonteront le Rhin par d'anciennes voies romaines. A noter qu'aucun souverain régnant ne participe à cette Première Croisade : ni le roi de France, ni celui d'Angleterre, ni l'empereur d'Allemagne. Tous *en délicatesse* avec la papauté depuis le début de la réforme grégorienne. Ils se rattraperont.

Le rassemblement de ces *milites*, l'équipement des chevaliers, le ravitaillement des *piétons* et des milliers de « civils » (y compris des femmes), tout cela a réclamé des sommes énormes. On pourra écrire, plus tard, que la mobilisation – renouvelée – des liquidités nécessaires aux croisades n'est pas pour rien dans la naissance des premiers systèmes bancaires européens. Or ce sont les princes, les barons et chacun de leurs féaux qui, selon les règles codifiées du système féodal, assurent ces dépenses à titre privé. Le seul équipement d'un chevalier wallon, explique-t-on aujourd'hui à Bouillon, coûtait l'équivalent d'une exploitation agricole de taille moyenne. Godefroi de Bouillon, pour sa part, a réalisé l'ensemble de ses biens. Il a carrément donné son duché en gage au prince-évêque de Liège (pour mille trois cents marcs d'argent et trois marcs d'or) ; il a vendu les châteaux de Stenay et du Mouzay à l'évêque de Verdun, et affranchi – contre cent mille écus – les habitants de Metz. Notons enfin que, gratuitement cette fois et pour le salut de son âme, il a donné son château de Ramioul, sur la Meuse, aux chanoines de... Maastricht.

La constitution d'une armée européenne valait bien – déjà ! – quelques amabilités à cette cité néerlandaise que la grande Histoire de l'Europe attend au tournant !

Un chevalier idéal

Si les lourdes armées franques qui partent à la date prévue regroupent des contingents disciplinés et entraînés, leurs chefs sont tous des chevaliers qui ont fait leurs preuves. Jeunes comme le Cid Campéador affrontant les Maures, ils ne sont point novices. Raymond de Saint-Gilles, dans sa jeunesse, a déjà répondu à un appel du pape pour aller combattre les Sarrasins en Espagne. Bohémond de Tarente s'est mesuré aux armées byzantines d'Alexis Comnène avec lequel il rêve d'en découdre à nouveau. Godefroi de Bouillon, vassal de l'empereur d'Allemagne Henri IV, a combattu à ses côtés contre... le pape Grégoire VII. Il a même participé, en 1080, à la prise de Rome.

Parmi tous ces chefs de guerre, cependant, c'est surtout le plus doux, le plus religieux que l'Histoire retiendra : Godefroi, fils puîné du comte de Boulogne. Lui que les chansons de geste et les poèmes des troubadours magnifieront ; lui que la rumeur populaire transformera au fil des siècles en un mythique descendant du chevalier au cygne. Lui dont la mère, Ide, sera béatifiée.

Pourquoi lui ?

A coup sûr, c'est Godefroi de Bouillon qui correspond le plus exactement à cet idéal de chevalerie qui gouvernera le Moyen Age et dont l'épopée des croisades fera un « héros pieux ». C'est Bernard de Clairvaux, en effet, le saint Bernard de la Deuxième Croisade et de Vézelay, qui sera l'un des théoriciens de cette nouvelle chevalerie à qui il consacrera un traité en forme d'éloge. « *Les chevaliers du Christ*, écrit-il, *mènent avec assurance les combats de leur seigneurs, sans avoir à redouter le moins du monde de commettre un péché en tuant des ennemis, ou d'affronter le risque d'être eux-mêmes tués.* » L'émergence de la chevalerie coïncide d'ailleurs avec l'affaiblissement du pouvoir royal. Les petits seigneurs – les *milites* –, au sommet de la hiérarchie sociale, sont dévoués au métier des armes et subissent dès leur enfance une éducation militaire extraordinairement sévère. Ces hommes, souvent illettrés, partagent un idéal qui exalte le courage, la fidélité et – en principe – le détachement. Or Godefroi a donné ou mis en gage tous ses biens. Son ardeur au combat et son courage sont attestés par les chroniques de l'époque. Il refusera bientôt d'être fait roi de Jérusalem et se contentera du titre d'avoué du Saint-Sépulcre. Il descend de Charlemagne par sa grand-mère maternelle. On le dit chaste, et certains chroniqueurs affirmeront même qu'il mourra vierge (le 18 juillet 1100) à l'âge de trente-neuf ans. Les autres barons qui l'accompagnent n'auront pas tous ces vertus.

Mais ce n'est pas tout. La biographie de Godefroi comporte une part de mystère. Elle laisse subodorer un de ces retournements mystiques qui favorisent la reconstruction légendaire d'un destin. Car enfin ! vassal et allié de l'empereur d'Allemagne contre la papauté de Rome (c'est-à-dire consentant à la nomination des fameux antipapes par Henri IV), ayant pris les armes contre le pontife romain, Godefroi, en se croisant à l'appel d'Urbain II, place subitement sa vie au service de celui-ci. C'est, semble-t-il, qu'il a vécu entre-temps une aventure d'ordre spirituel. En 1080, il est revenu de l'équipée romaine souffrant d'une étrange maladie. Plus tard, il est devenu l'ami du fameux moine prêcheur Pierre l'Ermite, qui sera le chef de la croisade dite populaire. Un de ces grands mouvements de l'âme qui font bifurquer une vie ?

Neuf siècles plus tard, Godefroi n'est pas seulement un héros. C'est un héros belge.

Vraiment ?

L'éditeur de Voltaire

Suzette Clément, conservatrice du musée ducal de Bouillon, est catégorique : c'est parce qu'il était bilingue que Godefroi dirigea la Première Croisade. Le chef des croisés, en somme, serait un précurseur d'une épuisante entreprise jamais aboutie : la paix linguistique entre Belges. On aurait tort de sourire de ce prolongement rétrospectif des querelles entre Flamands et Wallons. Et cela, même si cette vallée invite plus au tourisme facétieux qu'à la grandiloquence médiévale. Cette vallée des Ardennes où Verlaine et Rimbaud, échappés de Charleville qui est à deux pas, venaient déguster les truites de la Semoy (« *Les truites de la Semoy,* écrit Verlaine, rendu guilleret par l'escapade, *dignifiables même saumonées, consommées en toute dilection, en compagnie des bons collègues de ce bon curé, ô les truites de la Semoy !* »)

Bilingue, en effet, Godefroi de Bouillon parlait à la fois le tudesque et le français. Un détail qui n'est pas sans importance lorsqu'on s'apprête à commander une armée formidable et multinationale. Voilà donc Godefroi belge à part entière...

Chaque pays, chaque communauté, chaque terroir puise depuis neuf siècles dans cette épopée de quoi nourrir son identité ou légitimer son projet. Pour se fabriquer une mémoire, les nations – toutes – *instrumentalisent* peu ou prou l'Histoire. On ne tiendra pas rigueur aux Belges de s'être brusquement ressouvenus des croisades au moment propice. C'était en 1830. La Belgique, en tant qu'État souverain, arrivait sur les fonds baptismaux.

Suzette Clément, douce grand-mère aux cheveux grisonnants, au beau visage à la Ingrid Bergman, me chuchote cette histoire, assise bien droite sur un canapé du musée, juste sous les tours de la forteresse de Bouillon. Elle dit, comme s'il s'agissait d'une péripétie méritant indulgence : « En 1830, la Belgique avait besoin d'un héros historique. Ce fut Godefroi de Bouillon. On fit dresser une statue à Bruxelles, on frappa des médailles à son effigie. »

Soit. Un détail, cependant, donne tout son sel à la *naturalisation* belge de Godefroi de Bouillon. Il tient à l'histoire même de ce duché qui, au fil des siècles, sut préserver son indépendance. Notamment des empiétements ou agacements de son puissant voisin : la France.

Au début du XVIIIe siècle, mettant à profit cette indépendance, le duché de Bouillon s'était en quelque sorte spécialisé dans l'édition d'auteurs – et d'œuvres – soucieux d'échapper à la censure des monarchies européennes. L'imprimerie bouillonnaise, fondée par le Toulousain Pierre Rousseau, employait quatre-vingt-quatre typographes. Elle était célèbre dans toute l'Europe et publiait, sans mention d'origine, la plupart des œuvres « séditieuses » des Lumières. Parmi celles-ci, Voltaire et les encyclopédistes. Et, plus remarquable encore, la fameuse *Revue de l'Encyclopédie* qui fut l'un des premiers journaux, au sens moderne du terme. Toutes ces publications étaient diffusées, en contrebande, dans les pays voisins. Cette tradition de libre pensée, cette inclination *progressiste* qui gagna les souverains de Bouillon eux-mêmes (notamment Godefroi-Charles-Henri de la Tour d'Auvergne, fameux pour son impiété) joueront d'ailleurs un rôle dans la véritable « révolution républicaine » que s'offrira Bouillon à partir de 1790.

Cette fureur épidémique

« On fut donc obligé de tenir un autre concile à Clermont en Auvergne. Le pape y harangua dans la grande place. On avait pleuré en Italie sur les malheurs des chrétiens de l'Asie ; on s'arma en France. Ce pays était peuplé d'une foule de nouveaux seigneurs, inquiets, indépendants, aimant la dissipation et la guerre, plongés pour la plupart dans les crimes que la débauche entraîne, et dans une ignorance aussi honteuse que leurs débauches. Le pape proposait la rémission de tous leurs péchés, et leur ouvrait le ciel en leur imposant pour pénitence de suivre la plus grande de leurs passions, de courir au pillage. On prit donc la croix à l'envi. Les églises et les cloîtres achetèrent alors à vil prix beaucoup de terres des seigneurs, qui crurent n'avoir besoin que d'un peu d'argent et de leurs armes pour aller conquérir des royaumes en Asie. Godefroi de Bouillon, par exemple, duc de Brabant, vendit sa terre de Bouillon au chapitre de Liège, et Stenay à l'évêque de Verdun. Baudoin, frère de Godefroi, vendit au même évêque le peu qu'il avait en ce pays-là. Les moindres seigneurs châtelains partirent à leurs frais ; les pauvres gentilshommes servirent d'écuyers aux autres. Le butin devait se partager selon les grades et selon les dépenses des croisés. C'était une grande source de division, mais c'était aussi un grand motif. La religion, l'avarice, et l'inquiétude encourageaient également ces émigrations. On enrôla une infanterie innombrable, et beaucoup de simples cavaliers sous mille drapeaux différents. Cette foule de croisés se donna rendez-vous à Constantinople. Moines, femmes, marchands, vivandiers, tout partit, comptant ne trouver sur la route que des chrétiens qui gagneraient des indulgences en les nourrissant. Plus de quatre-vingt mille de ces vagabonds se rangèrent sous le drapeau de Coucoupêtre, que j'appellerai toujours Pierre l'Ermite. Il marchait en sandales, et ceint d'une corde, à la tête de l'armée : nouveau genre de vanité ! Jamais l'Antiquité n'avait vu de ces émigrations d'une partie du monde dans l'autre produites par un enthousiasme de religion. Cette fureur épidémique parut alors pour la première fois, afin qu'il n'y eût aucun fléau possible qui n'eût affligé l'espèce humaine. »

(Voltaire, *Essai sur les mœurs*, chapitre LIV : De la Première Croisade jusqu'à la prise de Jérusalem)

(« *La masse du peuple bouillonnais, égarée par l'intrigue et l'aristocratie, s'est réunie aujourd'hui à la Société populaire. Tous ont juré de vivre ou de mourir.* » C'est par ces mots que commençait la pétition rédigée en 1794 et aboutissant à la proclamation de la République de Bouillon. Éphémère république, au demeurant, puisque en France la Convention n'eut pas la même patience avec l'ancien duché qu'elle annexa, par décret, le 26 octobre 1795.)

Or, comme on le sait, Voltaire – dans son *Essai sur les mœurs* – et les encyclopédistes furent sans indulgence pour l'aventure en Terre sainte, archétype à leurs yeux de la superstition et de l'intolérance cléricale. Bouillon et son imprimeur se retrouvèrent ainsi éditeurs-diffuseurs-protecteurs des plus féroces adversaires de la Croisade. Et de son illustrissime duc-chevalier Godefroi.

Lorsqu'il fut question, en 1830, de *rapatrier* celui-ci dans la mémoire nationale belge, Bouillon se trouva sommé de choisir en quelque sorte entre deux mémoires, deux fidélités, deux traditions. Godefroi de Bouillon l'emporta. Mais lentement. La section « Croisades » du musée ducal ne fut ouverte qu'en 1961, à l'occasion du huitième centenaire de la naissance de Godefroi et grâce au travail acharné d'un petit groupe de passionnés parmi lesquels Suzette Clément.

Aujourd'hui, des cars de touristes mais aussi des groupes de pèlerins catholiques se succèdent à Bouillon. Les tergiversations sur le passé sont à peu près oubliées. Comme la Lorraine voisine, comme Sedan qui se meurt ou Charleville qui dépérit, Bouillon connaît d'autres problèmes. Ce sont précisément ceux de l'Europe en 1993. La principale industrie de l'ancien duché, la ferronnerie, représentée par deux usines imposantes – L. Devillez et Camion SA –, a périclité en 1971. Les usines ont été rasées et les six cents ouvriers qu'elles employaient ont perdu leur emploi.

Pour Bouillon démoralisé, restait le tourisme. Et le doux Godefroi, qui pouvait enfin sourire sous son heaume de pierre...

IV

Ratisbonne (Allemagne) : le crime des « égarés »

La trace que je suis, cette fois, en descendant le Danube, la mémoire que je réveille d'étape en étape, est faite de sang. Et de honte. Cette empreinte, c'est un long sillage qui traverse l'Allemagne du nord-ouest au sud-est. En août-septembre 1096, les armées franques de Godefroi de Bouillon retrouveront cette trace de ville en ville. Elle les précède. C'est celle des pogroms et des meurtres commis, cinq mois auparavant, par les foules incontrôlées des croisades populaires, menées par des moines mystiques débordés ou par des chevaliers brigands appartenant à ce qu'on a pu appeler la féodalité pillarde. Plusieurs milliers de morts parmi les communautés juives du Rhin et du Danube. Des conversions forcées et des égorgements. Le feu sur les villes, les synagogues qui brûlent. Il y a neuf siècles !

Il faut désenfouir du passé cette tache originelle sur la Croisade dont les sources hébraïques se souviennent et qu'elles désignent sous le nom de *Gzérot de 4856*. Il faut tenter de dire qui furent ces fous que les chroniques de Schlomo bar Siméon et Eliezer bar Nathan (XIIe siècle) appellent les *égarés*, les *marqués de la croix* ou les *non circoncis*.

« Satan est venu... »

« Ce que nous allons raconter ici à la mémoire de ceux qui se sont fait massacrer au nom de l'Unique est survenu en l'année 4856, donc dans la 1028e année de notre exil, dans la 11e année du 256e cycle lunaire, cycle au cours duquel nous attendions le Messie, comme l'avait annoncé Jérémie. Mais la joie de l'attente s'est transformée en douleur et en gémissements.

« Le pape de l'infâme Rome ayant lancé un appel pour partir à Jérusalem, il s'est levé une horde farouche et soudaine de Français et d'Allemands volontaires pour partir à Jérusalem, au sépulcre du bâtard pendu. Ils ont fixé à leurs vêtements un signe abject, une croix. Satan est venu se mélanger à eux, qui étaient plus nombreux que les grains de sable sur le rivage ou que les sauterelles à la surface de la terre. Leur voix était celle de la tempête ou de l'orage. Ils accusaient les juifs d'avoir crucifié le Christ et se concertaient haineusement : “ Pourquoi, disaient-ils, tolérer ces incroyants-ci avant d'aller combattre les autres ? Vengeons-nous d'abord sur eux, et exterminons-les s'ils refusent de se convertir. ”

« Les égarés arrivaient horde après horde. Ils lancèrent un appel, une déclaration de liberté : celui qui tuerait un juif se verrait remettre tous ses péchés. Un comte nommé Dithmar jurait qu'il ne quitterait pas le pays sans avoir tué au moins un juif. Quelques-uns des princes du pays prenaient leur parti.

« Alors les nôtres ont fait ce qu'avaient fait nos pères. Ils se sont repentis, ils ont prié, ils ont fait la charité ; cachés au fond des pièces les plus secrètes de leurs demeures, ils se sont purifiés par le jeûne trois jours de suite, jusqu'à ce que la peau leur colle aux os et qu'ils soient desséchés comme du bois. Mais le Père s'est caché dans les nuées, ne les a pas écoutés et les a éloignés de sa vue. Le châtiment était annoncé depuis longtemps [...]

« Pourquoi le ciel ne s'est-il pas obscurci, pourquoi les étoiles n'ont-elles pas dissimulé leur splendeur, pourquoi le soleil et la lune ne se sont-ils pas cachés quand tant de saints périrent ? Tous ceux qui ont accepté la mort par amour et fidélité, que leurs mérites témoignent pour nous auprès de l'Être Sublime, qu'ils nous sauvent du bannissement et reconstruisent les murs de Jérusalem, qu'ils réunissent les fils de Juda et d'Israël dispersés dans le monde ! »

(Schlomo bar Siméon et Eliezer bar Nathan, *Chroniques*, XIIe siècle.)

J'en relis quelques pages en traversant dans une lumière dorée de fin d'après-midi la forêt bavaroise. On aperçoit des petites combes d'un vert soutenu entre deux lisières de sapins. Des chemins forestiers évoquent les Niebelungen et – parfois – la silhouette d'une biche à l'arrêt introduit une nuance de fragilité dans cette sylve épaisse. L'imprévisible fantaisie du voyage est ainsi : c'est au milieu de la beauté que je vais traquer le meurtre.

Le miracle médiéval allemand

Voici justement Ratisbonne, enjambée par son *Steinerne Brücke* (pont de pierre) qui est contemporain de la Deuxième Croisade. C'est ici qu'ayant traversé l'Allemagne l'armée de Godefroi retrouva l'ancienne *via militaris* des Romains vers l'Asie Mineure. A l'époque, l'importance et le rayonnement de Ratisbonne étaient considérables. Depuis ce pont sur le Danube, la ville apparaît bien comme une cité du Moyen Age en l'état, le *miracle médiéval allemand* dont parlent les guides. Une sorte de Prague en modèle réduit, le baroque habsbourgeois en moins. Il y a sûrement de l'Italie dans ces maisons aux façades inspirées de Venise (avec qui Ratisbonne commerça), ces crépis qui font alterner le vert tendre, le violine, le gris perle et l'ocre. On repère un peu d'Orient ottoman dans les clochetons à bulbe qu'on verrait bien sommés du croissant plutôt que de la croix. De la seizième arche du *Steinerne Brücke*, on aperçoit, comme du pont Charles, à Prague, des bouquets d'églises et ces horloges innombrables – grands cadrans polychromes, aiguilles nettes et dorées – qui déclenchent à heure fixe des magnificat carillonnés.

Ratisbonne connut en ce XIe siècle une sorte d'âge d'or religieux et artistique. Ce sont ses prêtres et ses architectes qui iront, par exemple, métamorphoser la Hongrie voisine en pays chrétien.

Des bibliothèques entières et des confréries d'érudits locaux célèbrent la splendeur sans égale de cette cité épiscopale, royale, impériale. Méphistophélès, dans *Faust*, énumère quelques-uns des soixante-dix-sept noms qui lui furent attribués. Fondée en l'an 179 par l'empereur philosophe Marc-Aurèle, première capitale des ducs de Bavière, cité romantique sur les antiques chemins vers l'Orient, dévouée au *doux commerce*, mais aussi à la musique et à la prière, elle est surtout troublante parce que mieux conservée que les autres villes médiévales d'Europe. Bien des porches, ici, des linteaux et des chapelles portent, inscrite dans la pierre, une date antérieure à l'an mil. Mozart s'en émerveilla en 1790, et Goethe avant lui.

C'est un dimanche de Pentecôte. Les ruelles pavées de Ratisbonne (Regensburg) sont peuplées de touristes débonnaires et de cyclistes équipés pour le camping. Des fontaines à gargouilles ruissellent à chaque coin de rue. La présence ici de ces eaux vives et de ces margelles ornementées est déjà attestée par des chroniques du VIIe siècle. Le centre ville présente aujourd'hui cet apprêt trop astiqué, exagérément net, des villes-musées qu'on dirait vouées aux seules déambulations précautionneuses et aux commentaires à voix basse. Faut-il parler de violence ici ? De crimes et d'intolérances ?

Sur les berges promenades qui longent le Danube, des gens feuillettent, ce jour-là, le journal régional – *Mitelbayerische Zeitung* – qui titre sur un attentat raciste commis contre les immigrés turcs, le 29 mai, à Sollingen (six morts). Dans une autre Allemagne, sans doute...

Un très vieil adage, me dit-on, s'adressait jadis aux visiteurs de cette cité marchande, resserrée autour du jaillissement disproportionné de sa cathédrale gothique. *Quiconque vient à Ratisbonne mais ne traverse pas à pied le Pont de pierre, n'entend pas les cloches sonner et ne voit pas de juifs, n'est pas vraiment venu à Ratisbonne.*

Des juifs ? Passant et repassant sur le *Steinener Brücke*, je songe à ces communautés prospères du XIe siècle que l'empereur allemand Henri IV et les évêques protégeaient mais qui, sur elles, soudain, virent s'abattre la foudre. A Ratisbonne, ce fut le 28 juin 1096, le quatrième jour de Tammuz pour le calendrier hébraïque. Les bandes bavaroises et souabes du prêtre allemand Gottschalk, marquées de la croix, pourchassèrent les juifs de la ville, tuèrent ceux qui leur résistaient et précipitèrent les autres dans le Danube. Pour les baptiser de force...

Les mêmes meurtres, les mêmes violences avaient ensanglanté les villes de Metz, Cologne, Spire, Trèves, Mayence, Worms, et bientôt Prague. Toutes traversées par les *égarés* de Gottschalk mais aussi par ceux des comtes Emich de Leisingen (dix mille pèlerins) ou Volkmar (douze mille) et de quelques nobliaux-brigands français comme Guillaume le Charpentier, vicomte de Melun. Morne litanie... Arrivant par le même chemin, quelques mois plus tard, les armées de Godefroi condamneront ces orgies de sang. Les chroniques de l'époque – et notamment celles d'Ekkhard d'Aura – assurent que ces brigands, compromettant les croisades, ne sont que « *la paille mêlée au grain* » et que le prêtre Gottschalk « *n'est pas un vrai mais un faux serviteur de Dieu* ». René Grousset, de son côté – qui écrivit sa monumentale *Histoire des croisades* en 1934 –, ne concède à ces pogroms que quelques lignes. « *Les émeutes antisémites de la vallée du Rhin*, écrit-il, *dirigées contre les autorités épiscopales par la populace de la région, sont, sous prétexte de croisade, un simple mouvement de jacquerie auquel furent trop heureux de s'associer les chevaliers-brigands de la région, ennemis jurés du pouvoir ecclésiastique.* »

Un « *simple mouvement de jacquerie* » ? Était-ce seulement cela ?

Les pauvres de Dieu

L'appel d'Urbain II de novembre 1095, en vérité, avait dépassé les espérances de celui-ci. Sans attendre la date du 15 août 1096 fixée pour le départ, des foules innombrables s'étaient mises en mouvement (dès le mois d'avril). Elles suivaient des prêcheurs enflammés qui parcouraient les provinces et qui ne sont pas sans rappeler – toute proportion gardée – les télé-évangélistes d'aujourd'hui. L'un d'eux, au moins, est entré dans la légende : ce Pierre l'Ermite, qui allait pieds nus, monté sur son âne, habillé d'une tunique de laine et d'un capuchon de bure, ce petit homme qui mariait les prostituées et prêchait la concorde. René Grousset parle de ces mystiques avec l'exaspération du rationaliste confronté aux désordres de la populace. Il évoque la « *démagogie des croisades* », coupable à ses yeux d'avoir compromis l'entreprise infiniment plus sérieuse des barons francs conduisant leurs cavaleries lourdes.

Le jugement est sans nuance. Sûrement excessif. Tous ces pèlerins *populaires* n'étaient pas des fous. Il n'est, pour s'en convaincre, que de lire, dans l'*Alexiade*, le témoignage d'Anne Comnène, fille de l'empereur byzantin, qui vit arriver à Constantinople les malheureux rescapés de la troupe conduite par Pierre l'Ermite. « *Ces gens enflammés comme d'un feu sacré*, écrit-elle, *affluaient par bandes autour de Coucoupêtre avec leurs chevaux, leurs armes et leurs vivres. Toutes les rues fourmillaient d'hommes dont le visage portait l'expression de la bonne humeur et de l'ardeur à suivre la voie du ciel. Derrière les guerriers celtes, on voyait une foule incommensurable d'hommes du peuple, avec femmes et enfants, tous, les croix rouges sur l'épaule. Leur nombre dépassait celui des grains de sable au bord de la mer, et des étoiles au ciel. Ils s'étaient précipités comme des torrents de tous les pays et avaient envahi l'Empire grec en passant par la Dacie... Cela formait une cohue d'hommes et de femmes comme de mémoire d'homme on n'en avait encore jamais vu.* »

En réalité, ces levées en masse se produisant dans toute l'Europe médiévale, ces départs naïfs vers la Terre sainte, c'est l'une des premières irruptions dans l'Histoire de ces masses anonymes aspirant à jouer un rôle dans la société et dans l'Église. « *Pour la première fois au Moyen Age*, écrit l'historien André Vauchez dans l'*Histoire de la France religieuse*, *les masses sortent de l'ombre et manifestent leur aspiration à jouer un rôle actif dans la société et dans l'Église.* » Ce sont les *pauperes Dei* (pauvres de Dieu) qui sauront, le moment venu, ramener les barons francs à leur devoir. Manants des campagnes, serfs promis à l'émancipation, familles entières derrière leurs bœufs, mais aussi gens de sac et de corde, ribauds et ribaudes urbains. Tous prompts à s'enflammer au moindre signe du ciel et à prendre pour une invitation à l'intolérance querelleuse le *slogan* du concile de Clermont : *Dieu le veut !*

Au total, des dizaines de milliers d'hommes, femmes et enfants, ayant fébrilement cousu la croix sur leurs hardes et s'élançant vers l'Orient. Sans préparatifs. Sans ravitaillement. Sans même, parfois, la moindre idée du chemin à parcourir. Une chanson de geste, *La Chanson des chétifs*, racontera plus tard l'épopée pitoyable de ces foules.

Ces croisades populaires, inorganisées, portaient logiquement l'émeute en leur sein. Dans le souvenir des croisades, on confondra plus tard ces désordres avec la Croisade officielle et l'on imputera confusément à Godefroi, Pierre l'Ermite, Tancrède ou Étienne de Blois des folies qui n'étaient point de leur fait. Les débordements étaient inévitables. Les rapines et les meurtres également. Mais ces pogroms systématiques commis par les bandes allemandes ? Cette chasse aux juifs le long du Rhin et du Danube ? Faut-il les ramener à une *bavure* ?

Certainement pas.

La chasse aux perfides

Ni les protestations avérées (mais tardives ?) de Godefroi, ni la sollicitude protectrice – parfois payée de leur vie – des évêques de Spire, de Mayence ou d'ailleurs ne peuvent oblitérer cette évidence : les pogroms de 1096 (et ceux qui suivront) marquent le réveil et l'aggravation d'un antijudaïsme d'inspiration chrétienne qui perdurera pendant neuf siècles. Cet antijudaïsme qui accompagnera dès lors comme une ombre mortelle toute l'histoire de l'Occident.

Ce qui se passe à Ratisbonne (et ailleurs), durant cet été 1096, consacre en réalité un tournant de cette histoire. Les rédacteurs de l'*Encyclopedia Judaïca* ne s'y trompent pas lorsqu'ils écrivent que « *les croisades sont fortement imprimées dans la conscience historique des juifs* ». La date choisie après la dernière guerre pour commémorer l'holocauste nazi – le *Yom Hashoah* – le fut de telle façon qu'elle coïncidât avec celle des pogroms de 1096 : le vingt-septième jour du mois de Nissan qui tombe dans la période dite de *Sfirah*. Celle des violences antisémites de la Croisade. Ces foules ignorantes qui, en dépit des adjurations de leurs évêques, se déchaînent contre les *meurtriers du Christ* sont, en quelque sorte, comme la peau tendue d'un tambour qui fait résonner l'air du temps. Or l'air du temps est bien à la dénonciation des *perfidi judaei* ou des *rebellante judaei*, rendus coupables de tous les malheurs qui frappent la Chrétienté.

Un réveil ? Oui. Violent dans les premiers siècles du christianisme, enraciné, d'ailleurs, dans celui, préchrétien, de l'Antiquité (voir Tacite, Apion d'Alexandrie ou même Quintillien), l'antijudaïsme était devenu virulent sous les monarchies wisigothes. En 538, le concile d'Orléans avait interdit aux juifs de se mêler aux chrétiens, du jeudi saint au deuxième samedi qui suit Pâques. Tout mariage avec un juif ou une juive était prohibé. Et le concile tenu en 589 dans la Narbonne wisigothique ne fut pas plus libéral : interdiction fut faite aux juifs de conduire leurs morts en chantant des psaumes. Au début du VIIe siècle, un livre eut un grand succès dans toute la Gaule : le traité composé par Isidore de Séville peu après 620, *De la foi catholique contre les juifs*. Le long règne carolingien, en revanche, avait vu s'estomper, voire disparaître les persécutions antijuives. Cette période, qui va jusqu'à la mort de Charlemagne, a pu écrire l'historien Jules Isaac, constitua « *une ère de tranquillité relative et d'exceptionnelle prospérité* » pour le judaïsme.

C'est au IXe et surtout Xe siècle, à l'approche de l'an mil, que se réveille à nouveau en Occident la *haine des perfides*. La nécessaire conversion d'Israël, pense-t-on, est liée à la fin des temps et sa non-conversion au triomphe de l'Antéchrist. On accuse par exemple les juifs d'avoir livré Bordeaux aux Normands, puis Barcelone et même Toulouse aux Maures. On leur reproche d'avoir accueilli comme une libération l'invasion de l'Espagne par les Arabes à partir de 711. Les récits populaires – et certains textes – reprennent contre eux les antiques calomnies qu'on trouvait déjà chez les auteurs grecs ou égyptiens mais aussi chez plusieurs pères de l'Église des premiers siècles (Tertullien, saint Jean Chrysostome, etc.).

A l'approche des croisades, c'est bien entendu la crucifixion du Christ qu'on impute aux juifs. Ils sont également accusés de nouvelle collusion avec les infidèles (les musulmans). Les juifs, par exemple, sont rendus coresponsables de l'incendie de la basilique du Saint-Sépulcre, en 906 ; des menées antichrétiennes du calife al Hakim en 1009 qui fit, lui, raser complètement ce Saint-Sépulcre que les Arabes appellent *Kanisat al-Qiyâme* (l'Église de la résurrection). Sacrilège qui enflamma l'Occident. Vingt ans plus tard, évoquant cette affaire, le chroniqueur chrétien Raoul Glaber écrivait encore : « *On sut, à n'en pouvoir douter, qu'il fallait imputer cette calamité à la méchanceté des juifs...* » D'une façon générale, chaque persécution des chrétiens en Orient déclenche des représailles contre les juifs d'Occident. C'est le cas à Limoges, à Rouen...

De la très ancienne rivalité théologique entre deux religions sorties d'un même livre et d'une même tribu, on en vient à tout autre chose. L'antijudaïsme des premiers siècles accouche en somme de l'antisémitisme moderne.

C'est cette trace-là que je retrouve à Ratisbonne.

Les silences de Ratisbonne

S'en souvient-on ici ? Il arrive que les peuples, d'instinct, effacent une plage entière de leur mémoire. Pour s'en absoudre ou pour la conjurer. Ratisbonne, visiblement, participe du second cas. Les croisades, ici, paraissent n'avoir jamais existé. En tout cas pour le commun des mortels. Le silence est d'autant plus assourdissant que tout, dans cette ville, parle des XIe et XIIe siècles. Conversations, expositions, guides pour les touristes, monographies des musées : la cité tout entière est tournée vers cet âge d'or évanoui, celui dont Claudio Magris écrit au sujet de Ratisbonne qu'il est « *une gloire que l'on peut se rappeler mais non pas posséder* ».

Mais sur les croisades, rien ! Sur le passage des armées successives cheminant le long du Danube, rien ! Ce mutisme trop insistant pour procéder de l'étourderie ne date pas d'hier. En fait, immédiatement après le sinistre *Gzérot* de 4856, Ratisbonne prit en horreur ces pèlerins intempestifs semant le désordre sur leur passage. (Ces désordres et ces pogroms se renouvelleront, en 1146, pendant la Deuxième Croisade.) Il existe à Ratisbonne, profondément enracinée, une tradition *anticroisés*. Dans les archives locales, certains documents attestent de son ancienneté. Ainsi cette décision de 1248 qui fait interdiction à quiconque – sous peine de mort ! – de porter une croix cousue sur son costume. La précaution en dit long sur le poids de certains souvenirs.

Quiconque n'a point vu de juifs n'est pas vraiment venu à Ratisbonne.

Je repensais à l'adage en cherchant une synagogue dans les dédales de la cité médiévale. J'ai fini par la trouver dans une ruelle proche de la cathédrale : *Am Brixener Hof.* La nouvelle synagogue de Ratisbonne est une sorte de bunker aplati, encapuchonné de lierre, et que domine un saule pleureur. Les portes métalliques en sont verrouillées comme celles d'une forteresse. Deux caméras vidéo surveillent le portail en aluminium solidement cadenassé. Ici, visiblement, on n'est pas convaincu que le silence puisse suffire à conjurer le souvenir.

On vous apprend il est vrai que, le 9 novembre 1938, l'ancienne synagogue, qui se trouvait là, fut détruite par les bandes nationales-socialistes et que, quatre ans plus tard, le 2 avril 1942, cent six citoyens juifs de Ratisbonne furent déportés vers les camps.

V

Budapest (Hongrie) : les cavaliers assagis

Sur cette route vers l'Orient, je rencontre maintenant d'inimaginables veilleurs. Des « porteurs de mémoire » qui ne s'étonnent pas de me voir venir. Le vieux monsieur qui m'accueille dans son appartement de la rue du Musée, à Budapest, évoque, comme si c'était hier, la brutale irruption des croisés, en 1096, dans l'immense *puszta* (plaine) hongroise. Celle qui commence aujourd'hui aux portes de Vienne. L'appartement est sombre, encombré de cartes et de vieux volumes enluminés. Dehors, on entend le tumulte jouisseur de Budapest, précipité, depuis la chute du communisme, dans une sorte de *movida* hongroise. Lorsqu'on en vient à ces questions d'itinéraire – obsédantes pour moi –, György Gyöffy, spécialiste d'histoire médiévale, lève un sourcil amusé.

Il pose à plat, sur son bureau, un papier surprenant qu'il commente aussitôt en latin, un peu surpris que j'aie tant de mal à le suivre. Ce document hongrois est un relevé cartographique précis de la route vers Jérusalem. Il date de 1040, soit un demi-siècle avant le départ de la Première Croisade. La précision du tracé est aussi remarquable que les notations pratiques qui l'accompagnent. De château en château, les étapes sont minutieusement indiquées. Avec la distance et la durée probable du trajet : deux jours de marche ici, trois journées là...

Une route sûre

Cette fameuse *voie vers Jérusalem* dont parlent confusément les chroniques médiévales, celle-là même qu'ont reprise les croisés, la voilà enfin clairement détaillée. C'est un peu comme si une pièce maîtresse s'ajoutait à mon enquête. A lui tout seul, ce tracé de 1040 témoigne de la régularité et de l'ampleur des pèlerinages qui précédèrent les croisades. Et qui les expliquent. Les pèlerinages qui saluèrent le passage de l'an mil, par exemple. Mais aussi celui, bien plus considérable, qui marqua, à l'approche de l'an 1033, le millième anniversaire de la mort du Christ. Le chroniqueur chrétien Raoul Glaber évoque cette migration fabuleuse. « *Une foule innombrable,* écrit-il, *se mit à converger du monde entier vers le sépulcre du Sauveur à Jérusalem. Ce furent d'abord les gens des classes inférieures, puis ceux du moyen peuple, puis tous les plus grands rois, comtes, marquis, prélats, enfin... Beaucoup de femmes, les plus nobles avec les plus pauvres... La plupart avaient le désir de mourir avant de retourner dans leur pays.* » Et il note plus loin, en usant d'une belle métaphore : « *Toutes ces nations aplanissaient la route de l'Orient par où* Il *doit arriver, puisque toutes les nations doivent marcher à sa rencontre.* »

L'accent apocalyptique de ces chroniques d'époque

indique assez bien la place centrale qu'occupaient dans l'imaginaire européen les deux Jérusalem, celle d'ici-bas et l'autre, souvent confondues par des peuples qui n'avaient pas notre rationalisme. En revanche, la rigueur topographique du document que j'ai sous les yeux est inattendue. A l'instar de la route vers Compostelle, ce long chemin vers la Terre sainte, au tout début du millénaire, est donc mieux balisé, organisé, fléché qu'on ne l'imagine. Et il l'est, en Hongrie, plus efficacement que nulle part ailleurs. Pourquoi ? Parce que le pouvoir royal y est plus centralisé qu'il ne l'est dans les pays d'Occident, morcelés par la féodalité. La route elle-même est juridiquement considérée comme faisant partie du domaine régalien. Elle échappe aux empiétements des pouvoirs locaux.

C'est une route sûre.

Soixante années après ces grands pèlerinages, les armées franques ne partaient donc pas vers l'inconnu. György Gyöffy, comme pour mieux m'en convaincre, cite encore les recueils de textes latins qu'il a lui-même rassemblés et commentés. On y trouve, par exemple, la correspondance entre Godefroi de Bouillon et le roi de Hongrie, puis celle de ce dernier avec le pape Urbain II. Toutes ces lettres concernent la préparation de la Première Croisade.

A priori, pourtant, cette croisade a tout lieu d'inquiéter les Hongrois. En août et septembre 1096, ce ne sont plus seulement des pèlerins escortés par des prêtres qui « *aplanissent la route de l'Orient* », ce sont des armées en campagne. Elles ont avancé implacablement le long du

Danube, à raison de trente-cinq kilomètres par jour. Les voilà aux frontières ouest du pays.

Le roi de Hongrie lui-même les y attend.

Avec sa propre armée.

Le roi bibliophile

La rencontre entre les croisés et les émissaires envoyés par le roi de Hongrie a d'abord lieu sur le pont de Tollenburg (l'actuel Tullin, près de Vienne). A l'époque, les frontières de la Hongrie englobaient une partie de l'Autriche d'aujourd'hui. Près de ce pont où je suis passé, entre le Danube et la rivière Letha, s'étend une zone de lacs et de marécages qui forme comme un glacis. Elle est surveillée, dans sa partie sud, par un château hongrois de rondins et torchis qui constitue en quelque sorte le poste frontière : le château de Sopron (*Ciperon*). La ville actuelle a gardé ce nom. Un château est toujours là.

Venant des vertes vallées des Ardennes, Godefroi de Bouillon, que le roi a fait convier en sa citadelle, s'attendait peut-être à y trouver l'un de ces barbares magyars que la légende fait descendre d'Attila. Un de ces rois-guerriers, ardents cavaliers et chefs de tribus polygames, venus, à bride abattue, des confins de l'Asie Mineure. Si tel était le cas, on peut deviner sa surprise. Le roi Coloman Beauclerc, qui règne alors sur la Hongrie, n'est autre que l'ancien évêque de Bihar (aujourd'hui ville roumaine) qui a dû attendre une dispense du pape pour monter sur le trône. Petit homme sans élégance et.

dit-on, presque borgne, c'est un prince intellectuel comme il y en a peu en Europe. Les chroniques magyares (notamment la *Gesta Hungarorum* de Simon Kézai's) assurent qu'il était « *le roi le plus érudit du monde* ». Le surnom que lui ont donné ses sujets est, à lui seul, un portrait. On l'appelle *Könives*, ce qui signifie le bibliophile, l'amateur de livres ou, plus familièrement, le bouquineur.

En 1096, Coloman vient tout juste de monter sur le trône. L'année même. Il a hérité d'un royaume parfaitement en ordre. Il est vrai que son prédécesseur, Ladislas Ier, fut un des très grands rois de l'histoire hongroise que l'Église canonisera. Ladislas, profitant de l'affaiblissement de l'Empire byzantin menacé par les Turcs, avait même réussi un « coup » de politique étrangère en établissant l'autorité de la Hongrie sur la Croatie et la Dalmatie en proie aux guerres ethniques (déjà !). Faisant cela, il donnait à la Hongrie ce cadeau royal : un accès à la mer.

Coloman, à la différence de Ladislas, n'est pas un roi guerrier mais un monarque rompu à l'étude et aux exercices de l'esprit. (Ce qui ne l'empêchera pas d'user d'une cruauté très shakespearienne en faisant crever les yeux de son frère Almos qui convoite le trône.) Il n'entreprendra pas de conquêtes mais prendra quelques décisions qui vont carrément à rebours de l'air du temps. Celle-ci, par exemple, hardiment progressiste : il interdit que l'on persécute dorénavant les sorciers et sorcières. Pour une raison bien simple, dit-il : les sorciers n'existent pas.

En ces temps de superstitions et de magie, la mesure n'est pas seulement clairvoyante, elle accompagne la grande mue historique qu'est en train d'accomplir le pays depuis quatre-vingt-dix années (ce qui est court) : la conversion des Magyars au christianisme. Coloman, ce descendant des cavaliers de la steppe, devenu prélat dévoué et moderniste, est la vivante image d'une extraordinaire métamorphose. C'est le roi Vaïk, rebaptisé saint Étienne, qui avait solennellement pris le tournant en épousant la foi chrétienne, vers l'an 1001. Cette conversion ouvrait aux pèlerins d'Europe la route terrestre vers Jérusalem, qui traverse nécessairement la *puszta*. Elle explique l'installation subséquente d'une manière de logistique hôtelière d'un bout à l'autre du pays. Bien entendu, le geste d'Étienne n'allait pas sans arrière-pensées politiques. Menacés par les Germains sur sa frontière ouest depuis le désastre d'Augsbourg (955), les Hongrois quêtaient ouvertement l'appui de Rome. Ou de Byzance.

Il n'empêche.

Le passage progressif du pays tout entier sous le giron de la foi chrétienne, c'est une immense transmutation culturelle, politique, architecturale même (le pays se couvre d'églises romanes) qui mettra plusieurs siècles à s'accomplir tout à fait. Les batailleuses tribus magyares, apparentées aux Huns, ne s'assagiront pas du jour au lendemain par la seule vertu pacificatrice des cantiques grégoriens qu'elles apprennent à psalmodier. Des révoltes païennes, des violences fétichistes, troubleront le pays pendant quelque temps. De façon sporadique. Mais tenace.

On m'explique à Budapest que ce virage spirituel pris par le roi Étienne avait une autre signification, bien plus passionnante encore. Elle entre directement en résonance avec l'actualité de 1993. En devenant chrétienne, la Hongrie, dit-on, s'intégrait à l'Europe. Elle signait, à sa façon, le traité de Maastricht de l'époque. L'historien hongrois Istvan Làzàr exprime joliment cette idée : « *Les Hongrois épuisés et décimés par des combats incessants doivent s'établir enfin au milieu des peuples prospères, à l'intérieur des frontières de l'Europe chrétienne. Ou alors ils seront détruits. C'est ainsi que nous sommes devenus membres de l'Europe en acceptant son étrange religion.* »

La sécurité et la prospérité, en somme, valaient bien une messe... Et justifiaient que l'on renonçât à une partie de ce qu'on appellerait maintenant l'identité magyare. Frappant à la porte de la Chrétienté, les cavaliers fourbus, venus deux siècles auparavant des confins de l'Asie Mineure, réclamaient leur part de bonheur temporel. L'hymne national hongrois, qui est une *adresse* à Arpad, le roi fondateur, porte aujourd'hui encore la trace de cette aspiration :

Aux Carpates sur ton conseil
Nos aïeux osèrent s'étendre
Quelle belle place au soleil
Tu nous aidas à prendre.

Lorsqu'ils parlent aujourd'hui de leur intégration à l'Europe et à la démocratie (cette étrange religion, assurément), les Hongrois expriment-ils quelque chose de bien différent ? Un spécialiste des relations internationales durant le haut Moyen Age, Jôzef Laszlovsky, m'a fait une réflexion qui mérite d'être entendue : « Au fond, les Hongrois sont la seule nation d'origine nomade qui soit devenue, en tant que telle, partie intégrante de l'Europe. »

Une prise d'otage

Godefroi de Bouillon, le pieux seigneur des Ardennes lotharingiennes, s'avance donc, ce jour-là, à la rencontre de Coloman, le roi bibliophile. Un petit détachement de deux cents cavaliers francs l'escorte jusqu'à Sopron. Entre les deux armées coule le Danube. Coloman a déjà, comme on dit, arrêté une politique. Au sujet des croisades, il vient de faire – quatre mois auparavant – une expérience désastreuse. Les foules mystiques de Gautier-sans-Avoir et celles de Pierre l'Ermite, à qui il avait ouvert les portes du pays, s'y sont livrées à des pillages. Puis à des violences. Puis à des attaques en règle. C'est la pauvreté de ces croisés-là, leur inorganisation et les difficultés de ravitaillement sur des marchés fermant leurs étals devant eux qui sont à l'origine des *dérapages*. A l'autre bout du pays, près de la forteresse de Semlin (l'actuel Zemoun, dans la banlieue de Belgrade) qui fait office de « poste de sortie », les violences ont dégénéré. Semlin a été pris d'assaut et de nombreux Hongrois massacrés, quatre mille selon certaines sources. Coloman a dû envoyer son armée pour déloger les Francs, les châtier sévèrement et les chasser de l'autre côté de la frontière.

Les troupes en déroute de Pierre l'Ermite ont dû traverser la rivière Save, accrochées à des troncs d'arbres, en grappes autour de barques sommaires, poussant devant elles, dans un indescriptible désordre, le bétail subtilisé aux Hongrois. (Cette même rivière Save qui fut l'un des lieux stratégiques de la guerre serbo-croate de 1991.)

Un peu plus tard, les bandes conduites par les princes-pillards allemands se sont présentées à leur tour aux frontières de l'ouest et du nord. Elles arrivaient précédées des rumeurs de pogroms commis par elles dans la vallée du Rhin. Coloman, sans hésiter, leur a refusé le passage. Les deux premières expériences lui suffisaient. Les Allemands ont protesté haut et fort, menacé et même exécuté un Hongrois, parent du roi... De part et d'autre, on a fini par prendre les armes et deux batailles distinctes ont eu lieu que me raconte, carte en main, Ilona Jonas, médiéviste de la faculté des lettres de Budapest. Ces batailles ont duré plusieurs semaines. Au nord-ouest, les bandes de Volkmar et de Gottschalk qui, passant par la Bohême, avaient massacré les juifs de Prague, ont été écrasées près du château hongrois de Nitra (sur le territoire de l'actuelle Tchécoslovaquie). Près du pont de Tollenbourg, là, ce sont les hommes du baron Emich de Leisingen qui, au même moment, ont été défaits et refoulés.

C'était au mois d'août 1096. Au moment précis où, là-bas, entre Bouillon et Cologne, les armées franques régulières se mettaient en route. La rencontre fameuse entre Godefroi, qui les conduit, et Coloman le bouquineur a lieu vers le 10 septembre de ce même été. Les armées du duc de Basse-Lotharingie ont donc mis exactement vingt-cinq jours pour couvrir la distance entre Bouillon et la frontière hongroise.

Que va faire Coloman ?

Quelles que soient sa méfiance et ses préventions, le Hongrois ne peut refuser l'entrée de son pays à ce seigneur très chrétien conduisant une armée disciplinée. Ce serait trahir la Chrétienté et offenser le pape de Rome. Et d'ailleurs le pourrait-il ? La puissance manifeste de ce corps expéditionnaire, qui regroupe cette fois la fine fleur de la chevalerie lorraine et allemande, peut donner à réfléchir. Les cinq mille cavaliers et trente mille *piétons* que Godefroi a laissés près du Danube, tous armés sous les bannières déployées, forment une colonne qui s'étire sur plusieurs kilomètres. Après des embrassades ostentatoires entre Godefroi et Coloman, suivies par *une semaine entière* d'âpres négociations, un accord est trouvé. C'est un petit chef-d'œuvre d'habileté tactique et diplomatique.

Il est convenu que Godefroi pourra traverser librement la Hongrie et s'y ravitailler sur les marchés. Mais il empruntera la rive gauche du Danube pendant que, sur la rive droite, l'armée hongroise l'escortera d'un bout à l'autre, et le surveillera, cela va sans dire. En outre, Godefroi fera annoncer dans toute son armée que le moindre pillage sera immédiatement puni de mort. Pour plus de garantie encore, Coloman demande à Godefroi de Bouillon de lui confier son frère Baudouin de Boulogne pendant la durée du périple. A titre d'invité de la cour hongroise, bien sûr. Et d'otage.

Charlemagne et les Magyars

« Une nouvelle horde nomade et païenne, de race fino-ougrienne celle-là, mais conduite par des chefs turcs, la nation des Magyars, surgira du fond des steppes et viendra fonder, entre Autriche et Transylvanie, un nouveau khanat à la manière asiatique. Ce sera l'aventure des Avars qui se renouvellera, mais qui se renouvellera jusqu'au bout puisqu'en 994 le chef magyar Vaïk, devenu le roi Étienne, acceptera spontanément la foi romaine, introduisant du coup la jeune Hongrie dans la société des nations latines. Deux siècles après Charlemagne, le royaume de saint Étienne s'insérera ainsi très exactement dans le cadre carolingien, remplissant le rôle historique que Charles avait assigné aux Avars baptisés : celui de rempart de la latinité contre toute nouvelle poussée des hordes. Enfin, dans les dernières années du règne de Charlemagne, plusieurs expéditions au-delà de l'Elbe inférieure et en pays tchèque montrent, là encore, la pénétration de son regard. Dans le flottement, encore si confus, des tribus slaves échelonnées à perte de vue de l'Elbe au Valdaï, il a, par avance, tracé en direction de la future Pologne et sur le quadrilatère de Bohème l'aire d'extension de la culture latine, discerné ce qui pourra être un jour la Slavie latine par opposition à la Slavie grecque. L'Empire carolingien, même dans cette zone indécise de ses confins slaves ou hunniques, c'est déjà tout l'Occident. »

(René Grousset, *Figures de proue, 1948*)

Quel romancier, quel metteur en scène auraient imaginé cette scène prodigieuse ? Les deux seigneurs chrétiens, le Franc et le Magyar, cheminant de concert le long du Danube, chacun sur une rive, en ce début d'automne balkanique. On entend le cliquetis des armures et le lourd piétinement des cavaliers. Dans un camp comme dans l'autre, les *piétons* avancent en colonnes sur ces *voies sur berge* qui ressemblent alors à nos chemins de halage. Cette traversée du pays représente environ cinq cent cinquante kilomètres. On peut subodorer qu'elle a pris environ quinze jours.

C'est long.

Cette interminable « *chevauchée du soupçon* » s'achève, à l'extrémité sud du pays, sur une scène plus romanesque encore. Lorsqu'ils arrivent sous les remparts de la forteresse de Semlin, après que Coloman a offert à Godefroi un baiser de paix et d'adieu, les chevaliers francs découvrent un spectacle glaçant : les dépouilles des pèlerins de Gautier-sans-Avoir, qui ont été décimés par les Hongrois quatre mois auparavant, sont encore accrochées aux murailles. Elles y ont été laissées volontairement. Comme une ultime mise en garde.

Le régent perfide

Je regarde enfin le Danube depuis la terrasse du vieil hôtel Gellert, à Budapest. Les multitudes franques qui longeaient le fleuve sont passées exactement là, à l'endroit de ce feu rouge qui commande l'accès aux ponts. Avec l'historien Jôzef Laszlovsky, nous sourions de nos conversations *décalées* au milieu des touristes, innombrables en cet été 1993. Voilà près de deux heures que nous examinons dans le détail l'état de la mémoire hongroise au sujet des croisades. Laszlovsky, qui n'a pas quarante ans, est d'une érudition sans faille. Mais il n'est pas non plus dépourvu d'humour. J'en veux pour preuve la manière dont il raconte les déboires des Magyars avec la Quatrième Croisade, la seule à laquelle ils aient finalement accepté de participer. Des déboires si considérables qu'un dramaturge hongrois du XIXe siècle, Jozsef Katona, s'en inspira pour composer un grand opéra romantique, toujours très populaire dans la Hongrie d'aujourd'hui : *Ban Ba'nk* (Le régent Bank).

Voici l'histoire.

Émeric, le père du roi magyar André II, avait fait le vœu de participer à une croisade mais n'avait pu le réaliser de son vivant. Son fils s'engage, en 1195, dans la Quatrième Croisade qui débouchera sur la prise de Constantinople. Partant pour la Croisade, le roi André II laisse son royaume entre les mains de sa femme Géra et du régent Bank. Tous deux administrent si mal le pays qu'une révolte éclate au cours de laquelle la reine est tuée. A son retour, le roi André II, qui a ramené de Constantinople une princesse byzantine qu'il présente comme sa fille, retrouve son royaume dans un piteux état. Et ses sujets fort mécontents.

L'intérêt principal de cet opéra, c'est qu'il donne résolument tort au roi parti pour les croisades. Comme Richard, dans Shakespeare, il a imprudemment abandonné son pays, a gaspillé beaucoup d'argent et ne ramène de son expédition, en dehors de sa princesse, que quelques reliques pour lesquelles les Hongrois ont du mal à s'enthousiasmer.

Un bien mauvais souvenir. C'est tout ce qu'il reste, ici, des croisades très chrétiennes.

VI

Sofia (Bulgarie) : l'homme se nourrit de pain

Après la Hongrie, les douaniers deviennent sourcilleux. On fouille plus attentivement mes bagages. On inspecte même le disque dur de mon ordinateur. A l'aéroport Ferihegy de Budapest, des hommes en uniforme, pistolet-mitrailleur à l'épaule, patrouillent au milieu des touristes. Avec la guerre à trois cents kilomètres, la Hongrie est inquiète. En 1993, les Balkans sont en état de fièvre. Le blocus infligé à la Serbie de Milosevic a coupé net les frontières et barré cette voie millénaire qui est « *l'échine primitive de l'Europe centrale* » : le Danube. Je m'embrouille face aux réactions incrédules de ces fonctionnaires à qui je dois – parfois – expliquer l'itinéraire de la Première Croisade pour justifier mon voyage. Et tous ces dollars que je transporte en petites coupures...

Voilà neuf siècles, sur ce même parcours, Godefroi de Bouillon découvrait lui aussi une région en état de choc.

Les torrents de Dieu

C'est à la mi-novembre 1096.

Passé la rivière Save, à Zemoun, dans les faubourgs

du Belgrade d'aujourd'hui, l'armée lotharingienne pénètre sur le territoire de l'Empire byzantin. L'actuelle Serbie, en effet, est occupée par les Bulgares mais la Bulgarie elle-même est passée depuis soixante-dix-huit années (1018) sous la domination de Constantinople. Par deux fois – en 1040 et en 1072 – elle a tenté de secouer le joug, comme on dit à Sofia, mais ces révoltes ont échoué. C'est donc sur un territoire colonial au sens strict du terme que s'avancent Godefroi et ses cavaliers. Il est gouverné par des représentants du *basileus* (empereur) « *de Constantinople et du royaume des Grecs* », Alexis Comnène. Le gouverneur byzantin de Belgrade s'appelle Nicétas. Il dispose, pour surveiller ses frontières et maintenir l'ordre, de mercenaires petchénègues, ces tribus turcophones installées dans la région de Sofia et Nish depuis le milieu du XIe siècle et avec lesquelles les Hongrois auront maille à partir pendant des décennies.

Mais Godefroi peut s'étonner.

Belgrade, dans lequel il pénètre avec l'avant-garde de la cavalerie franque, est vide. La ville est même saccagée, pillée, incendiée par endroit. La chapelle orthodoxe n'est plus qu'un tas de gravats calcinés. C'est dans ces marches dévastées de l'empire, paysage d'escarpements et bientôt d'épaisses forêts, que cheminent prudemment les croisés. Une fois encore, les croisades populaires – ce qu'il en reste – ont précédé les barons. En deux vagues successives qui se voulaient les *torrents de Dieu*. D'abord, vers la fin de l'été 1096, les troupes de Gautier-sans-Avoir. Puis, début novembre, la *multitude* de Pierre l'Ermite.

Le gouverneur Nicétas, avec ses archers petchénègues, a d'abord tenté de résister aux exactions. Puis, submergé par le nombre, il a préféré évacuer Belgrade pour se replier sur Nish (à deux cent vingt kilomètres vers le sud). Les habitants – bulgares – de Belgrade se sont réfugiés quant à eux dans les montagnes. (Ils le feront pendant des siècles à chaque invasion.) Les barons francs défilent donc, à pas lents, dans une ville de cendres et de ruines, comme le sont aujourd'hui, dans cette même région, Vukovar ou Goradze. Que s'est-il donc passé quelques semaines auparavant ? Ici aussi, les incidents opposant les foules d'Occident aux marchands locaux ont dégénéré. Pugilats, violences, puis rixes qui prennent de l'ampleur. Jusqu'à la bataille rangée. « *Toute la plaine de Belgrade était couverte de sang et de cadavres* », écrit le chroniqueur Ekkhard de Aura. Ces cadavres sont ceux des pauvres de Dieu, conduits par Pierre L'Ermite, qui partaient vers la terre du Christ.

Ces pillages et ces répressions meurtrières sont souvent mal compris. Je garde en mémoire une longue conversation avec Jôzef Laszlovsky, cet universitaire hongrois, spécialiste de la période. A Sofia, d'autres conversations me ramèneront à ce même sujet qu'il serait fou de négliger : les difficultés logistiques permanentes de la croisade qui ont laissé, neuf siècles après, des souvenirs.

Un change désavantageux

En 1988 s'est tenue, à Budapest, une exposition de numismatique fort intéressante. L'examen des monnaies anciennes que conservent les musées hongrois ou bulgares est riche d'enseignement. Les dates de ces pièces franques, allemandes, scandinaves, italiennes correspondent souvent à celles des croisades successives. Quoi d'étonnant ? Les croisés, qui théoriquement payaient comptant leur ravitaillement sur les marchés, avaient – comme les touristes d'aujourd'hui – des problèmes de change. Ces difficultés, prosaïques mais obsessionnelles, sont maintes fois mentionnées dans les textes et les correspondances de l'époque.

L'accord conclu au château de Sopron, entre le roi Coloman de Hongrie et Godefroi, prévoyait que l'armée franque pourrait « *acheter les choses dont elle aurait besoin, sans querelle et à prix débattu* ». La formulation souligne implicitement que ces problèmes de « *prix débattus* » étaient déjà récurrents avant les croisades, dès l'époque des pèlerinages. Pour complaire à Godefroi, le roi Coloman décrétera que, sur les marchés, la nourriture sera vendue aux croisés « *avec quelque diminution* ». Plus tard, dans une lettre au souverain hongrois, le roi André II (Sixième Croisade) se plaindra explicitement de ces taux de change désavantageux. Dans le message qu'il fera porter à Godefroi, Alexis Comnène déclarera quant à lui, avec une emphase très byzantine : « *Reçois la permission d'acheter.* »

Cette fixation du *juste prix* entraîne parfois des méfiances plus fortes encore. Lorsque les foules de Pierre l'Ermite voulurent se ravitailler à Nish, le gouverneur byzantin Nicétas réclama deux otages francs (Gautier de Breteuil et Geoffroi Burel) pour garantir la sécurité des transactions. En fait, les croisés avaient la conviction (comme beaucoup de voyageurs d'aujourd'hui) que les autochtones cherchaient à les escroquer. On imagine les protestations, les palabres incessants, les menaces... Mais arrivant par groupes de plusieurs milliers de femmes et d'hommes, parmi lesquels beaucoup de combattants, épuisés par la route, convaincus d'être les représentants de Dieu engagés dans une juste croisade, les multitudes de Pierre l'Ermite étaient promptes à s'exaspérer de ces *pinaillages* infinis. Jusqu'à se fâcher.

Pour cette raison même, les souverains locaux – Coloman, Alexis Comnène – répugnent bientôt à ouvrir librement les marchés aux pèlerins. Des marchés qu'ils contrôlent étroitement. « Les questions de change et d'ouverture des marchés, m'assure Jôzef Laszlovsky, étaient un privilège exclusif du roi Coloman qui contrôlait directement l'ensemble du territoire hongrois. » A plusieurs reprises, les foules de la croisade populaire trouvent sur leur chemin les marchés vides, fermés, barricadés à l'intérieur des forteresses. La nourriture manque, et le fourrage pour les chevaux... La colère gronde. Et explose.

Les difficultés de ravitaillement sont souvent dramatiques. A plusieurs reprises, il est dit dans les chroniques que les croisés répandus dans les champs alentour « *moissonnent du blé mûr pour se nourrir* ».

Le change et le ravitaillement proprement dits ne sont d'ailleurs pas les seules contraintes logistiques. Celle de la langue n'est pas moins redoutable. De seigneur à souverain local, on use du latin qui, toute proportion gardée, est un peu comme l'anglais aujourd'hui : une langue d'échange international. Mais lorsqu'il s'agit de converser avec les *chétifs* ou les autochtones de bas rang, un interprète s'impose. En dépassant Belgrade pour marcher vers Nish, l'armée de Godefroi de Bouillon enrôle ainsi un Bulgare qui, disent les chroniques, « *a résolu de suivre les croisés jusqu'à Jérusalem* ». Il servira d'interprète.

Avançons derrière lui.

1993 : Sofia barricadé

Je trouve en ce début juin 1993 Sofia, capitale de la Bulgarie, non point dévasté comme Belgrade en 1096 mais littéralement barricadé. J'entends sans cesse des cliquetis de portes que l'on ferme, des rideaux métalliques que l'on tire, des appels à la prudence chuchotés au voyageur. Dans cette cité aux allures moscovites, sur les avenues aux pavés jaunes et rectangulaires que décrivait déjà Albert Londres venu enquêter sur les *Comitadjis*, en 1931, des regards lourds suivent le visiteur occidental. Les amis qui vous conduisent n'oublient jamais d'enlever les essuie-glaces de leur voiture et d'emporter l'autoradio à chaque fois qu'ils se garent. Pour aller dîner dans une famille bulgare, il faut franchir des grilles cadenassées, des portes munies d'œilletons et de verrous multiples.

Avec une criminalité qui explose, des mafias en tout genre, des policiers rançonneurs (jusqu'à quatre mille levas, c'est-à-dire mille francs, pour une infraction imaginaire !), une légalité chancelante, une vie politique convulsive assez peu déchiffrable, la Bulgarie se trouve précipitée dans les désordres désormais classiques du postcommunisme. Mais un peu plus tard que les anciens pays frères. Et sans doute plus brutalement. Le surlendemain de mon arrivée, le président de la République, M. Jeliou Jelev, lance un appel solennel au Parlement et au pays. Il faut, dit-il, que cette insécurité, ces rackets et cette violence cessent. Il exige que l'action de la police soit clairement définie et que l'État de droit s'impose à tous. Si le président lui-même le dit...

Voyons la ville.

Je marche longuement sur l'avenue piétonnière Vitocha qui unit métaphoriquement le pharaonique palais de la Culture, à la mode soviétique, inauguré en 1981 et symbolisant les derniers fastes communistes, au nouvel hôtel Sheraton où triomphent, depuis peu, le rêve américain et *CNN* reçu par satellite. La promenade est édifiante. Innombrables échoppes privées, anciens garages, entrées d'immeubles, porches ou recoins transformés à la hâte en boutiques, journaux pornographiques imprimés sur du mauvais papier, queues patientes pour acheter au prix fort des chaussures occidentales d'importation, jeunes filles en collant fluo portant sur l'épaule une radiocassette à plein régime, mendiants tziganes et affluence vaguement orientale aux terrasses. La ville s'abandonne à une avidité consumériste mais avec des manières encore gauches et – surtout – une absence de ressources plus criante que nulle part ailleurs. (Sauf, peut-être, en Roumanie et en Albanie.) D'où cette impression de soviétisme provincial et famélique juxtaposé aux ostentations nouvelles de la consommation.

Les problèmes de change ? Si Pierre l'Ermite et Godefroi de Bouillon leur consacrèrent beaucoup de temps, le Sofia d'aujourd'hui n'est pas en reste. En libéralisant le commerce des monnaies grâce à une notion juridique tirée de l'ancien droit bulgare, le nouveau régime a transformé la capitale tout entière en une effervescente boutique de change. La chasse aux devises mobilise tout le monde. Chaque magasin ou presque, la moindre boutique de disques, les cafés et les épiceries, parfois, sont surmontés d'enseignes offrant un change avantageux et « sans commission ». Sur les trottoirs, des inconnus vous proposent à l'oreille des taux encore plus séduisants. Il est vrai qu'il s'agit ordinairement de fausse monnaie.

Méfiance générale, conseils de prudence rabâchés, avenues désertées quand la nuit tombe. Le climat est lourd. Difficile, à Sofia, de régler le moindre achat sans que le billet de deux cents levas que vous donnez ne soit tourné et retourné, scruté en transparence, froissé du bout des doigts.

On s'habitue.

Fantasmes et conspirations

Mais la Bulgarie n'affiche pas seulement les symptômes classiques de l'après-communisme. Elle paie aussi cette position de carrefour géographique, de passerelle entre Orient et Occident, de chemin vers le nord et la Russie qui était déjà la sienne au temps des croisades. En 1993, c'est par Sofia que transite une bonne part de l'argent sale en quête de filière ou de blanchiment : celui de la drogue, celui des armes pour l'ex-Yougoslavie, celui des trafics en tout genre qui ont bourgeonné sur l'immense empire rouge en décomposition. Une population très spéciale d'apparatchiks reconvertis dans un ténébreux *business* hante donc la capitale. Et cela se voit.

Dans un pays encore livré à la pénurie et où explose le chômage, d'insolentes fortunes surgissent et des nouveaux riches paradent dans les rues, conduisant derrière leurs Ray-Ban, des Mercedes haut de gamme, des vans Suzuki ou des BMW. On a signalé récemment l'apparition de la première Rolls avec chauffeur dans les rues de Sofia. Ce luxe arrogant, juxtaposé à tant de frustrations, exacerbe la tension. Un proche conseiller de la présidence m'assure que la criminalité s'aggrave avec la multiplication des agressions violentes, des viols et des meurtres.

Aurai-je besoin d'un *bodigard* ?

La question que l'on me pose n'est pas une plaisanterie. Le mot anglais *bodyguard* (garde du corps) a été phonétiquement intégré à la langue bulgare. Voilà bien une profession en plein essor ! Les trottoirs, les entrées d'hôtels ou de restaurants, les parkings sont peuplés, vers le soir, de costauds en veston cravate posant un regard noir sur les passants et brandissant, comme signe tangible de leur dignité paramilitaire, un *talky walky*. Au vieil hôtel Bulgaria, où je me suis installé (en hommage à Albert Londres qui y avait ses quartiers), on boucle les portes derrière moi, on me suit dans les couloirs jusqu'à ma chambre, on m'adjure assez mystérieusement de n'utiliser – pour le même prix – que les taxis de l'hôtel.

Ce fond de décor passablement romanesque est imputable, certes, à l'insécurité mais il procède aussi d'un fantasme typiquement bulgare : celui de la conspiration, du complot, des manigances obscures. La remarque ne vient pas de moi. Elle m'est répétée partout et n'est d'ailleurs pas tout à fait étrangère à mon sujet. Albert Londres ironisait déjà, en 1931, sur cette obsession du conspirateur, du *comitadji*, cette omniprésence de ce qu'il appelait l'ombre dans la vie bulgare. « *L'ombre du comitadji*, écrivait-il, *est plaquée sur la vie bulgare. Elle est là, sur le palais royal, là sur les murs des ministères, là sur le Sobranié.* » Une jeune étudiante francophone me souffle en riant que son pays souffre du « syndrome de l'esclavage » et de la hantise d'être manipulé par quelque grande puissance. Il est vrai que l'histoire de la Bulgarie est d'abord celle d'un assujettissement. En mille années, le pays s'est trouvé trois fois dominé. Et longtemps. Près de deux siècles par Byzance (1018-1185), quatre siècles par l'Empire ottoman (1453-1878) et un demi-siècle par l'Empire soviétique (1945-1991). Dans les intervalles, Sofia est allé plusieurs fois se chercher un roi à l'étranger.

La mémoire d'un jeune écolier bulgare est donc emplie de récits exaltant la résistance contre les Turcs cruels qui crevaient les yeux des insurgés, des traîtrises des grands et de la perfidie des janissaires. Au moment de la chute du communisme, en 1989-1991, les dirigeants de la coalition démocratique (le parti bleu, comme on dit à Sofia) accusaient les communistes d'avoir « bradé l'indépendance du pays ». La méfiance, le goût du secret, l'art de l'action clandestine (voire terroriste) sont constitutifs, me dit-on, de la mentalité bulgare. Très logiquement, l'histoire nationale que l'on exalte ici est surtout celle des périodes – fugitives – pendant lesquelles le pays avait recouvré sa souveraineté.

L'Occident tout entier

L'année 1096 n'en fait pas partie. Lorsqu'il s'avance sur l'ancienne voie romaine conduisant de Sofia à Philippopolis (l'actuel Plovdiv), ce n'est pas avec les Bulgares que Godefroi négocie. C'est avec Alexis Comnène et ses représentants locaux. L'approche de ces quatre puissantes armées franques qui viennent théoriquement à son secours préoccupe – mais beaucoup – le basileus de Constantinople. On connaît assez bien son état d'esprit du moment grâce au témoignage de sa fille, l'historienne Anne Comnène, que j'ai déjà citée.

« *L'empereur*, écrit-elle, *entendit la rumeur touchant l'approche d'innombrables armées franques. Il en redoutait l'arrivée, car il connaissait leur élan irrésistible, leur caractère instable et versatile, ainsi que tout ce qui est propre au tempérament celte avec toutes ses conséquences nécessaires. Il savait qu'ils ont toujours la bouche ouverte devant les richesses et qu'à la première occasion on les voit enfreindre leurs traités sans scrupules. Cela, il l'avait toujours entendu dire et parfaitement vérifié. Loin de se décourager, pourtant, il prenait toutes ses dispositions pour être prêt à combattre si l'occasion le demandait. La réalité était beaucoup plus grave et plus terrible que les bruits qui couraient, car c'était l'Occident entier, tout ce qu'il y a de nations barbares habitant le pays situé entre l'autre rive de l'Adriatique et les Colonnes d'Hercule, c'était tout cela qui émigrait en masse, cheminait par familles entières et marchait sur l'Asie en traversant l'Europe d'un bout à l'autre.* »

VII

Plovdiv (Bulgarie) : le feu dans les Balkans

C'est un tressaillement bizarre, une nervosité indéfinissable que l'on met un certain temps à comprendre. Les Bulgares de rencontre ne ressuscitent jamais le passé avec un parfait détachement : Ivan Bogilov, médiéviste et byzantinologue de l'Université, Véra Moustachéva, romancière incollable sur le haut Moyen Age, Kouprinka Tchervenkova, rédactrice en chef de la revue *Kultura*, Rangel Valtchanov, metteur en scène, ou Antonina Jelayskova, spécialiste de la période ottomane. Et quelques autres...

Le passé ? La mémoire des empires évanouis et des frontières changeantes ? Croit-on que tout cela puisse être innocent dans les Balkans de 1993 guettés, à nouveau, par des nationalismes archaïques, meurtris, kilomètres après kilomètres par des tueries anciennes, bouleversés jusqu'au tréfonds d'eux-mêmes par ce nouveau basculement de l'Histoire qu'est la fin du communisme ? Mes questions sur les croisades réveillent, par ricochet, des souvenirs enfouis, animent des fantômes qui nous entraînent aussitôt sur des sujets annexes, mais jamais subalternes.

La traversée du temps

D'abord parce qu'ici la mémoire est à recomposer, à reconstruire de fond en comble. Partout depuis Budapest, j'entends exprimer la même défiance à l'égard du passé tel qu'il fut réécrit, *instrumentalisé* par l'historiographie communiste. « Nous n'avons pas confiance dans ce que nous avons appris à l'école », me souffle Radka, jeune ingénieur de Plovdiv. Et tous, au fond, expriment le même embarras. Comment vivre, comment se situer dans le monde, lorsque la connaissance qu'on a de soi-même est à ce point soupçonnable ? Où trouver ses repères au milieu de cette incrédulité qui progresse maintenant comme un troublant malaise dans chaque mémoire ?

Ce n'est pas tout. Voici donc la guerre revenue dans la région. Et aussi le dangereux souci d'exister sous un drapeau, de réaffirmer ses droits, de défendre les « provinces perdues », les minorités flouées, les dignités bafouées. C'est un jeu mortel. Chacun le sait. Et les Bulgares mieux que quiconque, qui font preuve d'une prudence de chat sur la question de la Macédoine, et campent, pour l'instant, dans une sagesse qui serre les dents. Il n'empêche. Dans cette région labyrinthique et meurtrie, le passé revient à l'ordre du jour. De Budapest à Belgrade, de Skoplje à Sofia, une certaine figure, haute en couleurs et enluminures, est devenue une référence obsessionnelle : la carte de géographie, *les* cartes, plus exactement, et tout ce qu'elles disent de la traversée du temps. On y revient sans cesse, on les brandit à tout propos, on les montre avec leurs couleurs entremêlées comme dans les livres d'école.

Chacun y trouve de bonnes raisons d'infléchir le tracé d'une frontière avec le doigt, d'affirmer un droit historique, de prouver une ancienneté spécifique ou une composition ethnique indiscutable. On convoque des héros très anciens (quitte à se les disputer), on exalte le témoignage de géographes d'autrefois, ou celui des poètes. On invoque la « vérité historique » comme une arme contre la « propagande » adverse. Ici, trop de peuples imbriqués ont à se partager un trop petit espace. Trop d'empires successifs ont bousculé trop d'équilibres locaux et, trop souvent, la répartition des ethnies. Le quatrième et dernier empire en date (après Byzance, l'Autriche-Hongrie et la Sublime Porte) étant le soviétique. A chaque dissolution d'un empire, savez-vous, les mêmes charcutages ont eu lieu. Et souvent dans le sang.

La purification ethnique n'est pas une nouveauté dans la région. Les Roumains la pratiquèrent, en 1878, dans la Dobroudja. Et les Bulgares s'en souviennent. La Grèce fit de même, en Macédoine, en 1913. L'histoire des Balkans est un écheveau. Chacun m'invite, moi aussi, à le démêler en toute objectivité. Mais le peut-on ?

Vivre comme vous...

A Sofia, on vient de réimprimer à l'identique un étrange document en quatre langues, du format d'un atlas : *Les Frontières de la Bulgarie de 619 à 1917*. Préfacé à l'époque par D. Rizoff, ministre de Bulgarie à Berlin, il rassemble quarante cartes retraçant – sur treize siècles – l'histoire des frontières du pays. Officiellement, cette réimpression n'est pas une initiative politique mais éditoriale. Elle vient tout de même opportunément rappeler qu'avant sa conquête par Byzance l'Empire bulgare englobait la Serbie actuelle, le Monténégro, la Macédoine et une partie de la Grèce. Quand elles n'insistent pas sur les frontières politiques proprement dites, les cartes s'en tiennent – comme celle de 1900 – à l'ethnographie, et montrent une présence bulgare indiscutablement plus étendue qu'aujourd'hui.

Je passe des heures à examiner ce document. Toute carte est un instrument de guerre. Ces *reprints*, ces nostalgies discrètes et ces réexamens insistants du congrès de Berlin de 1878 : tout cela pue la guerre. Je sais qu'à Belgrade, Athènes, Skoplje ou Zagreb on en réimprime, dans le même temps, de semblables et différentes à la fois. Les nations balkaniques savent fort bien qu'en se penchant avec une même fièvre sur les atlas d'autrefois elles s'approchent d'un feu qui peut les consumer. D'où, dans le même temps, ces protestations de sagesse, voire d'indifférence ; cette affirmation ostentatoire d'une appartenance européenne uniquement vouée au *doux commerce* et à la possession des choses.

Voyez les rues de Sofia ou de Plovdiv ! Cette *revendication européenne* s'exprime par une boulimie de consommation, une obsession de rock et de magazines *people*, un impérieux besoin de commerce privé, de vêtements à la mode ou d'antennes satellite pour capter *Dallas* et *Dynastie*. « Nous voulons vivre normalement, comme vous », répètent les Bulgares. Fort bien. Mais qu'arriverait-il si cette impatience – forcément naïve – se trouvait déçue ? Ou désappointée par les lenteurs de l'admission au paradis capitaliste ?

On me dit partout que la déception est déjà là. Et en Bulgarie peut-être plus qu'ailleurs. C'est criant. Chacun comprend peu à peu que le paradis capitaliste, si tant est qu'il existe, n'est pas donné en prime dès lors qu'on a incendié, comme à Sofia, l'immeuble du comité central. Ce sera long. Très long peut-être. Trop long en tout cas.

Alors soyons inquiets.

Nach Constantinople...

Dans ce climat pesant, mes questions sur les croisades introduisent, heureusement, un rapport plus pacifié avec le passé. Mais c'est un peu par hasard. En 1096, la Bulgarie était à la fois immense et soumise à Byzance. Cette providence de la chronologie historique nous offre en quelque sorte un intervalle en blanc, une zone neutre qui autorise les évocations rassérénées. L'histoire de la Bulgarie, à l'époque et jusqu'en 1187, se confond avec celle de Constantinople.

Alors, c'est de la route elle-même que nous parlons d'abord.

Ce chemin vers l'Orient devient maintenant à mes yeux comme un grand personnage à part entière. J'apprends à connaître, chaque fois un peu mieux, les détails de ce tracé millénaire qui unissait Vienne à Constantinople en passant par Budapest, Belgrade, Sofia et Andrinople. Or c'est cet itinéraire, suivi par la Première Croisade, que reprennent aujourd'hui, *grosso modo,* les autoroutes d'Europe Centrale et, bien sûr, l'ancien Orient-Express. En train ou en voiture, me voilà à peu près sûr de mettre mes pas dans ceux de Godefroi de Bouillon.

Fameuse route... Elle fut créée, au tout début de l'ère chrétienne, par l'empereur Trajan (53-117), au moment où Rome organisait son empire sur la quasi-totalité du monde connu et le couvrait de voies militaires. Elle reprenait sans doute un tracé plus ancien encore, dont l'origine se perd dans la nuit des temps. Mais Trajan en fit – déjà – une vraie et bonne route. Posée sur un bon mètre de cailloux damés, recouverte de dalles de pierre rectangulaires. Véra Moustacheva raconte que, dans sa jeunesse, on pouvait encore voir, dans une forêt proche de Sofia, dissimulés au milieu des ronces, des vestiges de la route de Trajan. A la sortie de Sofia, d'ailleurs, la rocade à quatre voies qui file vers Plovdiv à travers les banlieues prolétaires s'appelle *Tzarigrad Sko*, la chaussée de l'Empereur...

Plus surprenant : cette route originelle était encore praticable au XVIe siècle. Une source précise permet de n'en pas douter : le récit de voyage d'un historien tchèque, Konstantin Jirelek qui, vers 1560, travaillait pour un comptoir de Leipzig. Son livre, *Die Herrstrasse von Belgrade nach Constantinople* (La Route militaire de Belgrade à Constantinople) atteste qu'à l'époque les dalles de pierre étaient toujours en place, ainsi que les bornes indiquant, de loin en loin, les distances.

En 1096, c'est donc une route largement carrossable qu'empruntent Godefroi de Bouillon et son armée.

La légende et l'Histoire

A Sofia, je fais le compte des autres souvenirs identifiables se rapportant aux croisades. Ils ne manquent pas en Bulgarie. L'un des quartiers de la capitale s'appelle encore *Podouène*, déformation évidente du nom français Baudouin. Mais il s'agit sans doute de Baudouin de Flandres, l'un des barons de la Quatrième Croisade, qui fut le très éphémère empereur *latin* de Constantinople après la prise et le pillage de la ville par les Francs, en 1204. A cette époque, les Bulgares venaient de recouvrer leur indépendance (1187). Ils espéraient trouver chez les croisés des alliés contre les Byzantins. Ils furent déçus. Les Francs pillèrent largement le pays et se trouvèrent en rivalité avec les Bulgares pour se partager les dépouilles de Byzance. Alors qu'il cherchait à s'emparer d'Andrinople, Baudouin de Flandres fut tué dans un combat contre l'armée du roi bulgare Kaloïan.

La légende bulgare a, bien entendu, enjolivé l'épisode. A Velino Cornovo, l'ancienne capitale, on montre aujourd'hui aux touristes une certaine tour Baudouin où le croisé, dit-on, fut retenu prisonnier. On ajoute qu'il parvint à séduire l'épouse du roi, la perfide Tzelgouba et qu'il fut, à cause de cela, exécuté puis précipité dans la rivière Iantra. La reine, ajoute-t-on, fit ensuite assassiner son royal mari par un mercenaire, Manastre, dont elle était la maîtresse. (Le roi Kaloïan est mort, en réalité, durant le siège de Thessalonique par l'armée bulgare.) Cette légende de Tzelgouba, la reine traîtresse, exprime assez bien le sentiment populaire. En Bulgarie, le roi-patriote Kaloïan – Jean-le-Beau – est toujours vénéré.

Autre souvenir ambigu, cette région, comprise entre Sofia et Nish (en Serbie), où survit ce particularisme bulgare mal identifié : celui des Chops. Les Chops, un peu comme les Auvergnats ou les Belges chez nous, sont l'objet de mille et une anecdotes narquoises. On les dit malins mais conservateurs, paresseux et circonspects. Chacun affirme que leur histoire se confond avec celle des croisades et l'on en veut pour preuve le nom de leur principal village, *Condofrei*, dans lequel on voit une déformation de Comte de Frée. En réalité, les historiens les mieux informés m'assurent que si les Chops ont un rapport avec les croisades, c'est qu'ils sont les lointains descendants des petchénègues, ces nomades qui servaient, en 1096, de mercenaires à l'empereur de Byzance. Ceux-là mêmes qui harcelèrent les croisés.

La vérité vaut bien la légende.

Sous la porte de Trajan

L'Histoire est parfois bien plus précise.

A quelques dizaines de kilomètres de Sofia, le train Istanbul Express, où j'ai pris place, s'arrête en gare de Belovo. Cette petite ville bulgare marque le bout d'une vallée resserrée entre deux montagnes : la chaîne de Sdrednegura et le massif du Rhodope qui court jusqu'en Grèce et vit naître Orphée (un héros bulgare, dit-on à

Sofia !). Au-delà de Belovo, commence l'immense plaine de Thrace avec ses blés vert sombre, ses pâturages et ses vignes. D'ici, la route est libre jusqu'à la mer de Marmara. A cette démarcation du relief, près de Kalouguerovo (le village des moines), l'ancienne route romaine passait sous une arche de pierre monumentale baptisée porte de Trajan. Son emplacement correspond toujours à une frontière climatique et surtout linguistique entre les deux dialectes bulgares. Pour les Romains, la porte était surtout censée marquer la grande limite symbolique entre deux mondes : l'Occident et l'Orient. Plus tard, les Byzantins prirent l'habitude d'appeler cet endroit la vallée des Bulgares. La formule exprimait une certaine crainte : ils avaient subi ici plusieurs défaites militaires.

En décembre 1096, Godefroi de Bouillon et ses chevaliers passèrent effectivement sous la porte de Trajan avant d'arriver à Philippopolis (l'actuel Plovdiv), où ils furent reçus en grande pompe par les émissaires de l'empereur Alexis Comnène. Dans un premier temps, le basileus, inquiet mais réaliste, n'entendait pas s'aliéner une force militaire aussi puissante qui avançait irrésistiblement vers sa capitale. Pour cette raison, la Première Croisade traversa sans encombre l'actuelle Bulgarie. Au point que cet épisode occupe à peine quelques lignes dans la plupart des chroniques.

Dans le train pour Plovdiv, cependant, la moindre conversation me ramène immanquablement à la route de Trajan et aux centaines de générations humaines qui, au fil des siècles, l'auront empruntée. Et cela, bien plus tardivement qu'on ne le croit.

Une femme députée de la coalition des partis démocratiques, Katarina Mikaïlova, qui rejoint sa circonscription, s'installe par hasard dans mon compartiment. Elle sourit lorsque je lui parle des anciens pèlerinages et des croisades. Son propre grand-père, à l'âge de cinq ans, fut emmené par ses parents à dos d'âne jusqu'à Jérusalem. Elle enchaîne par un long récit rêveur où chantent quelques noms magiques. Ses parents produisaient de l'essence de parfum dans la région de Karlovo qu'on appelle la vallée des Roses. C'était sous l'Empire ottoman, au milieu du XIXe siècle. A cette époque, les chrétiens bulgares demeuraient fidèles à la tradition du pèlerinage en Terre sainte. Quant à l'administration turque, qui autorisait ces voyages chrétiens, elle témoignait à peu de frais de son libéralisme en matière de religion. Seul détail incongru qu'il faut attribuer au syncrétisme islamo-chrétien : en Bulgarie, on appelle toujours *hadji* le chrétien qui revient du Saint-Sépulcre.

Douceurs bulgares

Voilà Plovdiv qui se présente, à l'instar de Rome, comme la ville aux sept collines. J'y passe la nuit et la journée suivante. La deuxième ville de Bulgarie, où les croisés de Godefroi, une fois n'est pas coutume, furent fêtés et comblés de cadeaux, a gardé je ne sais quelle douceur indéfinissable. Elle vient à pic pour corriger l'impression d'anxiété ingrate que m'a laissée Sofia. De cette douceur élégante, Plovdiv est très fier. Cité historique, truffée de vestiges romains, d'anciens amphithéâtres et de colonnes exhumées, c'est la ville la plus *bleue* de Bulgarie. C'est-à-dire la plus anticommuniste.

C'est aussi, me dit-on, la plus raffinée. Le centre ville y est astiqué et les vitrines élégantes. Plovdiv, dont le maire est d'origine arménienne, est une ville de commerce et de culture. Des architectes-promoteurs, très *nouveaux-businessmen* de l'Est, m'y font les honneurs des lieux, m'ouvrent d'anciennes caves voûtées, transformées en restaurants, m'amènent au nouveau club chic, dans le parc de Loven (des Chasseurs), au bord d'un lac artificiel où l'on écoute des rengaines *sixties* en dégustant des *chopska* (salade bulgare au fromage) sur une terrasse ombragée. On insiste pour me montrer la maison où Lamartine, au retour de son voyage en Orient, se remit quelque temps d'une maladie. Il s'attira la sympathie des Bulgares par ses propos indépendantistes et plutôt antiturcs. Une plaque installée par l'Alliance française locale perpétue le pieux souvenir.

Il arrive *aussi* que le postcommunisme, après tout, n'ait pas si mauvaise mine.

L'Istanbul Express quitte la gare de Plovdiv à 22 h 20.

VIII
Istanbul (Turquie) : la ville des villes

Cet éblouissement-là fut l'un des plus extraordinaires de l'Histoire. Il a traversé neuf siècles comme un électrochoc culturel, nourri des chansons de geste et des chroniques, des légendes et des épopées. Comment n'y songerais-je pas, le cœur battant, lorsque l'Istanbul Express, qui arrive de Munich, Vienne et Sofia, en sortant des Balkans, longe enfin les premiers pans de la muraille byzantine dont les vestiges bordent encore la mer de Marmara ? Reconstruite au ve siècle par l'empereur Théodose, cette muraille fabuleuse, qui se prolonge perpendiculairement jusqu'à la Corne d'or, puis jusqu'au Bosphore (vingt kilomètres au total), protégeait Constantinople, le 23 décembre 1096, lorsque l'armée de Godefroi de Bouillon vint buter sur ses fossés.

Elle est toujours là ! Avec ses quatre-vingt-seize tours, ses épaisseurs de briques et de roc percées d'ogives et de portes.

Ce 24 décembre 1096, c'est la veille d'un Noël étrange. Les *batailles* de chevaliers et de gueux épuisés par la route, les soudards lotharingiens et les *sergents* wallons, catapultés vers ce qui est encore l'autre bout du monde connu, s'apprêtent à découvrir une cité incroyable dont la description, mille fois répétée, va bientôt traverser tout l'Occident. Derrière l'arrondi des murailles, en effet, sur ce promontoire qui est comme un bras de l'Europe tendu vers l'est pour effleurer l'Asie, s'étage la ville des villes, comme on l'appelait jusqu'en Chine à l'époque, une deuxième Rome de six cent mille habitants. Oui, mes maîtres ! Quand Paris, là-bas, dans cet Empire latin d'Occident ruiné par des siècles d'invasions n'est qu'une bourgade primitive de vingt mille âmes et que, dans les provinces du royaume des Francs, la plupart des châteaux sont encore des fortins de bois.

La ville des villes ?

Pour qui arrive, comme moi, en 1993, des territoires dévastés de l'ex-Empire soviétique, pour qui vient de Bucarest ou Sofia, avec leurs maigres lumières, leurs vitrines pingres et leurs boulimies un peu vulgaires – ces fatalités du postcommunisme –, l'éblouissement n'est pas si différent. Les Balkans, eux aussi, sont épuisés par une longue barbarie. Qui ne serait ébahi, subjugué, saoulé par cette cité, frénétique et douce à la fois, aux dix millions d'habitants, dix mille taxis, deux millions de touristes et aux milliards de bruits, qui surgit au bout du chemin ? Et plus encore lorsqu'on y arrive à petite vitesse par ce train démantibulé, ce fantôme pathétique de l'Orient-Express de jadis qui n'a plus, aujourd'hui, ni velours pelucheux, ni wagons-salons au luxe kitsch, ni menus écrits à la plume d'oie. Juste une rame de quatre voitures à peu près vides d'où émergent, pendant les longues haltes nocturnes, quelques routards ensommeillés et sans le sou. Bien avant Istanbul, d'ailleurs, sont venus en quelque sorte à ma rencontre les rumeurs d'immenses chantiers de villes nouvelles, de nœuds routiers et de gares qui apportent, jusque dans les campagnes de Thrace, le souffle d'un dynamisme stanbuliote dont nous avons perdu l'habitude.

Je ne suis pas le seul à être ébloui par cet Istanbul moderne qui explose de vie et de projets. Les nouveaux commerçants *privés* de Bulgarie, d'Ukraine, de Géorgie ou des Carpates roumaines, viennent désormais s'approvisionner sur le Bosphore. Des bataillons de faux touristes musulmans, accourus des républiques sœurs de Kirghizie, du Turkmenistan ou d'Azerbaïdjan, débarquent sans cesse à l'aéroport d'Istanbul avec d'énormes valises vides et se précipitent, pour les remplir, au Grand Bazar de la vieille ville. Des autobus entiers de retraités européens font route en permanence vers Sainte-Sophie, Topkapi ou la Mosquée bleue. Et tous ces gens peuvent bien se frotter les yeux avec la même incrédulité. Certains lieux paraissent désignés par l'Histoire pour stupéfier l'univers.

Celui-là en est un. A nouveau. Comme hier.

« *Tant y avait...* »

Soyons plus précis. L'Histoire, cette fois, vaut encore mieux que la légende. Lorsque les cavaliers de Godefroi arrêtent leurs chevaux fourbus, fin décembre 1096, près de la porte de Gyrolimne, au pied du palais de Blachernes où règne l'empereur Alexis Comnène, Constantinople incarne l'extrême avancée de la civilisation et – avec la Chine – l'apogée de toute la splendeur du monde.

Les chroniques médiévales de Robert de Clary, rédigées un siècle plus tard, permettent malgré tout de se faire une idée de la stupéfaction incrédule qui fut celle des croisés en leur premier bivouac. « *Tant y avait de riches vaisselles d'or et d'argent et de drap d'or et tant de riches joyaux que c'était une fine merveille du grand avoir qui en ce lieu fut apporté ; et jamais depuis que ce siècle fut instauré n'y eut de si grand avoir, si noble et si riche, ni vu ni conquis, ni au temps d'Alexandre, ni au temps de Charlemagne, ni avant ni après.* »

Les croisés aperçoivent, au-delà des murailles, un entassement de palais et de statues, de porphyre et d'or, un jaillissement de colonnes et d'églises byzantines avec des places immenses, dallées de marbre, des avenues – comme celle de la Mésée, partant du forum d'Auguste – où s'alignent des boutiques à étages. Un hippodrome romain de quatre cents mètres de long et de trente mille places, surplombant la mer de Marmara, bâti jadis par Septime Sévère et agrandi par Constantin le Grand. Et ces cohues de serviteurs dans les avenues, ces animaux étranges – chameaux, éléphants – que mènent des esclaves « *noirs comme le péché* »... Et Sainte-Sophie la byzantine (transformée en mosquée et aujourd'hui musée), avec sa coupole à cinquante et un mètres du sol et ses autels couverts d'ivoire, d'or et de pierres précieuses... Et ces aqueducs vertigineux de plus d'un kilomètre, ces cent soixante thermes, ces deux cents églises...

Les murailles de Constantin

« Les remparts, composés de deux rangs de murailles flanquées de tours carrées, ont à leur pied un large fossé comblé maintenant par des cultures et revêtu d'un parapet de pierre, ce qui formait trois enceintes à franchir. Ce sont les antiques murailles de Constantin, telles que les assauts, le temps, les tremblements de terre les ont faites ; dans leurs assises de briques et de pierres, on voit encore des brèches ouvertes par les catapultes, les balistes, les béliers et cette gigantesque couleuvrine, mastodonte de l'artillerie, que servaient sept canonniers, et qui lançait des boulets de marbre du poids de six cents livres. Çà et là une immense lézarde fend une tour du haut en bas ; plus loin, tout un pan de mur est tombé au fond du fossé ; mais où la pierre manque, le vent apporte de la poussière et des graines, un arbuste se développe à la place du créneau (*sic*) absent, et devient un arbre ; les mille griffes des plantes parasites retiennent la brique qui va choir ; les racines des arbousiers, après avoir été des pinces pour s'introduire entre les joints des pierres, se changent en crampons pour les retenir, et la muraille continue sans interruption, découpant sur le ciel sa silhouette ébréchée, étalant ses courtines drapées de lierre et dorées par le temps de tons sévères et riches. De distance en distance s'élèvent les vieilles portes d'architecture byzantine, empâtées de maçonnerie turque mais reconnaissables encore [...]

« Ces murailles roussâtres, encombrées de la végétation des ruines, qui s'écroulent lentement dans la solitude, et sur lesquelles courent quelques lézards, il y a quatre cents ans voyaient, ameutées à leur pied, les hordes de l'Asie poussées par le terrible Mehmet II. Les corps des janissaires et des timariots roulaient, criblés de blessures, dans ce fossé où s'épanouissent maintenant de pacifiques légumes ; des cascatelles de sang ruisselaient sur leurs parois où pendent les filaments des saxifrages et des plantes pariétaires. Une des plus terribles luttes humaines, lutte de race contre race, de religion contre religion, eut lieu dans ce désert où règne un silence de mort. Comme toujours, la jeune barbarie l'emporta sur la civilisation décrépite, et, pendant que le prêtre grec faisait frire ses poissons, ne pouvant pas croire à la prise de Constantinople, Mehmet II, triomphant, poussait son cheval dans Sainte-Sophie et marquait sa main sanglante sur la muraille du sanctuaire, la croix tombait du haut des dômes pour faire place au croissant, et l'on retirait, de dessous un tas de morts, l'empereur Constantin, sanglant, mutilé, et reconnaissable seulement aux aigles d'or qui agrafaient ses cothurnes de pourpre. »

(Théophile Gautier, *Constantinople*, 1853)

Se frottent-ils les yeux, eux aussi, ces cavaliers francs brûlés par la route ? Sait-on vraiment ce que fut cette journée-là pour ces athlètes sans peur mais souvent illettrés qui, après six mille kilomètres, arrivaient des brumes d'Europe et des montagnes d'Auvergne ?

La splendeur de Constantinople et le contraste qu'elle offre avec l'archaïsme de l'Occident résument toute l'histoire du premier millénaire chrétien. Cette métropole de marchands et de prêtres, cette cité étincelante et cruelle, cette capitale rusée comme ses intrigues de palais, mystique et voluptueuse comme l'Orient, c'est une chrétienté mise à l'abri, pendant cinq siècles, derrière ses murailles et sauvée des régressions barbares comme des décadences. C'est aussi l'héritière d'Athènes et de Rome qui s'est protégée obstinément de tous les périls. En ce XIe siècle, elle tient toujours les routes du blé, de l'or, de l'étain, des étoffes et du cuivre ; elle contrôle les pistes caravanières de l'Orient, administre un empire et règne sur les mers. Et sur la foi.

Fondée, dans la nuit des temps, sous le nom de Byzance (sept siècles avant J.-C.), rebaptisée en 325 par Constantin, l'empereur converti au christianisme, elle est devenue la capitale de l'Empire romain d'Orient, la deuxième Rome, quand l'Occident sombrait dans la décadence et que Rome – la véritable – était réduite au chaos par les révolutions et les invasions des Germains ou des Huns. Barricadée derrière ses murailles, protégée à l'est par le Bosphore, Constantinople a su résister pendant des siècles aux menaces et aux pillages. Lorsque la puissance des remparts ou de l'énorme chaîne qui barrait la Corne d'or, celle des feux grégeois et des armes n'y suffisaient pas, il restait toujours assez d'or pour acheter la convoitise des barbares qui s'en retournaient – comme firent les Huns – vers leurs steppes d'Asie centrale, leurs mules chargées de *cadeaux*.

Certes, la ville impériale a souffert des tremblements de terre, des émeutes, des guerres dynastiques et des incendies. Mais en 1096, lorsque le pieux Godefroi la découvre, elle vient de vivre, depuis le IXe siècle, son deuxième âge d'or. (Elle connut le premier, sous Justinien, en 527-565.) En vérité, les croisés pénètrent cet hiver-là dans un monde et une civilisation qui, malgré le réveil culturel et économique du haut Moyen Age européen, ont encore deux bons siècles d'avance sur l'Occident.

Le faubourg des étrangers

Neuf siècles après, forcément, mes curiosités et mes courses ne sont pas tout à fait celles des touristes. Ce Tekfur-Saray, où je rôde d'abord, c'est l'endroit stratégique de la Première Croisade. Loin du Bosphore, à l'endroit où la muraille de l'ouest rejoint les rives de la Corne d'or, c'est là où se trouvait le palais de Blachernes, d'Alexis Comnène, bientôt remplacé par le palais byzantin de Tekfur. C'est là que l'empereur reçut, l'un après l'autre, les chefs des quatre armées franques venues d'Europe. Avec dans l'esprit, comme on le verra, autant de crainte que d'arrière-pensées.

Au nord-ouest, sur la colline d'Ayup que coiffe une

mosquée, Pierre Loti aimait à rêver d'orientalisme fin de siècle. Un café à terrasse porte encore son nom, et l'endroit n'est pas mauvais pour apprécier ce qu'était la situation de décembre 1096. En face, sur l'autre rive de la Corne d'or, Alexis Comnène a attribué aux « multitudes celtes » un cantonnement hors les murs, dans l'ancien faubourg de Péra. L'empereur redoute que la concentration progressive des armées croisées au pied des murailles ne donne à celles-ci l'envie de mettre fin aux palinodies byzantines et aux frictions diverses en prenant la ville d'assaut. (Les croisés ne furent d'abord autorisés à pénétrer dans Constantinople que par groupes de cinquante et sous escorte...) Il faut donc, au plus vite, leur faire franchir le *bras* (le Bosphore) pour qu'en Asie elles emploient leurs forces contre le sultan des Turcs seldjoukides, Kilidj Arslan, qui, de Nicée (Iznik), dont il a fait sa forteresse en 1081, menace directement Constantinople.

Ce périmètre de Péra où bivouaquent les Francs, ce lieu de quarantaine forcée, s'appelle aujourd'hui le quartier de Beyoglou. Son destin initial – celui d'une sorte d'antichambre devant Constantinople – a curieusement perduré au cours de l'Histoire. Et jusqu'à aujourd'hui. Péra fut en effet le quartier vivant et cosmopolite d'Istanbul, mille fois décrit par les « voyageurs vers l'Orient » du siècle dernier : François-René de Chateaubriand, Théophile Gautier, Antoine-Laurent de Castellan, Jean Potocki, etc. Il fut le quartier des ambassades et des légations, jusqu'à la proclamation de la République turque, en 1923, par Mustapha Kémal, et le transfert à

Ankara de la capitale. C'est traditionnellement – depuis les croisades ! – le quartier européen d'Istanbul. Hier celui des marchands italiens ou juifs bénéficiant des *capitulations*, aujourd'hui celui du grand commerce, des écoles occidentales, des boîtes de nuit et des hôtels internationaux.

J'y rejoins l'Institut français d'études anatoliennes où travaillent des chercheurs français et turcs. C'est un parc ouvrant dans une ruelle en pente, la rue Nuru Ziya. Avant 1923, l'ambassade de France y était installée. Le calme de l'endroit, les odeurs de chèvrefeuille et les bourdonnements assourdis de la ville, au-dehors, tout invite à des conversations distanciées.

Le retour du passé ottoman

Sans que j'insiste, on me parle immédiatement de la nomination de Tansu Ciller, une femme – la première –, à la tête du gouvernement, certes. Mais aussi, paradoxalement, des récents succès du fondamentalisme musulman (vingt-six pour cent des voix pour le parti de la prospérité islamique, le Refa, dans quatre mairies sur six aux municipales partielles de novembre 1992) et de ces nostalgies bizarres pour le passé ottoman qui s'expriment désormais à voix haute. Ici, en somme, comme partout ailleurs sur ma route, voici la mémoire collective à nouveau convoquée, sollicitée, réexaminée. Là aussi le passé revient, mais à Istanbul, c'est dans un contexte très spécifique : celui d'une République turque ayant entrepris, il y a soixante-dix ans déjà, une occidentalisation à marche forcée. Le projet de Kémal Atatürk – qui fit interdire le voile et le tarbouche, fit transcrire le turc en caractères latins, etc. – était bien d'amarrer la nouvelle Turquie à l'Europe. Soixante-dix ans, ce n'est pas rien. Deux générations de Turcs, au moins, furent éduquées dans cette perspective.

Toute référence au passé ottoman était bannie. Toute allusion exagérée à l'islam plutôt mal vue. Les Turcs apprirent – difficilement – à oublier l'écriture arabe et cette vieille langue, l'ottoman, truffée de mots persans ou arabes. Le kémalisme, ce fut la modernité et les Lumières occidentales, mais imposées par le haut. Et à tous. Au besoin à coups de trique. « A l'école, me dit Nevra Necipoglu, professeur d'histoire à l'Université, on apprenait essentiellement l'histoire de la Turquie moderne. Très peu celle d'avant. » Le kémalisme, qui est toujours la doctrine officielle de la Turquie, c'était le grand « choix de l'Ouest » contre celui de l'Orient ; celui de l'avenir contre celui du passé ; celui des changements contre celui des traditions. Un choix comparable à celui que fit, un demi-siècle plus tard, le shah d'Iran, dont le père, d'ailleurs, était un grand admirateur de Kémal Atatürk.

C'est à la révolution kémaliste que la Turquie ressuscitée des décombres de l'ex-Empire ottoman doit d'être aujourd'hui un pays moderne et industriel. Qui mettrait cela en doute ?

Soixante-dix ans plus tard, dans la Turquie de 1993, voilà qu'il se passe pourtant d'étranges retours d'âme. Ils se manifestèrent notamment sous la présidence de Turgut Ozal, aujourd'hui disparu. Faut-il appeler cela de la nostalgie ? Une manière de nationalisme déguisé ? Une quête d'identité ? Une déception devant les réticences européennes à accueillir Ankara parmi les douze ? Un rejet de l'Occident ? Disons, au minimum, une curiosité confuse et forte pour « ce qu'on était », une redécouverte de la part orientale et islamique que chaque Turc porte en lui. L'expression au grand jour de ce qui était, depuis trois quarts de siècle, refoulé dans le secret des consciences. Musique *arabesque*, qu'on entend partout, films à la gloire des croyants persécutés (comme la super-production *Minye'li Abdullah*, dont la cassette est en vente dans les librairies islamiques), revues innombrables et littérature. Tout se passe comme si, là aussi, le passé qu'on croyait aboli refaisait surface.

Ce mouvement de balancier n'est pas – en soi – politique. Il n'empêche qu'il se combine avec un développement continu, spectaculaire, du fondamentalisme islamique. Les femmes voilées sont de plus en plus nombreuses dans les rues d'Istanbul. Nevra Necipoglu m'assure que, parmi ses étudiantes de l'université, vingt pour cent environ ont repris le voile. Certains quartiers, comme celui de Fatih, ou l'université Beyazit, sont à dominante islamique. On m'emmène visiter des librairies spécialisées – dont celle de la galerie Beyaz Saray – pour que je m'assure du nombre et de la qualité des publications islamiques. Elle s'accompagnent d'éditions de cassettes vidéo, de *compact-disc* de chanteurs proches des *ulkücü* (nationalistes) et de posters en tous genres exaltant l'orgueil ottoman renaissant de ses cendres.

Sans oublier une chaîne de télévision, *TRGT*, appartenant au journal *Turkyé*, à la fois islamiste et nationaliste.

Attention aux caricatures ! Ce retour à l'islam est complexe, contradictoire, politiquement hétéroclite. Il s'exprime souvent de manière plus légitime par le biais des confréries soufies et de leurs *vakif* (fondations) qui agissent efficacement sur le terrain social. Parmi les jeunes femmes qui, délibérément, reprennent le voile, on trouve beaucoup d'intellectuelles qu'il serait absurde de juger obscurantistes ou fanatiques. Beaucoup d'entre elles sont porteuses d'une modernité qu'elle veulent simplement différente. On a beaucoup parlé, à Istanbul, du livre écrit par l'une d'elle, Nilüfer Göle, qui témoigne d'une quête originale, difficile à assimiler à une démarche réactionnaire. « *Derrière le voile*, écrit-elle, *apparaît un nouveau profil de la femme musulmane : éduquée, urbanisée, revendicative et qui, pour être voilée, n'est ni soumise ni cantonnée à l'espace intérieur.* »

C'est une nouvelle erreur occidentale, source d'infinis malentendus, de n'envisager ces phénomènes de *réislamisation* qu'à la lumière de leurs excès et de leurs manifestations les plus intolérantes. Renouveau et métamorphose, en somme, de la vieille caricature européocentriste. Le 2 juillet, dans la ville de Sivas, en Anatolie, une manifestation des islamistes contre l'écrivain laïc Aziz Nesin, traducteur de Salman Rushdie, a abouti à l'incendie d'un hôtel dans lequel trente-six personnes ont péri. Cette tragédie a réactivé la crainte des intellectuels turcs kémalistes qui s'alarment de la montée de l'intégrisme et accusent – comme en Égypte – l'État de complaisance.

Il est de fait qu'après le coup d'État de 1980 les militaires au pouvoir, en quête de consensus national, ont ouvertement favorisé un certain retour à l'islam : cours de religion dans les écoles, etc. Trois ans plus tard, le nouveau Premier ministre, qui était alors Turgut Ozal, poursuivit la même politique en se présentant lui-même comme un bon musulman.

Mais cette politique, qui rompait avec l'intransigeance laïque du kémalisme, n'eut pas que des inconvénients. On m'assure à Istanbul, par exemple, qu'il est globalement salutaire que les partis islamistes aient ainsi été sagement intégrés au jeu politique officiel et qu'ils n'aient donc pas – sauf exception, comme à Sivas en juillet 1993 – la violence des groupuscules clandestins, comme ceux d'extrême-droite et d'extrême-gauche qui s'affrontaient avant le coup d'État de 1980. Quant au régime turc, s'il est moins intransigeant dans sa laïcité, il assure toujours vouloir combattre, comme par le passé, la tentation théocratique.

Tout cela invite à la prudence. A la nuance. Je garde malgré tout en tête cette réflexion d'un universitaire français, bon connaisseur du pays : « On a sûrement trop négligé ce qui se passait ici... »

IX
Istanbul (Turquie) : l'empire des femmes

Comme les croisés, je m'attarde un peu à Istanbul. Et pour des raisons, somme toute, assez comparables. Que vaudrait ce récit s'il oubliait délibérément la politique ?

Car il y en eut.

Mystique et peuplée de signes du ciel, poussée vers l'avant dans le *crescendo* des cantiques et des invocations, la Croisade de 1096 est *aussi* une grande affaire politique. Cet ordre des choses ne relègue point l'autre au second plan, ni ne ramène la spiritualité à je ne sais quelle supercherie. Il ajoute simplement une dimension temporelle à un dessein collectif qui ne l'est pas exclusivement. Politique et mystique, dans cette affaire, entrent parfois en conflit ouvert, et les étapes de cette marche vers Jérusalem sont jalonnées de révoltes des gueux, ces *pauvres de Dieu* insensibles aux calculs des puissants. On les verra se soulever – à Tarse, en Cilicie, ou à Maarat al Numan, en Syrie – contre les ambitions trop temporelles de ces barons qui les guident.

Politique étrangère, dirait-on maintenant, qui ne se ramène pas à l'envie impatiente d'un Bohémond de Tarente, par exemple, ou d'un Raymond de Saint-Gilles, de se tailler des royaumes en Orient plutôt que de libérer les Lieux saints. Non, c'est *d'abord* autre chose. Politique étrangère, en ce sens qu'elle *frotte* l'un à l'autre Byzantins et Latins. C'est-à-dire deux mondes chrétiens, deux cultures, deux interprétations de l'Histoire et de la *guerre juste*. Politique qui voit s'affronter la ruse subtile du basileus de Constantinople à la brutalité un peu fruste de ces chevaliers qui, avec une belle arrogance, font sonner leur éperons sur les marbres de Constantinople et se disent « *purs Francs, nobles et soldats de Dieu* ».

Cette étape de Constantinople, c'est bien celle de la politique. Et du malentendu.

Il va se nouer, ici, entre décembre 1096 et avril 1097. Mais il durera plus d'un siècle. Jusqu'à la prise et au pillage de Constantinople, en 1204, par les armées franques de la Quatrième Croisade.

« *Ces Grecs efféminés* »

En théorie, Alexis Comnène, menacé depuis 1071 par l'irrésistible avance vers l'ouest des Turcs seldjoukides, a appelé à son secours la chrétienté d'Occident. Les choses sont claires. En quelques dizaines d'années, les Byzantins ont perdu en effet toutes les places que le basileus d'alors, Jean Tzimiscès, et son fameux général stratège, Nicéphore Phocas, avaient reconquises cent trente ans auparavant. Jérusalem perdue de nouveau en 1071, Smyrne et Nicée en 1081, Antioche, en 1085, Alep en 1086, Édesse en 1087. La bataille de Manzikert (1071), qui fut le grand désastre byzantin, avait ouvert aux Seldjoukides la route de l'Anatolie (victoire encore célébrée aujourd'hui en Turquie). Il fut jugé après cela, dans la Chrétienté, que Constantinople n'était plus capable de résister militairement à l'expansion musulmane poursuivie au nom du *djihad*. Les Byzantins, trop amollis, *passaient la main* en quelque sorte à l'Occident pour tenir tête à l'Islam.

Dans son appel de Clermont-Ferrand, du 27 novembre 1095, le pape Urbain II a explicitement mentionné cette nécessité – ce devoir – de voler au secours de « *nos frères d'Orient* » en allant libérer les terres chrétiennes jusqu'à Jérusalem.

Mais pour le compte de qui au juste ?

Dans l'esprit du basileus, ces armées croisées venant vers lui, en grand arroi et puissance, ne font que prêter leurs bras et leurs épées à une restauration byzantine en Asie Mineure et en Palestine. Autrement dit, il escompte que chaque ville précédemment byzantine reprise par les Francs aux envahisseurs turcs lui sera juridiquement restituée. Il considère en quelque sorte ces chevaliers européens comme des *mercenaires* que Rome met à son service. Mercenaires frères, « *aimés en Jésus-Christ* » et infiniment respectés, sans doute, mais mercenaires quand même. Les empereurs de Byzance, d'ailleurs, n'ont-ils pas déjà fait appel, dans le passé, à des guerriers normands ou francs, comme le fameux seigneur Roussel de Bailleul en 1073. Dans leur esprit, le *scénario* est connu.

Les barons, bien entendu, n'ont pas la même vision des choses. Comment pourrait-on imaginer qu'eux, ces ducs et ces puissants de l'Occident, ayant fait vœu de croisade et, pour certains, aliénés leurs fiefs, abandonné leurs familles, puissent se mettre purement et simplement au service de ces « *Grecs efféminés* » qui ne se battent plus qu'avec leurs richesses et par auxiliaires petchénègues ou turcopoles interposés. S'ils sont partis des doux bocages de France, des vallées de Lorraine ou des rivages de Provence, s'ils ont affronté les périls, la faim et la soif sur le chemin, ce n'est pas pour l'empereur byzantin. C'est pour la gloire de Dieu. Et accessoirement la leur.

Certes, on pourra juger dans un sens plus sévère pour les Latins : dire que l'Église d'Occident et son pape de Rome avaient, eux aussi, leurs propres calculs politiques. On pourra ajouter que lancer un concept comme celui de croisade, c'était aller bien au-delà (et sciemment) de l'appel à l'aide que lançait le basileus. De tout cela, on discute encore neuf siècles après. Une chose est claire : dès l'arrivée des deux premières armées franques à Constantinople (celles de Godefroi et celle d'Étienne de Blois), les termes du malentendu sont posés.

La guerre des farines

Pour faire triompher sa propre interprétation de la Croisade, l'empereur de Byzance dispose d'un art très élaboré – mielleux diront les Francs – de la diplomatie, du sous-entendu, de la politesse assassine. Mais il possède surtout un atout maître : la logistique, le ravitaillement, le transport et l'assistance technique qu'il contrôle entièrement. Pas une botte de foin pour les chevaux, pas un sac de farine ne peuvent être vendus à Constantinople, pas un navire ne peut appareiller sur le Bosphore sans l'accord formel de l'administration byzantine. Celle-ci peut donc, à tout moment, couper les vivres et les transports aux croisés. Elle ne s'en prive pas, chaque fois que ceux-ci se montrent par trop indociles.

Les Francs, de leur côté, ont pour eux la force du nombre, la puissance et la bravoure. Ils ont aussi de l'orgueil à revendre. Un orgueil qui fera plus d'une fois scandale dans l'atmosphère chuchotante et dévote de la cour byzantine. Passé leur éblouissement initial devant la splendeur de Constantinople, les barons, et plus encore le petit peuple de l'armée, vont vite apprendre à haïr ces « *Grecs perfides et peureux* ». L'Empire n'est-il pas, dans les faits, gouverné autant par les trois femmes qui entourent Alexis Comnène (sa mère, sa fille et son épouse) que par lui-même ? Les guerriers francs en conçoivent du mépris. Une haine et un mépris qui seront longs à s'éteindre. Si tant est qu'ils le soient jamais...

De manière plus formelle, le basileus a imaginé une sorte d'accord diplomatique qu'il s'emploie à faire accepter aux Francs (que les Byzantins de l'époque appellent les Celtes). Cet accord prévoit que chaque seigneur prêtera serment auprès de l'empereur. Par ce serment, il s'engage à restituer à Constantinople celles des villes reprises qui, comme Nicée, Césarée ou Antioche, « *étaient dans le passé byzantines* ». (Il n'est pas fait mention de Jérusalem.) Mais ce serment, du même coup, fait des barons les vassaux du basileus.

Certains, comme Hugues de Vermandois ou Étienne de Blois, acceptent sans trop de difficulté. D'autres, comme Bohémond de Tarente, prêtent serment sans réelle intention de le tenir. D'autres encore, comme le pieux et rigide Godefroi de Bouillon, se cabrent et résistent. Lui, duc de Basse-Lotharingie et vassal de l'empereur d'Allemagne Henri IV, ne saurait devenir l'homme lige d'un autre souverain.

Le débat est... byzantin.

Toutes ces semaines que les armées passent sous les remparts de Constantinople et au palais de Blachernes sont occupées par une suite désordonnée de discussions, marchandages, pressions insistantes, menaces de guerre entre chrétiens. Godefroi de Bouillon, dont les troupes stationnent dans le faubourg de Péra, se voit plusieurs fois affamer par le basileus en raison de son obstination à refuser le serment. Privés de ravitaillement, les Francs se livrent au pillage comme ils l'avaient déjà fait à Silivri, sur la côte de Marmara, avant même d'arriver à Constantinople. Puis Godefroi et ses chevaliers viennent carrément défier le basileus sous les remparts de son palais. Celui-ci, à son tour, envoie ses mercenaires petchénègues pour impressionner les Francs.

Une fois, au moins, on est proche de la guerre.

Au bout du compte, le basileus Alexis Comnène arrivera à ses fins. Au moins formellement. De guerre lasse, et n'ayant pas d'autres choix, Godefroi prêtera le fameux serment. Comme l'ont fait et le feront les autres barons (à l'exception de l'irascible et puissant Provençal Raymond de Saint-Gilles.) Aussitôt, comme par miracle, les difficultés s'aplanissent. L'armée franque est ravitaillée en vivres mais aussi en chevaux, bétail et argent. (Le trésor byzantin paiera les soldes, comme on dirait maintenant : plusieurs besants d'or pour les chevaliers, dix muids de petite monnaie pour les pauvres.) Mais surtout, les navires du basileus font traverser le Bosphore aux armées franques qui arrivent l'une après l'autre.

C'est le mot « après » qui compte...

Une connivence orientale

Si le désaccord entre les deux alliés latins et byzantins est politique, il s'enracine plus profond encore. A notre époque, et dans notre langage, nous dirions qu'il est culturel au sens le plus fort du terme. La religion, après tout, n'est pas *toute* la culture. Ces Grecs byzantins, pour chrétiens qu'ils soient, sont aussi – d'abord ? – des Orientaux. Menacés par les Turcs seldjoukides, ils n'entretiennent pas moins avec ces derniers des relations complexes faites de compromis territoriaux et de guerres ; des relations dominées, malgré tout, par quelque chose comme une connivence, plus forte que l'adversité. Le jeune sultan Kilidj Arslan, conquérant de l'Anatolie, n'a-t-il pas installé sa capitale à Nicée, *avec l'accord du basileus* ? N'avait-il pas formé le projet d'épouser la propre fille de ce dernier, l'historienne Anne Comnène ?

Cette connivence n'est pas une figure rhétorique ni une nouveauté. Écrivant au début du Xe siècle à un émir musulman, le patriarche Nicolas Mystikos assurait déjà à ce dernier : « *Il existe deux souverainetés, celle des Sarrasins et celle des Romains qui inondent de leur lumière l'ensemble de la terre. Il faut donc vivre en communauté et en fraternité ; ce n'est pas parce qu'ils sont séparés par les modes de vie, les mœurs et la religion qu'ils doivent être hostiles l'un à l'autre.* »

En vérité, les Byzantins se sentent parfois plus proches de ces Turcs avec lesquels ils sont en guerre que de ces *Celtes* sans finesse, rompus à l'art de la charge de cavalerie mais naïfs dans leur foi et brutaux dans leurs entreprises. La description qu'Anne Comnène donne, dans son *Alexiade*, de l'arrivée des Francs est assez parlante. « *L'empereur en redoutait l'arrivée, car il connaissait leur élan irrésistible, leur caractère instable et versatile, ainsi que tout ce qui est propre au tempérament celte. Il savait qu'ils ont toujours la bouche ouverte devant les richesses et qu'à la première occasion on les voit enfreindre leurs traités sans scrupules. Cela, il l'avait toujours entendu dire et toujours vérifié.* »

C'est donc ainsi que les Byzantins perçoivent – et tentent de contrôler – ceux-là mêmes qui viennent officiellement à leur secours. Qu'on imagine seulement comment, en retour, ce dédain pouvait être jugé par la foule innombrable des petits, des piétons et des pèlerins d'Europe, ivres de la prédication des moines, marchant lyriquement vers une Jérusalem qu'ils situent quelque part entre la terre et le ciel, entre la vie et le grand passage.

Oh, ces Grecs !

Faut-il ajouter que la communauté de religion entre ces deux catégories de chrétiens, tant séparés par la culture, cet unique *lien* s'est singulièrement relâché au cours des quarante années qui précèdent les croisades ? C'est en 1054 que s'est produit le grand schisme entre les deux Églises, lorsque le patriarche Kéroularios (Michel Cérulaire) excommunia le pape Léon IX, après avoir été excommunié par lui. Or, le schisme lui-même, s'il procède de désaccords théologiques (l'infaillibilité, l'Immaculée Conception, le *filioque,* les indulgences, etc.), est aussi le produit d'un antagonisme de sensibilité qui remonte au Ve siècle.

Difficile de comprendre l'histoire des croisades sans garder tout cela en tête. Pour les universitaires et historiens turcs d'aujourd'hui, notamment Nevra Necipoglu, avec laquelle j'évoque ces questions, les choses sont claires : Latins et Byzantins n'avaient plus grand-chose en commun. Et, *dès l'origine*, le malentendu fut insurmontable.

Des républiques sœurs

Mais toutes mes conversations à Istanbul butent tôt ou tard, on s'en doute, sur l'actualité de 1993. Et de quoi me parle-t-on alors, sinon, curieusement, d'une autre sorte de malentendu ? Celui qui pourrait bien compliquer, un jour ou l'autre, les rapports entre la Turquie et l'Occident. Cet Occident auquel elle a voulu s'incorporer après l'effondrement humiliant de l'Empire ottoman (le kémalisme), avec lequel elle a fait soli-

Neuf cent onze

Voici deux textes extraordinaires. Neuf cent onze années les séparent. Et pourtant, le second répond explicitement au premier. En 1054, en effet, le patriarche de Constantinople, Michel Cérulaire (Kéroularios), fut excommunié par le cardinal Humbert parlant au nom de Rome. C'est cette excommunication

1054 : l'excommunication

« Quant à Michel [Cérulaire], à qui l'on donne par abus le titre de patriarche, et aux partisans de sa folie, c'est une abondante zizanie d'hérésies qui est chaque jour semée par eux dans son sein [à Constantinople]. Comme les simoniaques, ils vendent le don de Dieu ; comme les valésiens, ils font de leurs hôtes des eunuques pour les élever ensuite non seulement à la cléricature mais à l'épiscopat [...] Comme les pneumatomaques, ils ont supprimé dans le symbole la procession du Saint-Esprit *a filio.* Comme les manichéens, ils déclarent que le pain fermenté est animé. De plus, laissant pousser barbe et cheveux, ils refusent la communion à ceux qui, suivant la coutume de l'Église romaine, font couper leur chevelure et se rasent la barbe [...]

« C'est pourquoi, ne pouvant supporter et ces injures inouïes et ces outrages à l'adresse du premier siège apostolique, nous signons contre Michel et ses partisans l'anathème que notre révérendissime pape avait prononcé contre eux s'ils ne venaient pas à résipiscence.

« Que Michel le néophyte, qui porte abusivement le titre de patriarche, et tous ceux qui le suivent dans les erreurs susdites, que tous ceux-là tombent sous l'anathème. Maranatha, avec les simoniaques et tous les hérétiques, bien plus avec le diable et ses anges, à moins qu'ils ne viennent à résispiscence. Amen, amen, amen ! »

(Traduction de la *Documentation catholique*)

dement alliance contre le communisme (l'OTAN et les bases américaines), vers lequel, enfin, elle s'est tournée avec insistance (la candidature à l'Europe).

Or, boudée de manière un peu vexante par les douze, la Turquie se retrouve aujourd'hui dans un monde chamboulé par l'effondrement de l'Empire communiste

années de rupture

qui consomma le schisme entre Latins et orthodoxes. Neuf siècles plus tard, en décembre 1965, le pape catholique Paul VI et le cardinal orthodoxe Athénagoras signèrent une déclaration commune, censée marquer la réconciliation entre les deux Églises chrétiennes et « abolir » l'excommunication de 1054

1965 : la réconciliation

« Parmi les obstacles qui se trouvent sur le chemin du développement de ces rapports fraternels, de confiance et d'estime, figure le souvenir des décisions, actes et incidents pénibles qui ont abouti, en 1054, à la sentence d'excommunication portée contre le patriarche Michel Cérulaire et deux autres personnalités par les légats du siège romain, conduits par le cardinal Humbert, légats qui furent eux-mêmes, ensuite, l'objet d'une sentence analogue de la part du patriarche et du synode constantinopolitain [...]

« Le pape Paul VI et le patriarche Athénagoras Ier, en son synode, certains d'exprimer le désir commun de justice et le sentiment unanime de charité de leurs fidèles, et se rappelant le précepte du Seigneur [...], déclarent d'un commun accord :

« Regretter les paroles offensantes, les reproches sans fondements et les gestes condamnables qui, de part et d'autre, ont marqué ou accompagné les tristes événements de cette époque.

« Regretter également et enlever de la mémoire et du milieu de l'Église les sentences d'excommunication qui les ont suivis et dont le souvenir opère jusqu'à nos jours comme un obstacle au rapprochement dans la charité, et les voue à l'oubli.

« Déplorer, enfin, les fâcheux précédents et les événements ultérieurs qui, sous l'influence de divers facteurs, parmi lesquels l'incompréhension et la méfiance mutuelles, ont finalement conduit à la rupture effective de la communauté ecclésiatique. »

dont elle surveillait le flanc sud. Des décombres de l'URSS ont surgi de nouvelles républiques (Azerbaïdjan, Turkménistan, Kirghizie, Ouzbékistan, etc.), qui sont sœurs par la culture et la religion. Des républiques courtisées par les mollahs iraniens mais pour lesquelles Ankara peut – et veut – apparaître comme une puissance régionale de premier plan. Et un interlocuteur privilégié.

Les choses se révèlent sans doute moins *automatiques* que prévues. Les Turcs, me dit-on, seraient un peu revenus de leur enthousiasme initial. Il n'empêche. En disparaissant, le rideau de fer a bel et bien permis que se reconstitue une vaste aire géographique turcophone ou islamique qui, à nouveau, tire en quelque sorte la Turquie vers l'est du monde. Et ce mouvement lent est accompagné, de l'intérieur, par une sensibilité nouvelle. Qu'expriment donc ces nostalgies ottomanes et ces progrès de l'islamisme sinon la réaffirmation de certaines affinités culturelles anciennes ? Des affinités d'autant plus fortes qu'elles ont le temps devant elles. Soixante-dix ans de laïcité ne sont rien dans la vie d'une nation...

Dans les rues d'Istanbul, je regardais, sur un mur, les affiches d'un des partis d'extrême-droite. (Ils sont ultra-minoritaires mais gardent le vent en poupe.) On y voyait un loup hurlant, silhouetté en noir, et quelques slogans à la gloire des nomades turkmènes, encore présents dans l'est du pays. Ces nomades en qui l'on veut voir des Turcs authentiques que n'a pas encore *corrompus* l'occidentalisation. Délire sans importance d'un groupuscule ? Peut-être. Comme sont groupusculaires les partis islamistes.

Officiellement, le gouvernement turc, sa majorité et la plupart des grands partis représentés au parlement demeurent kémalistes, c'est-à-dire tournés vers l'ouest. Et l'Europe. Mme Tansu Ciller, le nouveau Premier ministre, incarne spectaculairement ce choix. Mais ce puissant tropisme oriental, que le pays porte en lui, reste bien, soixante-dix ans après Mustapha Kémal, la part immergée de l'iceberg turc.

Sait-on vraiment comment basculent les icebergs ?

X

Iznik (Turquie) : l'*ost Notre-Seigneur*

Nous passons en Asie dans le fracas des embouteillages, mêlés à la lourde cavalerie des camions turcs qui foncent sur le nouveau pont suspendu au-dessus du Bosphore. Mon guide sera Ayberk, vingt-quatre ans, étudiant en quatrième année de Sciences-Po à Istanbul. Il n'a jamais entrepris un aussi long voyage dans son propre pays. Il est ému. La Sahin de location (une Fiat fabriquée sous licence en Turquie) est conduite par Yilmaz, un quinquagénaire laconique et père de six enfants. Sur mes genoux, j'ai préparé des notes minutieuses concernant notre itinéraire de mille quatre cent cinquante kilomètres, une topographie de l'Empire byzantin au XIe siècle, un plan d'époque pour chaque ville assiégée et une carte routière de la Turquie achetée en Allemagne. Je sais que notre route, parfois, soulèvera des difficultés. Tous les noms grecs ou byzantins ont été changés depuis des siècles. Certains villages turcs traversés par les croisés ne sont indiqués nulle part.

Mais nous sommes résolus à reprendre le tracé le plus exact possible de la Première Croisade. Ayberk et Yilmaz se révéleront mes alliés. Nous allons passer une semaine ensemble. Mon projet les intrigue. Réticents au début devant cette histoire très ancienne et antiturque, ils s'enflamment en écoutant ce que je leur raconte. L'épopée que nous voulons faire revivre d'étape en étape est enfouie, ici, bien plus profondément qu'ailleurs, dans la mémoire collective. Trois *histoires* successives, au moins, l'ont recouverte comme autant de sédiments culturels : celle de Byzance, jusqu'en 1253, celle des Empires seldjoukide puis ottoman jusqu'en 1918, celle enfin de la jeune République turque instaurée en avril 1924. Nous devrons déblayer, en quelque sorte, plusieurs couches toponymiques, archéologiques, géographiques pour retrouver des traces précises.

L'Occident tout entier

La sortie d'Istanbul par la route d'Izmit (Nicomédie) ouvre sur un paysage de chantiers avec ses forêts de grues dressées sur l'horizon, des villes nouvelles inachevées, posées comme des pyramides de béton et de briques dans la rocaille, des usines et raffineries alignées le long du golfe d'Izmit. La Turquie doit loger un million cinq cent mille habitants supplémentaires chaque année. Et rarement un pays se sera lancé avec autant de fièvre dans une urbanisation spéculative et visiblement mal contrôlée. Si mal qu'elle a déjà fourni une nouvelle expression au vocabulaire national : *gecekondu*, qui signifie « maison posée en une nuit ». Nul vestige du haut Moyen Age, évidemment, dans cette effervescence de béton. Cependant, lorsque la route, obliquant vers le sud, se rapproche du rivage, les indications fournies par le relief sont formelles : nous passons à l'endroit exact où l'armée des croisés s'est ébranlée sur le sol asiatique.

Et quelle armée cette fois !

Depuis leur passage du Bosphore sur les navires byzantins, les quatre principaux contingents francs, partis séparément d'Europe, se retrouvent non loin de Nicée, rassemblés en un gigantesque corps de bataille : *l'ost Notre-Seigneur* (l'armée de Notre-Seigneur). C'est la première fois depuis l'appel d'Urbain II à Clermont-Ferrand – dix-huit mois auparavant – que les chevaliers francs peuvent se compter vraiment. Certains sont venus par Raguse (Dubrovnik) et la *via Ignatienne,* d'autres par l'Italie du nord et Thessalonique, d'autres encore par la vallée du Danube et Sofia. Il y a là les Provençaux de Raymond de Saint-Gilles, les Normands de Bohémond, les Français de Robert Courteheuse, Étienne de Blois et Hugues de Vermandois, les Lorrains et les Allemands de Godefroi, les Flamands de Robert de Flandres. L'empereur byzantin, enfin, a délégué auprès des *Celtes* l'un de ses généraux, Tatikios, l'homme au nez coupé, qui commande son propre détachement. Au total, près de dix mille cavaliers et plusieurs dizaines de milliers de fantassins (les *piétons*) qui cheminent sur la vieille route byzantine.

Une foule de pèlerins, de clercs, de femmes et de pauvres accompagnent cette armée. Au total, un gigantesque convoi où alternent les batailles, alignées comme à la parade, bannières au vent, chevaux frais et écus étincelants, les chariots pesants, les corps de charpentiers pour les futures machines de siège, les mules bâtées et le fourrage, le bétail poussé en avant dans les cris des vivandiers et les chants des pèlerins.

Cet *ost Notre-Seigneur*, ivre de se voir si fort et si sûr de son droit, c'est, aux yeux d'Anne Comnène passablement effarée, *l'Occident entier* qui s'avance à la rencontre des *peuples barbares*. Certains chroniqueurs de l'époque affirment qu'entre le passage des premiers cavaliers de tête et la fin du cortège il s'écoule alors plus de cinq heures d'horloge...

« *Des montagnes d'ossements* »

Ayberk et Yilmaz, dans la voiture, écoutent mon récit sans dire un mot. Voici Izmit, l'ancienne Nicomédie, qui fut la capitale du royaume de Bythinie. Les croisés la trouvèrent déserte car la ville avait été prise en 1082 par le sultan seldjoukide Suleyman Kutulmus et reconquise en 1086, après destruction, par les Byzantins. Après Izmit, nous remontons l'autre rive du golfe par une route d'asphalte rose construite dans les années 60 par les Américains.

Il s'agit de retrouver un village actuel qui correspondrait à l'ancienne forteresse de Civetot et au village byzantin d'Hélénopolis. Les hommes de Pierre L'Ermite, rescapés des croisades populaires, s'y étaient installés en septembre 1096, quelques mois avant l'arrivée de l'*ost*. Certains textes mentionnent un nouveau nom turc : Hersek. Nous entrons dans les échoppes, interrogeons des gens, buvons cérémonieusement le thé avec les notables. L'exquise politesse de l'Orient et le soin que met Ayberk à ne jamais interrompre un interlocuteur plus âgé, fût-il un simple paysan, confèrent à notre enquête une solennité un peu irréelle. Avec ces gens, nous évoquons le nom des rivières et des montagnes, examinons longuement les cartes. Les paysans se prennent au jeu, se consultent, évoquent spontanément la route de la soie qui passait aussi par là. Et finissent en général par nous indiquer le bon itinéraire.

A l'écart de la route, au bout d'un chemin de terre qui traverse des vergers, voici Hersek. Quelques maisons basses autour de la mosquée, une école, une salle commune et des nids de cigogne qui couronnent les cheminées. A deux cents mètres, sur un bord de mer occupé aujourd'hui par l'armée turque, se trouvait la forteresse et le port de Civetot. Partant de là, un étroit chemin vicinal s'enfonce, plein est, dans les contreforts de l'Ouzoun Tchaïr Dagh et traverse les trois villages de Dermen Keui, Kirmisti et El-Bailli. C'est la voie qu'empruntèrent les Francs. Quittant la route principale, nous engageons la voiture dans un paysage de collines et d'escarpements.

J'explique à Ayberk et Yilmaz que tous les chroniqueurs de l'époque – notamment Fouchers de Chartres et l'Anonyme, témoins oculaires – mentionnent avec le même effroi cet endroit précis où, quelques kilomètres plus loin, nous garons un moment la voiture. Ici, en effet, les premiers éclaireurs envoyés par Godefroi, armés de haches et d'épées pour élargir le chemin, à la mi-juin 1097, découvrirent des ravins jonchés de cadavres déchiquetés par les animaux sauvages, de corps putréfiés et de squelettes éparpillés. « *Que de têtes coupées, que d'ossements d'hommes tués nous trouvâmes alors !* », s'exclame Fouchers de Chartres. Et Anne Comnène, de son côté, affirme dans *L'Alexiade* que ces cadavres étaient si nombreux que les ossements seront utilisés, plus tard, pour la construction.

« *Je ne dis pas un immense tas,* écrit-elle, *ni même un tertre, ni même une colline, mais comme une haute montagne d'une superficie considérable, tant était grand l'amoncellement des ossements. Plus tard, des hommes de même race que les barbares massacrés, en construisant des murs à l'instar de ceux d'une cité, placèrent en guise de mortier dans les interstices les ossements des morts et firent de cette ville, en quelque sorte leur tombeau. Cette place fortifiée existe encore de nos jours, entourée d'une enceinte faite à la fois de pierres et d'ossements.* »

(Plus extraordinaire : on sait par des récits de voyages qu'au XVe siècle, soit plus de *quatre siècles après* ce massacre, on montrait encore au voyageur traversant la Turquie des *montagnes d'ossements*.)

Ces *barbares* chrétiens dont les ossements épouvantent Anne Comnène, c'est tout ce qu'il reste de l'immense armée des pauvres menée par Pierre L'Ermite. Imprudents, pillards pour certains d'entre eux, ils ont été massacrés par les Turcs huit mois auparavant, après avoir été acheminés de l'autre côté du Bosphore par les navires byzantins. Ou, pour les plus chanceux, kidnappés. « *Les femmes les plus jeunes*, écrit Amin Maalouf, *ont été enlevées par les cavaliers du sultan pour être distribuées aux émirs ou vendues sur les marchés d'esclaves. Quelques jeunes garçons connaissent le même sort. Les autres Franjs, près de vingt mille, ont été exterminés.* »

Ainsi ces manants enflammés par l'appel de Clermont-Ferrand, ces petites gens ayant tout quitté pour courir vers la Terre sainte, ont-ils fini leur route dans ces ravins d'Anatolie. Parmi les cadavres déchiquetés, il y a celui du prédicateur Gautier-sans-Avoir, cadet d'une famille noble en rupture mystique et futur héros légendaire de la *Chanson des chétifs*. Seul Pierre l'Ermite, qui était à Constantinople au moment du carnage, et quelques centaines de ses fidèles, sauvés par les Byzantins, ont pu en réchapper.

Il faut imaginer ici, le lent, l'interminable passage de l'*ost Notre-Seigneur*, réglé sur le pas des chevaux, au milieu de ces charniers répandus dans la montagne. Imaginer les regards qui s'attardent, la colère – et la peur – qui montent du fond des poitrines. Ce lent défilé au milieu des morts devait être d'autant plus lugubre que toutes ces montagnes et ces plaines – que traverse maintenant notre voiture – étaient à l'époque redevenues désertiques. « *Le pays s'était vidé de ses habitants*, écrit l'historien de Byzance, J. Laurent. *Les Turcs passés, les survivants s'enfuyaient, craignant leur retour. Les vallées et les plaines qui s'étendent de Césarée et de Sébaste à Nicée demeurèrent presque vides. Et, comme elles étaient devenues incultes, les Turcs y promenaient avec satisfaction leurs tentes et leurs troupeaux, comme dans le désert dont ils étaient sortis.* »

Seulement des milliers de cadavres...

Huit cent quatre-vingt-seize ans après...

Un silence bizarre s'est installé dans notre voiture qui traverse des villages turcs dépeuplés, aujourd'hui, par l'exode rural et l'industrialisation. Sur les seuils, des vieillards nous saluent. On aperçoit des tracteurs et des moutons dans les prairies en pente. Après une ultime ligne de crête, la vue plonge d'un coup sur le lac d'Iznik (le lac Ascanios des Byzantins) et sur la petite ville turque de Boylica. La coupole métallique d'une mosquée toute neuve étincelle en contrebas. Sur la route qui longe maintenant les berges du lac, des paysans vendent des fraises. Là-bas, vers l'est, voici déjà les remparts d'Iznik, c'est-à-dire de Nicée.

Nicée !

Aurons-nous encore des émotions de cet ordre durant ce voyage ? Nous pénétrons par la porte d'Istanbul qui s'appelait, au XIe siècle, la porte de Constantinople et qui est restée rigoureusement en l'état. Les remparts de cette ville au passé prodigieux, eux aussi, sont quasiment intacts. Comme le sont les quatre portes correspondant aux quatre points cardinaux. La ville elle-même n'a guère changé en neuf siècles. Mes compagnons sont incrédules. Sur la place principale, nous descendons de voiture pour examiner le plan d'Iznik affiché par la municipalité. Il correspond, au détail près, au plan d'époque que j'ai dans mes bagages. La ville ne s'est ni développée ni modifiée. Aujourd'hui, Iznik compte dix-sept mille habitants (soit un peu moins qu'au XIe siècle), un théâtre romain, dix mosquées et quatre églises byzantines, dont Sainte-Sophie. Bâtie au IVe siècle, Sainte-Sophie, dont il ne reste que des ruines, accueillit, en 787, le fameux septième concile œcuménique de Nicée qui, sous les auspices de Constantin VI, fit condamner les iconoclastes.

Nous marchons lentement, un peu rêveurs, le long des remparts. Je leur raconte le siège de la ville par les croisés. En désignant les tours et les segments de remparts. Là, de part et d'autre de la porte de Constantinople, s'étaient déployés les Normands de Bohémond et Tancrède. Plus à l'est, près de la porte de Lefka, les Wallons de Godefroi, les Byzantins de Tatikios et les Français d'Étienne de Blois. L'enceinte sud de la ville était assiégée, quant à elle, par les soldats du comte de Toulouse et ceux d'Adhémar de Monteil, archevêque du Puy.

Des enfants nous suivent du regard. Sur le front du lac, des jeunes gens écoutent de la musique aux terrasses. Des escadres de pédalos croisent pacifiquement. Des enseignes signalent les très anciens fours et ateliers de céramique qui firent, dès le XVIe siècle, la renommée artistique d'Iznik. Le temps, bizarrement, paraît comprimé par la permanence inattendue du décor.

Le jeu de l'empereur

Nicée fut bel et bien la première bataille de la Première Croisade.

Lorsqu'elle parvient à Nicée, le 6 mai 1096, l'armée franque manque déjà de ravitaillement (« *Un seul quignon*

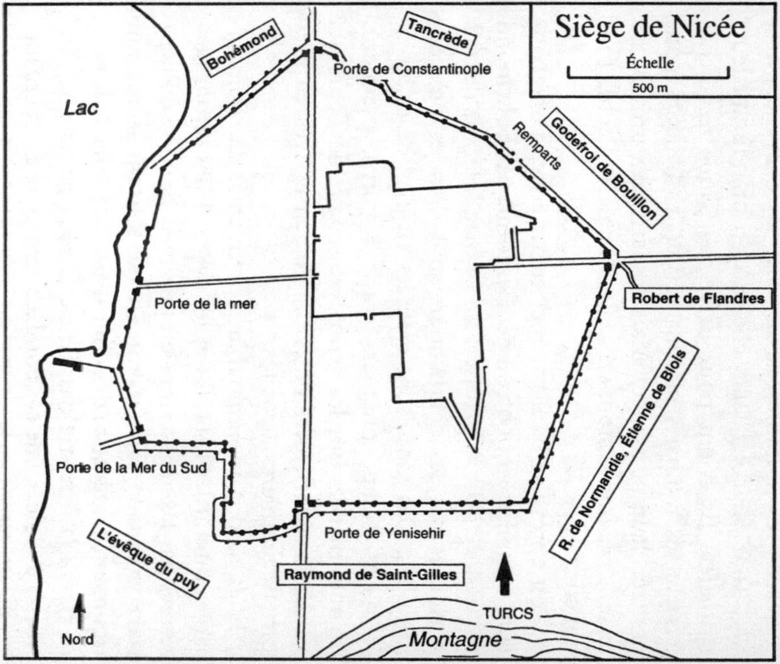
Siège de Nicée
Échelle
500 m
Lac
Bohémond
Tancrède
Porte de Constantinople
Remparts
Godefroi de Bouillon
Robert de Flandres
Porte de la mer
R. de Normandie, Étienne de Blois
Porte de la Mer du Sud
Porte de Yenisehir
L'évêque du puy
Raymond de Saint-Gilles
TURCS
Montagne
Nord

de pain se vend vingt à trente deniers », écrit l'Anonyme). Elle est pressée d'en découdre. Fouchers de Chartres raconte que, sous les murailles de la ville, les chevaliers à la croix font caracoler leurs chevaux en brandissant leurs bannières. Ils crient pour défier les Turcs retranchés derrière les remparts et font défiler les batailles pour montrer leur puissance. Mais les archers turcs ne se laissent pas impressionner. Leurs premières flèches font mouche.

C'est après l'arrivée, par mer et par terre, d'un abondant ravitaillement obtenu des Byzantins par Bohémond que le siège peut s'organiser. Le 14 mai, les tours de bois fabriquées par les charpentiers sont dressées près des murailles. Des sapes sont creusées au pied de celles-ci. Premiers assauts, premiers corps à corps, premières attaques menées, sur les arrières du comte de Toulouse, par les cavaliers turcs de Kilidj Arslan arrivés en renfort. Et premières atrocités.

Elles seront innombrables, épouvantables, inimaginables durant les batailles et les sièges. Elles seront perpétrées par les deux camps en présence, de sorte qu'il est assez vain d'en faire, comme c'est souvent le cas, un argument. La férocité des chevaliers chrétiens ne le cède en rien à la barbarie des Turcs. Disons plutôt que l'incroyable violence de ces combats témoigne de la cruauté *ingénue* d'une époque. A Nicée, ce sont les Francs qui inaugurent un procédé souvent réemployé par la suite : on tranche les têtes des ennemis capturés et, « *à l'aide d'une fronde* », écrit l'Anonyme, on les projette par-dessus les remparts pour démoraliser les assiégés. En outre, ajoute-t-il, les Francs « *choisirent mille autres têtes de Turcs qui furent renfermées dans des sacs, déposées sur des chariots, transportées jusqu'au port de Civetot, et, de là, expédiées à l'empereur de Constantinople...* »

Le siège dure sept longues semaines. Les catapultes, les mangonneaux, les balistes, les tours roulantes et des béliers de toute sorte entrent en action. Mais la ville résiste. Il faudra un stratagème tactique – des bateaux transportés par la route et mis à l'eau nuitamment sur le lac – et surtout une négociation secrète entre les habitants et l'empereur byzantin pour que la ville, *in fine,* se rende... à Alexis Comnène.

Cela se passe le jour même où l'assaut général était prévu.

Les Francs s'apprêtent à l'ultime combat. Mais ils voient avec stupeur l'étendard des généraux byzantins flotter sur les remparts. Alexis Comnène, si l'on en croit sa fille, avait minutieusement préparé sa manœuvre. Frustrant les croisés d'une victoire, après avoir utilisé ceux-ci à son profit, il prend possession de la ville. Les Francs ne seront autorisés à y pénétrer que par groupe de dix et uniquement « *pour visiter les églises* » (*sic*).

Les 26 et 27 juin, l'armée franque reprend la route. Son ressentiment envers ces « *frères chrétiens d'Orient* » ne s'est pas atténué. A vrai dire, elle enrage.

Oh, ces Grecs !

XI

Eskiséhir (Turquie) : *djihâd* et guerre juste

Entre nous, au fil de la route, des rapports chaleureux mais ambigus s'établissent. En bon Turcs, Ayberk et Yilmaz sont nationalistes. Lorsque j'évoque une bataille gagnée par les Seldjoukides contre les croisés ou une ville reprise, leur commentaire est immédiat : « Ils ont bien fait. » Le jeune sultan Kilidj Arslan (le Lion armé), qui fut l'adversaire des barons francs en 1096, est pour eux l'un de ces héros que l'école vous apprend à honorer. Quelque chose comme Godefroi de Bouillon, Jeanne d'Arc et Clovis réunis. Arslan, en effet, adversaire des croisés, fut surtout l'un des fondateurs de l'Empire turc seldjoukide. Et, diable, la Turquie moderne ne badine pas sur le chapitre de la patrie ! Le lundi matin, au début des cours, et le vendredi soir, en fin de semaine, l'hymne national est chanté dans chaque classe par les lycéens (en uniforme) et les professeurs. Personne ne songe à sourire. De même que nul ne songe à plaisanter, me dit Ayberk, avec le drapeau turc dont l'usage est sévèrement codifié. Peu de pays – sauf en Asie, peut-être – donnent autant que la Turquie cette impression de discipline intériorisée et d'ordre civique vaguement militaire.

Cette révérence nationale, très sourcilleuse, est illustrée par le culte omniprésent d'Atatürk (portraits partout, statues équestres ou bustes en bronze dans chaque ville). Notre voyage et nos enquêtes dans les villages anatoliens tiennent donc du paradoxe. « Un descendant des croisés et deux Turcs qui font cette route ensemble, c'est quand même étonnant », murmure rêveusement Ayberk. Il ajoute qu'il a bien failli refuser de m'accompagner. Parfois, l'ambiguïté de notre compagnonnage affleure plus nettement. Il arrive qu'Ayberk refuse de traduire une question que j'aimerais poser à des notables villageois. Sur les chrétiens massacrés à tel ou tel endroit, par exemple. « Non, ça, je ne peux pas », souffle-t-il.

De mon côté, je campe dans une absolue neutralité. Mais l'Histoire est-elle jamais neutre ? Depuis Clermont-Ferrand, toutes les étapes de ce voyage me montrent à quel point l'histoire des croisades est *instrumentalisée*. Toujours. Partout. Chaque pays puise dans cette longue épopée ce qui peut nourrir et légitimer son imaginaire national. En écartant résolument le reste. Les Turcs, par exemple, s'ils honorent Kilidj Arslan, n'évoquent presque jamais le vrai vainqueur des croisés, Saladin, héros du monde arabe, qui reprit Jérusalem aux Francs, en 1187, après la bataille de Hattin. Ce même Saladin auquel s'identifient volontiers, en revanche, Saddam Hussein, Hafez el Assad ou Kadhaffi. Pourquoi pas les Turcs ? Parce que Saladin était kurde, voilà tout.

Dans la Turquie d'aujourd'hui, comme on le sait, le mot *kurde* fut longtemps tabou. Comme le mot *arménien* qui l'est encore.

J'apprends à marcher sur des œufs. Surtout lorsque c'est une spectaculaire défaite turque que je dois raconter – prudemment – à mes compagnons de route en approchant d'Eskiséhir (l'ancienne Dorylée). Une de ces défaites qui changent, pour un temps, le cours de l'Histoire. Celle-ci fut la première vraie victoire militaire en rase campagne remportée par les armées franques. Elle consterna le monde musulman tout entier et découragea bien des résistances ultérieures. Les historiens d'aujourd'hui s'accordent à écrire qu'elle permit de reculer d'au moins deux siècles la chute annoncée de l'Empire byzantin. Nous approchons de ce champ de bataille considérable. Ayberk n'avait jamais entendu parler de cette bataille. Il esquisse un sourire en écoutant mon récit. « Je sais bien qu'à l'école on apprend surtout les victoires. Mais c'est dans tous les pays pareil, non ? »

Les vastes prairies

Après Iznik, la route sinue dans un paysage de vergers irrigués et de bosquets en pente qui n'est pas sans rappeler notre Massif central. Une difficulté toponymique, finalement surmontée, nous a retardés un moment. Les noms de lieux, en effet, ne correspondaient plus à mes notes. La petite ville d'Osmaneli, où nous avions fait halte, n'est mentionnée dans aucun des travaux scientifiques sur la Première Croisade. Étions-nous égarés sur une mauvaise route ? Un commerçant a fini par sourire à nos questions : Osmaneli s'appelait encore, à la fin du siècle dernier, Lefké. Cet ancien nom a disparu des cartes officielles avant même la fondation de la République turque. Mais pas des mémoires. Lorsque l'équipe de football dispute un match, les supporters locaux d'Osmaneli continuent de crier : « Allez Lefké ! » L'indication peut paraître dérisoire. Elle ne l'est pas.

Grâce à elle, nous localisons sans risque d'erreur un pont, un simple pont de pierre oublié dans la campagne et qui enjambe la rivière Göksu (littéralement, la rivière couleur de ciel). Les chroniques de la Première Croisade racontent qu'immédiatement après ce pont l'*ost Notre-Seigneur* au grand complet bivouaqua durant deux jours dans « *de vastes prairies* » pour reprendre ses forces après le siège de Nicée. Ayberk est stupéfait que les « *vastes prairies* » soient toujours là, dans une ample courbe de la Göksu, exactement identiques aux descriptions du XIe siècle. Aucune construction, pas de travaux ni de cultures sur ce coin de province resté en l'état. Nous descendons de voiture. Je leur lis quelques extraits des chroniques médiévales. Il n'est pas difficile d'imaginer les milliers de tentes dressées ici le 30 juin 1097, les feux allumés à perte de vue, les chevaux bronchant sous les nuages de mouches, les conciliabules des barons francs dont certains ont amené leurs épouses, les messes en plein air et les prières chantées...

C'est au lendemain du deuxième jour de halte qu'une partie de l'armée, celle conduite par Bohémond, leva le camp, avant l'aube, pour se séparer du reste de l'*ost*

Notre-Seigneur. Historiens et chroniqueurs ont glosé pendant des siècles sur ce départ inopiné. Bohémond entendait-il, en se séparant du reste de l'armée, conquérir quelques places fortes pour son propre compte ? S'est-il trompé de chemin ? Préféra-t-il simplifier les immenses problèmes de ravitaillement en scindant l'*ost* en deux groupes ? Chaque thèse trouve aujourd'hui encore ses défenseurs.

Quoi qu'il en soit, c'est à cette séparation imprévue – et discutée – que les Francs devront leur première victoire militaire, celle de Dorylée. A quelques kilomètres de là, en effet, sur le grand plateau anatolien vers lequel monte, maintenant, virage après virage, notre voiture, le sultan Kijli Arslan attend les croisés. Avec plusieurs dizaines de milliers de cavaliers et d'archers seldjoukides en ordre de bataille.

Nous y sommes. Ce plateau en altitude forme une immense cuvette, bordée, au sud et au nord, par des chaînes montagneuses dont on devine les contours dans les brumes de chaleur.

« *Cette race d'excommuniés* »

La rencontre a lieu le 1er juillet 1097, alors que la partie de l'armée conduite par Bohémond a fait halte dans un thalweg. Subitement, toutes les hauteurs alentour se garnissent de cavaliers turcs. La plupart des chroniques de l'époque décrivent le premier choc avec des accents de stupeur.

« *Les nôtres se demandaient avec étonnement*, écrit l'Anonyme, *d'où avait pu sortir une pareille multitude de Turcs, d'Arabes, de Sarrasins et autres, impossibles à énumérer, car toutes les hauteurs et les collines et les vallées et toutes les plaines, à l'intérieur et à l'extérieur étaient entièrement couvertes de cette race d'excommuniés.* »

Guillaume de Tyr, quant à lui, s'étend longuement sur la première phase de la bataille. « *Les escadrons de Turcs, se précipitant aussitôt sur notre armée, lancèrent une si grande quantité de traits qu'on aurait dit une grêle tombant du milieu des airs ; à peine une première nuée était-elle tombée, qu'elle était suivie d'une seconde, non moins épaisse ; et ceux qui n'avaient pas été atteints d'abord ne pouvaient guère éviter de l'être un moment après. Ce genre de combat était complètement ignoré de nos soldats ; ils pouvaient d'autant moins le soutenir avec égalité qu'ils n'en avaient aucune habitude, et qu'à tout moment ils voyaient tomber leurs chevaux sans pouvoir se défendre ; eux-mêmes, frappés à l'improviste de blessures souvent mortelles auxquelles il leur était impossible d'échapper, cherchaient à repousser leurs ennemis en se précipitant sur eux et les frappant du glaive et de la lance. Mais ceux-ci, incapables, à leur tour, de supporter cette sorte d'attaque, ne manquaient pas de se séparer aussitôt pour éviter le premier choc, et, ne trouvant plus personne devant eux, trompés dans leur attente, nos soldats étaient contraints de se replier sur leur corps d'armée. Tandis qu'ils se retiraient ainsi sans avoir réussi dans leur tentative, les Turcs se ralliaient promptement, et recommençaient à lancer leurs flèches qui tombaient dans nos rangs comme la pluie, et ne laissaient presque personne sans blessure mortelle. Nos hommes résistaient autant qu'il leur était possible, protégés par leur casque.* »

En fait, la lourde armée franque, avec ses chevaliers

en armure et ses chevaux caparaçonnés de métal, la cavalerie formidable dont la tactique – la charge, lances baissées – est aussi puissante que rudimentaire, découvre la mobilité insaisissable, le tournoiement vertigineux des archers à cheval turcs qui lancent leurs traits mortels et se dérobent. Et cela dix fois, vingt fois, jusqu'à ce que l'adversaire soit suffisamment affaibli pour être taillé en pièces par les escadrons de sabreurs qui s'élancent à leur tour. C'est au cri de *Allah o' akbar* – curieusement retranscrit en *Allachibar* par Raoul de Caen – que se battent les Turcs.

Les chevaliers francs, à l'époque, considéraient comme déshonorant le combat à distance, surtout à l'arbalète. Seul le corps à corps avec l'épée ou la lance leur semblait digne du code de l'honneur. Les barons se flatteront parfois d'avoir livré combat « *sans usage d'arbalète* ». Au demeurant, cette arme inventée à la fin de l'époque romaine et perfectionnée en Italie durant le haut Moyen Age était considérée comme trop meurtrière. Permettant d'envoyer des *carreaux* jusqu'à cent cinquante mètres, son usage fut interdit par le concile de Latran en 1139... « *sauf contre les infidèles* ».

Les premières heures de cette bataille, à la tactique si nouvelle pour les Francs, sont désastreuses pour eux. Bohémond fait mettre pied à terre aux cavaliers qui affrontent l'ennemi, épées et lances brandies, tandis que les femmes ravitaillent en eau les combattants. « *Serrés les uns contre les autres,* écrit Fouchers de Chartres retranché avec les non combattants, *comme des moutons dans une bergerie, tremblants et saisis d'effroi, nous sommes de toute part cernés par les Turcs et n'osant bouger.* » De nombreux pèlerins, des jeunes filles et des vieillards, sont décapités par les Turcs tandis que l'archevêque du Puy, Adhémar de Monteil, se révèle un excellent chef militaire et s'efforce de galvaniser les soldats francs.

C'est au moment où la situation vire à la catastrophe que survient l'autre moitié de l'armée, conduite par Godefroi. Elle avait pris un chemin différent, à travers les montagnes, et avait pu être prévenue par un messager. La surprise, digne d'un bon western, change aussitôt de camp. Kilidj Arslan pensait avoir à sa merci la totalité des Francs. Il voit surgir un nouveau et immense front de *batailles* croisées qui charge aussitôt au cri de « *Dieu le veut ! Saint-Sépulcre ! Ferés, Franc pèlerin !* »

Allah o'Akbar ! contre *Dieu le veut !*

Jamais encore n'était apparue aussi bien qu'à Dorylée cette évidence. Ce sont deux grandes idéologies *totales* qui s'affrontent désormais sur ce plateau anatolien. Le *djihâd* islamique, à l'époque, est déjà théorisé et codifié depuis plusieurs siècles. La théorie de la *guerre juste* des chrétiens, née au IVe siècle avec saint Augustin, a été adoptée par les théologiens du Moyen Age. Un historien toulousain, Edgar Weber, a longuement développé ce parallèle. « *Les croisades*, écrit-il, *seront considérées comme une guerre juste, car on y défendait la Chrétienté contre l'attaque ou la menace des Sarrasins. Il est clair, compte tenu des documents, que la notion même vague de guerre sainte, énoncée par les Byzantins, est une sorte de parallèle ou de riposte au djihâd qui, à cette époque, a déjà fait l'objet d'une codification précise.* »

Le front turc se disloque. Archers, cavaliers et

sabreurs seldjoukides battent bientôt en retraite, aussi vite que le peuvent leurs chevaux épuisés, en se retournant sporadiquement pour lancer des grêles de flèches. Témoignage direct de l'Anonyme : « *Nous les poursuivîmes en les tuant pendant tout un jour ; et nous fîmes un butin considérable, de l'or, de l'argent, des chevaux, des ânes, des chameaux, des brebis, des bœufs et beaucoup d'autres choses que nous ignorons.*

Dans le camp adverse, le chroniqueur arabe Ibn al-Qalanissi évoquera cette défaite des siens et n'en sous-estimera pas l'importance. « *Les Francs taillèrent en pièces l'armée turque,* écrit-il. *Ils tuèrent, pillèrent et prirent beaucoup de prisonniers qu'ils vendirent comme esclaves [...] Quand fut connue cette affaire honteuse pour l'Islam, ce fut une véritable panique. La frayeur et l'anxiété prirent d'énormes proportions.* »

Se référant lui aussi à la bataille de Dorylée, un autre chroniqueur arabe, l'émir Usâma ibn Munqidh, juge les Francs peu civilisés au regard de l'Islam, mais leur reconnaît une incontestable supériorité militaire : « *Quiconque s'est renseigné sur les Francs,* écrit-il, *a vu en eux des bêtes qui ont la supériorité du courage et de l'ardeur au combat, mais aucune autre, de même que les animaux ont la supériorité de la force et de l'agression.* »

Il est vrai qu'à Dorylée la division des musulmans a grandement aidé les Francs en cette année 1097. Comme elle les aidera encore à plusieurs reprises. En Anatolie, par exemple, les différentes tribus seldjoukides, installées depuis une trentaine d'années dans le pays, se disputent âprement l'ancien territoire byzantin. Kilidj Arslan doit affronter, au nord, ses *frères* danischmendites plus puissants que lui. A Dorylée, c'est donc une partie seulement des forces *infidèles* que les croisés ont battue. Les croisades suivantes pousseront Seldjoukides et Danischmendites à s'unir en faisant taire leurs querelles. Dans cette même région de Dorylée, les Francs, alors, seront sévèrement vaincus : Lombards et Bavarois en 1101, Allemands de Conrad III en 1147.

Aujourd'hui encore, cette première défaite de Dorylée, si peu enseignée dans les écoles turques, est rituellement évoquée, en revanche, par les dirigeants ou historiens arabes pour déplorer les divisions de l'Islam face à Israël.

L'ordre turc...

Étape à Eskiséhir. C'est maintenant une grande ville de cinq cent mille habitants, réputée en Turquie pour son école d'aviation civile, son centre de cours par correspondance et son université. Peu de gens, hormis les archéologues, qui situent le site de l'ancienne Dorylée au lieu dit Sarhöyük, à trois kilomètres au nord-est de la gare, savent quoi que ce soit des croisades. Si le souvenir d'une bataille est célébré, ici, c'est celui des vingt-deux jours de combats qui opposèrent, en 1921, les forces turques commandées par Mustapha Kémal à l'armée grecque qui s'était emparée d'une partie de l'Anatolie. Les Grecs furent vaincus et Mustapha Kémal se vit décerner par la Grande Assemblée nationale le titre de *Gazi* (victorieux).

C'est un doux après-midi de juin. Longues promenades le long de la rivière Porsuk et sur les avenues du centre où des lycéens fêtent la fin de l'année scolaire. Ayberk, jeune Stanbuliote de l'ouest, porté à croire que le monde civilisé s'arrête au Bosphore, s'étonne lui-même de trouver une ville aussi moderne. Quelque chose comme Grenoble ou Rennes : immenses avenues, rocades et chantiers de construction à perte de vue. Une belle ville neuve, en dépit de son nom (Eskiséhir signifie vieille ville), dont la plupart des guides assurent qu'elle est rigoureusement sans intérêt. Mais que savent vraiment du monde les guides pour touristes ?

Comme nous marchons ensemble, une grande rumeur envahit les rues du centre. C'est une manifestation des ouvriers et employés de l'aviation civile réclamant des augmentations de salaire. Un long cortège de huit à dix mille manifestants porteurs de banderoles qu'acclament les habitants à leurs fenêtres. L'ordre du défilé est impeccable. Un peu trop. Les manifestants, sur chaque avenue, laissent dégagée la partie gauche de la chaussée pour ne pas entraver la circulation. Le service d'ordre est assuré par... des policiers échelonnés de vingt mètres en vingt mètres et que nul manifestant ne songerait à bousculer. Les slogans sont bien réglés, comme l'itinéraire et la cadence de la marche.

Cette petite scène de rue vient rappeler à point nommé que l'ordre règne en Turquie. Un ordre qui n'est pas exactement celui de l'Europe et des droits de l'homme. Quinze journalistes ont été assassinés, ici, durant la seule année 1992. Quantité d'autres ont été battus et emprisonnés. La répression contre les Kurdes, sur laquelle l'Europe ferme pudiquement les yeux, est féroce. Derrière le sourire si séduisant de Mme Tansu Ciller, le nouveau Premier ministre, une réalité persiste qui, elle, n'est pas vraiment séduisante.

Ce n'est pas mon sujet, certes ! Mais voyage-t-on jamais les yeux fermés ?

XII

Konya (Turquie) : l'appel des derviches

Subitement, tout change. Le temps, parfois, brouille les cartes et bouleverse les lieux qu'il travaille comme on le fait d'une cire. Des pays naissent, des cultures, des références nouvelles... Entre Eskiséhir (Dorylée) et Konya (Iconium), l'histoire turque a surchargé le chemin que nous suivons maintenant de projets accomplis et de forts symboles qui n'existaient pas au XIe siècle. Même à l'état de promesses, comme en Europe. De sorte que cet effrayant désert asiatique où s'enfonça l'armée franque, épuisant ses forces jusqu'au seuil de la mort, n'en est plus un. Loin s'en faut. Cette fraction de l'itinéraire anatolien réunit même, en un raccourci impeccable, les trois composantes de ce qu'Ayberk, mon jeune guide, appelle la « synthèse turque » : modernité triomphante, féodalité continuée et islam renaissant.

Modernité triomphante ?

« Li seignor vont à pied... »

C'était une steppe, un absolu désert. Et quel désert ! Sur ces contreforts du massif de l'Émir-Dagh, puis ceux du Sultan-Dagh, l'immense convoi de l'*ost Notre-Seigneur* s'étirait, en ce mois de juillet 1097, dans une steppe sauvage et sèche, anéanti par la fournaise. Pas un point d'eau : les rares marais ou étangs de la région sont saumâtres. Pas une ville pour se ravitailler : les cavaliers seldjoukides de Kilidj Arslan, qui fuyaient devant l'armée franque, avaient pris soin de vider chaque cité de sa population, de boucher les puits et de crever les citernes.

Seulement le désert anatolien ! Blanc, poussiéreux, vertigineux... Et, pendant des jours et des jours – sur près de trois cents kilomètres –, une chaleur énorme qui chauffe à blanc les cottes de mailles et brouille l'horizon. « *Nous poursuivions les Turcs*, écrit l'Anonyme, *à travers les déserts et une terre dépourvue d'eau et inhabitable d'où nous eûmes du mal à sortir vivants. La faim et la soif nous pressaient de toutes parts, et nous n'avions presque rien à manger sauf les épines que nous arrachions et frottions dans nos mains. Là mourut la plus grande partie de nos chevaux.* »

L'armée elle-même côtoie la mort.

Cela va faire une année – déjà ! – que les lourdes batailles franques et les foules qui les accompagnent se sont mises en route. Une année entière de souffrances et de fatigues mais qui paraissent soudain peu de chose au regard de cette inhumaine traversée du désert en plein été oriental. Les chroniqueurs, toujours prompts à relever les analogies bibliques, notent que cette marche titubante de l'armée croisée dure très exactement quarante jours. Les chevaux de trait, comme les destriers réservés au combat, meurent les uns après les autres. « *Beaucoup des nôtres*, raconte Fouchers de Chartres, *chargeaient leurs effets, leurs vêtements, leur pain sur des moutons, des chèvres, des cochons ou des chiens.* » On voit ainsi les fiers chevaliers francs, mourant de soif, contraints d'enfourcher des bœufs « *en guise de destriers* » et Fouchers de Chartres ajoute qu'on « *aurait pu en rire, ou peut-être aussi en pleurer de pitié* ». Des femmes, dit encore le chroniqueur, accouchent prématurément sur le chemin, « *devant tout le monde* », et sont contraintes d'abandonner leur enfant.

Trois beaux vers de la *Chanson d'Antioche* évoquent cette longue misère :

> *Li seignor vont à pied dolent et aïré.*
> *Lor cauces sont rompues, lor solier sont crevé*
> *Dont lor saignent li pié. Teurement ont ploré.*

En fait, ces quarante jours de désert sont dévastateurs pour les effectifs des croisés qui s'amenuisent sans cesse depuis le départ de Constantinople. Bien qu'il faille se méfier, en général, des indications chiffrées fournies par les chroniques de l'époque, relevons celles d'Albert d'Aix. Pour une seule journée – « *un certain jour de sabbat* » –, durant laquelle une tempête de sable a enveloppé les Francs de ses tourbillons ardents, plus de cinq cents personnes succombent « *au tourment de la soif* ». Raymond de Saint-Gilles lui-même, le puissant et solide comte provençal, est à ce point affaibli que l'évêque d'Orange lui administre l'extrême-onction.

La fin – provisoire – de ce calvaire n'interviendra qu'après Tyriaion (Ilghun), Laodicée (Jorgan-Ladhiq) et Iconium (Konya) que l'armée atteint aux alentours du 15 août.

Une modernité féodale

En 1993, ce même désert est totalement conquis par les hommes. L'histoire d'un pays tout entier s'est bâtie dessus. Notre route, qui reprend le même itinéraire, traverse des étendues verdoyantes aux cultures tirées au cordeau. A perte de vue, des petits aqueducs d'irrigation en béton prémoulé quadrillent les champs. Nous doublons sans cesse des tracteurs et des machines agricoles modernes qui ne dépareraient pas nos campagnes. Betteraves, céréales, champs de fraisiers et bientôt vergers... Les cités où nous faisons halte – Derbent, Seyitgazi, Emiderg, Bolvadin, Aksehir – ne ressemblent plus à la fournaise inhabitée, décrite par les chroniques médiévales, ni même à cette Turquie éternelle évoquée, avec une impavidité racoleuse, par les prospectus.

Ce sont les villes moyennes d'une Anatolie bien plus occidentalisée qu'on ne l'imagine. Places proprettes sous les ombrages, écoliers en uniforme, antennes paraboliques sur les toits, militaires impeccables avec leurs tenues de sortie vertes et leurs casquettes plates... Magasins et boutiques sont au standard européen. On s'arrête, on parle. Ayberk est aussi curieux que moi et, visiblement, plus surpris encore de vérifier la modernité de son propre pays. Aux terrasses des cafés, avec les gens de rencontre, nos conversations débouchent immanquablement sur la question des immigrés turcs en Europe. Une grosse majorité d'entre eux vient d'Anatolie. Mais, ici, on évoque leur sort avec moins d'apitoiement que d'envie. Revenus d'Allemagne ou de Belgique, ils se font construire de « grandes maisons à trois étages », pour reprendre l'expression d'un notable d'Emirderg (vingt et un mille habitants). Et il n'est pas rare, ajoute-t-il, qu'ils retournent en Europe pour financer la construction d'une deuxième maison réservée à la location.

Des maisons ? Cette omniprésence des chantiers de construction ajoute à la forte impression de modernisation accélérée. Chaque ville, petite ou moyenne, que nous traversons, est littéralement ceinturée par des cités nouvelles, immeubles neufs, bouquets de grues ou échangeurs routiers. Comme si, depuis une dizaine d'années, une deuxième Turquie surgissait à côté de l'ancienne. Spectaculaires mais prévisibles dans la grande périphérie d'Istanbul, ces chantiers pharaoniques sont plus inattendus dans ce cœur profond de l'Anatolie.

Ils rendent d'autant plus étrange ce spectacle archaïque éternellement recommencé, ce détail répété à l'identique sur des centaines de kilomètres de campagne et qui *tire* l'œil. Je veux parler de ces rangées de femmes en costume traditionnel – longues étoffes vives flottant jusqu'à terre, foulards et sandales – qui font dans les champs des taches colorées. Réparties en escouades, elles grattent, sarclent, remuent la terre, comme il y a dix siècles, pour le compte de quelques grands propriétaires latifundiaires. Ceux-là mêmes que dénoncent les marxistes kurdes du PKK. Des camions amènent ces femmes, toutes debout et serrées, épaule contre épaule, dans la benne poussiéreuse, puis les ramènent le soir dans leur village.

Le spectacle est d'un autre temps, d'un autre pays. Ces

paysannes à l'échine courbée au milieu des canaux d'irrigation, au pied même des tracteurs flambant neufs, sont aussi saugrenues qu'un collage. Qu'on imagine, dans nos plaines de la Beauce ou du Berry, des milliers de villageoises en fichu, glanant les épis de blé au bord des autoroutes...

Modernité triomphante et féodalité continuée : la *synthèse* turque, c'est aussi cela.

L'esprit de croisade

Mais pas seulement.

Lorsque l'armée franque, à bout de forces, sort enfin du désert, le 15 août 1097, et pénètre dans les riches pâturages d'Iconium, l'Anatolie demeure encore, dans ses profondeurs, une vieille terre grecque et byzantine. L'installation conquérante des Turcs seldjoukides, venus des steppes asiatiques dans ces provinces de Lynandos ou de Tharse anatolique, date alors d'une vingtaine d'années à peine. Dévasté par les combats et les pillages, déserté par une partie de ses habitants, le pays est, à l'époque, parsemé d'amphithéâtres romains, d'églises et de citadelles orthodoxes, de monastères. Par milliers... Ce sont les pierres et les chapiteaux sculptés de ces édifices bientôt démolis que les Turcs réutiliseront pour bâtir leurs mosquées et leurs propres places fortes.

Toutes celles que nous visitons portent témoignage de cette transmutation du byzantin au seldjoukide, du christianisme à l'islam. Ainsi, à Seyitgazi, cette splendide mosquée-forteresse construite sur une colline, en

1207, par la mère du sultan Alaadin Keykubat. Sur les remparts comme sous les porches ou dans les cours intérieures, des inscriptions byzantines subsistent sur les blocs de pierre réutilisés.

Cette terre, aujourd'hui, à l'évidence, et plus encore qu'aucune autre, est devenue celle de l'islam turc. C'est la troisième composante de la synthèse. Un islam plus austère, plus rigoureux, plus conservateur que dans le reste du pays. Mes compagnons de voyage, Ayberk et Yilmaz, tous deux Stanbuliotes et modérément musulmans, ne me dissimulent pas l'indéfinissable appréhension qu'ils ressentent à l'idée de faire étape à Konya. Cette province, qui fut celle des grands mystiques soufis et des derviches, figure aujourd'hui celle du fondamentalisme et du nationalisme.

L'islam, ici, renaît et s'affiche. De façon spectaculaire. Pas une ville traversée où nous ne comptions deux, trois, cinq mosquées nouvelles en construction. (Les statistiques officielles indiquent qu'environ dix mille mosquées nouvelles ont été bâties dans l'ensemble du pays au cours des dix dernières années.) Pas une halte et pas une promenade sans que nous ne tombions, dans les cinq minutes, sur un stand, une vitrine, des affiches islamistes au prosélytisme très vigoureux. Dans le dédale du bazar d'Ilgin, par exemple, à côté des étals de livres pieux et d'albums pour enfants racontant la vie des saints de l'islam, des affiches évoquent en termes très durs la démission de l'Europe en Bosnie. Quant aux commentaires recueillis, ils font agressivement référence aux... croisades. « *L'Europe,* disent-ils, *retrouve le vieil esprit de croisade. Si elle laisse assassiner les habitants de Bosnie, c'est parce qu'il s'agit de musulmans.* »

Insensiblement, à l'approche de Konya, le nombre de femmes et de jeunes filles voilées augmente. On n'aperçoit plus guère de publicités suggestives à la mode occidentale. Dans les kiosques, les revues érotiques, assez nombreuses en Turquie, se font inexistantes ou très discrètes. Dans certaines petites villes que nous traversons, on ne voit carrément plus aucune femme sur les trottoirs.

L'atmosphère est changée. Cette Turquie-là n'est plus tout à fait kémaliste. La région de Konya, comme celle de Sivas ou de Kayseri (l'ancienne Césarée), plus au nord, est considérée comme l'un des bastions de l'islam.

Le grand savant

Voici Konya. Ayberk, cette fois, est ouvertement furieux. Sur la grande place Alaeddin Parki, au centre de la ville, nous avons voulu boire un verre d'ayran (yaourt liquide) à l'ombre d'une terrasse dont les parasols arborent les couleurs de Coca-Cola. Le serveur nous a promptement délogés en nous désignant le panneau : *Aïleye mahsustur* (réservé aux familles). Un coin, très à l'écart, est réservé aux célibataires qu'il est exclu de voir attablés à proximité des femmes. « Ce serait impensable à Istanbul, gronde Ayberk ; ou alors, je ne me gênerais pas pour envoyer paître le serveur. » Bien des intellectuels stanbuliotes retrouvent les mêmes accents lorsqu'ils parlent de Konya. Ils disent s'y sentir oppressés.

Konya, grande cité conservatrice, siège de l'université seldjoukide, demeure fidèle à sa réputation. La municipalité de droite y a fait interdire les maisons de passe et les prostituées slaves venues, comme ailleurs en Turquie, de l'ex-URSS. La plupart des librairies où nous entrons sont aux mains des islamistes. Dans les rues du centre, une voiture munie de haut-parleurs invite bruyamment les habitants à un grand meeting de la *Milli gençlik vakfi* (fondation de la jeunesse nationaliste).

Mais ce strict conservatisme et cette rigueur islamique de Konya ne sont pas le produit d'un accident électoral. Et ils ne datent pas d'hier. C'est un héritage de l'Histoire. La ville fut, de 1076 à 1080, puis de nouveau, en 1097, la première capitale de l'Empire seldjoukide. Elle fut surtout, dès le début du XIIIe siècle, la patrie d'adoption des grands mystiques et philosophes turcs venus du Khorassan (dans l'actuel Iran). Le plus célèbre d'entre eux, celui dont le destin impressionnait Maurice Barrès, fut Mevlânâ Celâleddin Rumi, fondateur de l'ordre des derviches tourneurs, que tous les textes d'aujourd'hui appellent le grand savant. Mevlânâ qui, au sujet de Konya dont il fit sa patrie, écrivit : « *J'étais neige, à tes rayons je fondis. La terre me but ; brouillard d'esprit. Je remonte vers le soleil.* »

Tout dans la ville – mosquées, musées, miniatures, tombeaux – parle de lui et transmet son enseignement. Et comment rester insensible aux splendeurs du *Mesnevi* (ou *Mathnawî*), cet immense poème de vingt-cinq mille six cent dix-huit distiques persans qui est l'œuvre maîtresse de Mevlânâ ?

Ne reste pas sans amour pour ne pas mourir
Et meurs dans l'amour pour demeurer vivant.

Ou encore :

Écarte donc la lettre, la voix, la parole...
Je désire parler avec toi sans leur présence.

Découvrant ces richesses-là, évoquant avec des Turcs l'autre grande figure vénérée à Konya, celle du grand derviche et philosophe Yunus Emre, je repense aux exclamations naïves des chroniqueurs francs du haut Moyen Age qui, désignant leurs adversaires seldjoukides, parlent de « *ces peuples barbares* », de « *cette race d'excommuniés* » ou de « *la gent mescréante* ». Pour les croisés, qui s'avancent maintenant vers les montagnes du Taurus et de l'Anti-Taurus, il est évident que les cavaliers turcs qu'ils chassent devant eux sont des primitifs analphabètes dont seule une prompte conversion pourrait assurer le salut. Or des mystiques aussi subtils et savants que Mevlânâ, Yunus Emre ou Ghazali sont justement contemporains de l'époque des croisades. Ghazali est mort en 1111 (an 505 de l'hégire), soit en pleine apogée des royaumes francs de Palestine. Mevlânâ est né, quant à lui, en 1201, près d'un siècle *avant* l'expulsion définitive des Francs (1292) de Terre sainte. Les écrits de ces grands penseurs étaient donc lus, leur enseignement était largement répandu dans le monde musulman à l'époque des croisades.

Eux des barbares ?

La méconnaissance de l'autre, l'absolue fatuité ethnocentrique que l'Histoire verra si souvent à l'œuvre

La ville des disciples

« Une ville assez prospère, cette poussiéreuse Konya, et qui paraît bien peu orientale à celui qui vient d'au-delà du Taurus. Des maisons turques à un étage, aux fenêtres treillagées de bois, aux balcons grillés, et badigeonnées de bleu ou d'ocre sous leur toiture de tuiles rouges ; des mosquées en forme de cubes, surmontées d'une coupole, entourées parfois d'un jardin : tout un ensemble précaire, éphémère, rehaussé par une demi-douzaine de monuments historiques, les plus humbles et les plus somptueux, mais amoindri, je veux dire dénaturé, par deux, trois, constructions neuves à l'européenne (le Konack, la Banque ottomane). Konya, en somme, doit le plus sûr de sa couleur locale aux caravanes et aux chameaux qui la parcourent.

« Je suis allé jeter un coup d'œil sur les faïences du collège de Krakaï. C'est, dit-on, la plus belle décoration persane qui subsiste du XIIIe siècle. Toujours cette jolie solitude d'appartement d'été ; toujours ce goût simple, humain, qui garde dans ses raffinements quelque chose de familier et de primitif. Une porte mène à un immense cimetière, continué par une plaine, des prairies et, au loin, de douces montagnes. A l'ombre de la mosquée, sous le plus beau platane, une dalle de marbre, évidée dans son centre où poussent des iris, s'appuie sur un fond de faïence bleu céladon, que les visiteurs pillent et massacrent, hélas !... Quel décor plein d'invitations ! Il pourrait, il voudrait devenir poème, sonate, jeune figure féminine et, mieux encore, douce acceptation, voire désir de la mort, mais, pressé que je suis, je n'en recueille qu'un enchantement stérile.

« Qu'ai-je encore remarqué ? La mosquée Indjé Minarelli Médressé, dont le portail ogival, formé par deux bandeaux de pierres bordés d'arabesques, me donne l'illusion de quelque chose d'hispano-mauresque, l'idée d'une décoration déjà vue à Valladolid, à Tolède. Il n'y manquait qu'un écusson aux âmes...

« Ailleurs, dans une grande mosquée ruineuse, de superbes tapis...

« Ailleurs encore...

« Mais non, des tapis, des carreaux émaillés, des entrelacs, des lettres ornementales, des iris, des roses, des chameaux et partout cette odeur d'Orient qui commence déjà en Andalousie, ce n'est plus aujourd'hui mon affaire. Konya, pour moi, c'est la ville des disciples, le lieu où l'on voit des esprits qui s'engendrent et s'enflamment. »

(Maurice Barrès, *Une enquête aux pays du Levant*, 1923)

dans les siècles à venir sont déjà contenues dans ce prodigieux malentendu. L'ignorance épaisse des soldats francs face à l'islam n'annonce-t-elle pas la balourdise meurtrière des conquistadores devant l'Inca Atahualpa, au XVIe siècle, le dédain obtus de l'Europe coloniale face à l'Asie de Confucius au XIXe ou encore le crétinisme *actuel* de ces touristes yankees interrogeant leurs guides au sujet des minarets d'Istanbul : « Est-ce que ça symbolise des fusées spatiales ? »

Cela fut dit !

Ce soir-là, bien sûr, nous reparlons encore du renouveau de l'islam turc. Et des inquiétudes qu'il peut légitimement inspirer. Un peu plus tard, cependant, dans ma chambre de l'hôtel Hüma, je relis longuement des pages de cette *Littérature du Divan* dont Mevlânâ Celâleddin fut l'un des grands auteurs. C'est maintenant la pleine nuit et l'heure de la dernière prière. Subitement, les innombrables minarets de la ville s'éveillent et se répondent en une sorte de canon à mille voix dont les cadences très lentes se répercutent de quartier en quartier. Je m'accoude longuement à la fenêtre. L'endroit ne se prête ni aux émerveillements convenus, ni aux niaiseries orientalistes. Mais que dire de ces milliers d'appels dans la nuit sinon qu'ils sont plus troublants que les discussions de la journée ? Et pathétiquement beaux.

XIII

Tarse : des fantômes arméniens

Pourquoi, soudain, cette ville éteinte, poussiéreuse, recroquevillée sur elle-même ? La foudre est-elle tombée ici ? Une épidémie ? Une obscure malédiction ? En posant nos bagages au Grand Palace Hotel (le seul de l'endroit), Ayberck jure qu'il n'a jamais mis les pieds dans une gargote aussi minable et qu'il est hors de question, pour lui, d'utiliser la salle de bains commune. Escaliers et couloirs déglingués, télévision hurlant dans un salon-couloir, près de l'entrée, gamin grincheux à la réception : c'est cinq dollars la chambre, plus un dollar de supplément si l'on veut prendre une douche à l'étage. Nous sommes probablement les seuls clients.

Ayberck passe un doigt sur les boiseries douteuses et esquisse une grimace de fils de bourgeois stanbuliote. Pourquoi ai-je voulu m'arrêter là ? Pourquoi avoir choisi un endroit aussi piteux ? Pour ce qui concerne la Turquie, nous voilà brusquement ramenés à une trentaine d'années en arrière, éloignés d'un seul coup de cette géographie prospère et proprette qui nous surprenait tant sur les routes d'Anatolie. Yilmaz, le chauffeur, a disparu sans demander son reste vers on ne sait quel rendez-vous (depuis Istanbul, il nous parle de ses bonnes fortunes...). J'arpente donc avec mon jeune guide cette étrange cité que nous imaginions bien différente. Un compromis entre une sous-préfecture ouvrière, dévastée par le chômage, un bled paumé du Midwest américain et un gros bourg endormi au fin fond de quelque Creuse... Nous marchons avec perplexité sur des avenues crayeuses, traversons des places où somnolent des vieux et des chiens, errons dans un dédale d'HLM que séparent des ruelles de terre battue. Des familles s'y ennuient en vis-à-vis sur des balcons. Apparemment, le seul endroit un peu vivant dans cette exténuation provinciale, c'est un pâtissier-glacier du centre où des garçons et filles sirotent du Coca-Cola.

Une torpeur exagérée

La déréliction de Tarse, cette torpeur subite, est d'autant plus surprenante qu'à deux pas d'ici vibrionnent des métropoles pimpantes comme Adana ou Iskandérun. Pour parvenir jusqu'à Tarse, d'ailleurs, nous avons dévalé les contreforts du Taurus (les pyles de Cilicie, disait-on jadis) dans un décor plutôt réjouissant de montagnes touristiques et de forêts à pique-nique. Passé Pozanti, la route sinuait au fond d'une gorge bordée de sapinettes et de prairies d'altitude. Nous faisions halte, parfois, près de baraques en planches où l'on vendait des fruits du pays (fraises et cerises), du thé et des côtelettes d'agneaux grillées, accompagnées de yaourt liquide.

Nous croisions des centaines de camions, croulant

sous les cageots de légumes, qui remontaient des plaines agricoles de Cilicie. Au pied de la montagne, la Cilicie elle-même paraissait fertile et industrieuse, avec ses figuiers touffus, ses lauriers en fleurs et ses premiers alignements de palmiers. On voyait au loin, sur les pentes, des troupeaux de chèvres menés par des bergers turkmènes. La plupart des champs, à perte de vue, étaient généreusement irrigués et une vapeur odorante pénétrait jusque dans la voiture. Riches plaines, riches propriétaires fonciers de Cilicie dont Ayberck me décrivait les fastueuses *virées* à Istanbul quand la récolte est faite...

Puis Tarse est apparu.

Absolument inattendu, somnolent et misérable dans la chaleur de l'après-midi. Périmètre à l'écart, enclave qu'on aurait dit ceinte par je ne sais quelle invisible clôture capable d'arrêter net le cours de l'Histoire. Un morceau de la Turquie des années 40, ou pis encore... « Y a-t-il des hôtels ici ? – Oui, il y en a un ! » Après deux heures de déambulations dans cette torpeur exagérée, Ayberck ne se gêne plus pour me dire – avec les courtoisies d'usage – que le choix de cette ville pour y faire étape n'est peut-être pas si judicieux. La veille, il est vrai, regardant la carte, il louchait plutôt vers Adana et ses discothèques, Antalya et ses plages, à la rigueur, jusqu'où nous aurions pu *pousser*. Il insiste. Mais s'agit-il d'obéir à la fantaisie ordinaire du voyageur ? J'en appelle, une fois encore, en forçant sur la solennité du discours, à l'histoire des croisades et à l'Histoire tout court.

Et quelle histoire !

J'hésite à écrire, cette fois, ce que j'en sais. On se dit

qu'à force la mémoire en *rajoute* un peu lorsqu'elle multiplie ainsi les étapes mirobolantes et les cités prodigieuses (Ratisbonne, Constantinople, Konya, Jérusalem bientôt...). L'usage du superlatif ne risque-t-il pas de passer, à la longue, pour une ruse du voyageur ou un stratagème d'écriture ? Sans aucun doute. Il n'empêche qu'au sujet de Tarse l'extraordinaire prodigalité de l'Histoire forme un étonnant contraste avec la banalité du décor actuel. « *Tarse : rien à voir, rien à signaler ; ne mérite pas le détour* », disent en substance la plupart des guides.

Rien à signaler ? Les fous !

Même Ayberck, que je sentais déconcerté, parfois, par l'austérité de notre périple, oui, même lui se réveille sans difficulté en écoutant quelques rappels si prodigieux qu'aucun romancier n'eût osé les inventer. Légende pour légende, mythe pour mythe, Tarse vaut n'importe quelle ville du vaste monde. Ici, quiconque entend rêver ou marauder dans les souvenirs de l'humanité sera comblé au-delà de toute attente. Écoutez un peu.

Le fils d'Adam et Ève

Passe encore que Tarse ait été la cité de saint Paul, nomade magnifique de l'Asie Mineure dont le souvenir vagabond nous attend un peu plus loin, du côté d'Antioche. Négligeons également le fait qu'elle s'enorgueillit d'être la ville où Cléopâtre rencontra – et subjugua – Antoine, au point que l'unique arche d'allure byzantine qui subsiste ici, à l'entrée de la ville, est appelée porte de Cléopâtre. Retenons surtout que Tarse est l'une des plus anciennes villes du monde, la plus ancienne, peut-être, puisque l'on fait remonter sa fondation au... troisième fils d'Adam et Ève ! Le fils d'Adam et Ève ! J'imagine le parti qu'aurait tiré de cette occurrence inouïe, quoique incertaine, un syndicat d'initiative américain, même moyennement avisé.

Ce n'est pas tout. Au temps de la dynastie séleucide (IIIe siècle avant J.-C.), puis sous l'Empire romain, Tarse devint une centre intellectuel considérable, fréquenté par les grands philosophes de Rome, notamment les stoïciens. La ville fut gouvernée un temps par Quintus Cicéron. Ce n'est pas si mal...

Ayberck m'écoute en ouvrant des yeux ronds. Ma science concernant Tarse est relativement fraîche et je l'étale sans trop de vergogne. Mais sa propre ignorance de l'histoire locale – celle du jeune diplômé turc moyen – est visiblement abyssale. Marchant encore dans les rues de ce gros village, nous nous demandons, au bout du compte, si les habitants eux-mêmes savent quoi que ce soit de ce passé. Des silences évasifs ou des gestes las répondent à nos questions. Oui, des silences. Et bien plus souvent qu'à l'ordinaire. C'est agaçant.

Il nous semble parfois que, comme dans les mauvais songes, nous sommes cernés par une manière de mutisme concerté et impossible à briser. A croire que joue ici un maléfice particulier. (On verra que la vérité n'est pas si éloignée.) En désespoir de cause, j'envoie Ayberck en mission de renseignement. Dans le salon de l'hôtel, un vieux monsieur, genre notable du coin, regarde la télévision et semble bénéficier de la considération générale. Lui, sûrement, racontera des choses précises et neuves sur la mémoire de la ville. Mais il le fera plus librement hors de la présence d'un Occidental. J'attends, donc, dans ma chambre, que mon guide ait piraté une interview.

Une heure plus tard, Ayberck revient, embarrassé au plus haut point. « Ah, non, il est vraiment trop de parti pris, ce type ! » Suit un compte rendu détaillé à mon intention. En vérité, à chaque question d'Ayberck sur les croisades, le notable de Tarse a répondu avec une violence définitive que mon jeune guide ose à peine rapporter. « Ces sauvages sont venus quatre fois en Turquie, a-t-il dit par exemple, et quatre fois on les a battus ! C'est tout. » Cette simplification outrancière et partiale scandalise Ayberck pour qui la modernité, c'est d'abord la capacité de se montrer objectif (mot qui revient souvent dans nos conversations). Quant aux questions plus précises concernant les Arméniens de Tarse, elles n'ont suscité chez le notable que de brefs mouvements de colère.

Les Arméniens ?

L'alliance franco-arménienne

Tarse n'est pas un mauvais endroit pour évoquer cet aspect de la Croisade. La question arménienne, trop souvent passée sous silence, fut bien l'une des grandes affaires de cette Première Croisade. Pourquoi ? Parce que dans cette Anatolie instable, disputée depuis une bon demi-siècle entre Byzantins et Turcs, les croisés trouvent – en 1097 – de précieux alliés. Il y a là, en effet, une chrétienté très ancienne, qui ne doit rien aux orthodoxes et se réjouit sans complexe à l'approche des armées latines. Les chrétiens arméniens peuplent, à ce moment-là, l'est de l'Anatolie et les principales places de cette Cilicie qu'on appelle aussi la petite Arménie. Menacés par les Turcs seldjoukides, ils n'ont guère bénéficié de leur intégration partielle à l'Empire byzantin, intégration-annexion décidée par Basile II au début du XIe siècle... « *Une bande avide d'ecclésiastiques grecs prit possession des riches évêchés, abbayes et prébendes d'Arménie*, écrit l'historien J. Streck, cité par René Grousset. *Les orthodoxes exercèrent d'interminables persécutions et la mauvaise humeur causée aux Arméniens par leur gouvernement insensé nous donne la clé du succès des Seldjoukides.* »

Les Francs sont donc accueillis à bras ouverts par ces populations qui voient en eux des libérateurs. Les barons vont dès l'origine, et très logiquement, s'appuyer sur les différents souverains arméniens – qu'ils restaureront parfois dans leurs droits – pour tâcher de transformer la Cilicie tout entière en une sorte de principauté franco-arménienne. Une principauté libérée des garnisons turques, certes, mais également émancipée de l'Empire byzantin. Seule cette alliance en Cilicie et en Syrie du Nord permettra aux Francs de s'installer bientôt à Édesse, puis à Antioche.

Telle est la *politique arménienne* des croisés. Son importance est considérable. Bien assez pour justifier une inflexion de l'itinéraire même de la Première Croisade. Parvenus à Héraclée (l'actuel Éregli) à la fin du mois d'août 1097, les croisés se scindent en deux groupes. Le gros de l'armée, avec Godefroi de Bouillon (qui, dans la montagne, sera bientôt gravement blessé par un ours), remonte vers le nord en direction de Césarée (l'actuel Kayseri). A son passage, les populations arméniennes se soulèvent contre les occupants turcs, qui sont vaincus sans difficulté. Les croisés réinstallent donc plusieurs chefs arméniens sur leur trône et laissent de petites garnisons dans les villes libérées. Après avoir décrit un grand arc de cercle vers le nord, le gros de l'armée redescendra bientôt sur Antioche, par Mar'ash, et refera sa jonction avec les autres croisés.

Pendant ce temps, ceux-ci, c'est-à-dire le reste de l'*ost Notre-Seigneur* conduit par Baudouin et Tancrède, coupent au plus court, obliquent vers le sud au pied du Taurus et filent vers la Cilicie. C'est la route que nous avons nous-mêmes suivie. Avec parfois de belles « émotions géographiques ». Ainsi à vingt-cinq kilomètres d'Éregli, dans le village d'Urukisla, un croisement de routes nationales correspond toujours à l'endroit précis où l'armée franque se sépara en deux. Le paysage de montagnes, aux alentours, n'a pas changé. Deux stations service et un relais routier sont installés à l'embranchement. Oui, nous étions vaguement émus. La route était dominée par des éperons rocheux, la lumière était transparente. On imaginait aisément les batailles de Godefroi remontant, à gauche, en direction de Césarée, tandis que Baudouin emmenait ses propres chevaliers sur la droite, vers Pozanti et Tarse.

La population arménienne de Tarse, comme celle des autres cités de la région, se donne d'un seul mouvement aux croisés venus la libérer. La garnison turque, quant à elle, s'enfuira bientôt. Mais sans aller bien loin. Le détail compte, comme on va le voir.

Un crime de baron

A travers les rues de Tarse, à la fin, j'emmène Ayberck sur une place circulaire, au pied des vestiges de la porte de Cléopâtre encombrés d'échafaudages et visiblement promis à la restauration. Une arche de pierre entourée d'une pelouse et agrémentée d'une banderole. Et nous nous plantons là ! Nous sommes très exactement à l'entrée du centre ville, côté nord. L'endroit correspond au tracé des anciennes murailles de la cité dont, hormis cette porte, il ne reste pas grand-chose. Sans trop de risques d'erreur, je puis donc révéler à mon guide qu'ici même, à l'endroit où nous avons posé nos pieds, fut commis un crime, un vrai crime de guerre, d'autant plus répugnant qu'il fut le fait d'un chevalier chrétien, d'un noble, d'un baron bientôt roi.

Voici comment les choses se passèrent.

Tout vient de la rivalité féroce entre Baudouin, le jeune frère de Godefroi, et Tancrède, neveu de Bohémond. Tous deux sont pressés de conquérir un fief ; tous deux ont jeté leur dévolu sur la Cilicie arménienne. Et sur Tarse en particulier.

Dans les faits, cependant, Tancrède est arrivé le premier devant la ville. Avec vingt-quatre heures d'avance sur Baudouin. Mais les troupes de Tancrède ne sont pas assez nombreuses pour assiéger et prendre la cité où la garnison turque est encore retranchée. Tancrède prend donc contact avec les Turcs et – pour les intimider – leur annonce l'arrivée imminente des gros bataillons de Baudouin.

Ce qui, en effet, se produit bientôt. Les lourdes batailles du seigneur de Boulogne dévalent à leur tour les pyles de Cilicie et atteignent Tarse. Les soldats normands de Tancrède fraternisent *illico* avec les Wallons et les Lorrains de Baudouin. Quant aux Turcs, qui s'enfuient dès la tombée de la nuit, ils sont taillés en pièces – mais pas tous – par Baudouin. La ville de Tarse est donc prise. Reste à savoir à qui elle revient. A Tancrède, arrivé le premier ? A Baudouin, chef d'une armée plus puissante ? Les deux barons se chamaillent. Ils ne sont pas loin de lancer leurs armées l'une contre l'autre. Au bout du compte, Tancrède est obligé de reconnaître qu'il n'est pas le plus fort et doit capituler devant Baudouin. « *Fort tristement* », si l'on en croit les chroniques, il renonce à Tarse, réunit ses troupes et reprend la route de l'est vers Adana et Antioche.

Raoul de Caen, chroniqueur attitré de Tancrède, ajoute ce commentaire : « *Il s'arrête enfin à dédaigner ce qu'il a conquis, à rechercher en hâte de nouvelles conquêtes. Ainsi l'épervier cède à l'aigle, le léopard au lion ; ainsi les plus faibles, quels qu'ils soient, cèdent aux plus forts.* »

Baudouin, quant à lui, parachève tranquillement sa prise de possession de Tarse.

C'est le lendemain soir que le drame se produit.

Deux ou trois cents soldats francs retardataires se présentent sous les murailles de la ville. Ce sont des Normands de l'*ost Notre-Seigneur* envoyés par Baudouin pour aider son neveu Tancrède à vaincre les Turcs. Ils sont descendus de la montagne à marche forcée. Ils sont épuisés et affamés. Ils réclament qu'on leur ouvre au plus vite la porte principale (la porte de Cléopâtre) pour qu'ils puissent pénétrer dans la ville. Et boire. Et manger. Vite !

Mais Baudouin refuse. Obstinément. Il redoute que ces soldats acquis à Tancrède ne fassent basculer le rapport de forces en faveur de ce dernier, qui pourrait toujours rebrousser chemin. Baudouin interdit même que l'on ravitaille ces Normands affamés qui crient sous les remparts. Qu'on imagine la scène... Enfreignant les ordres, les habitants arméniens de Tarse feront tout de même parvenir des vivres et de l'eau aux malheureux. Mais pas question de leur donner accès à la ville. C'est hors les murs qu'ils passeront la nuit.

Ils y seront massacrés jusqu'au dernier par des Turcs revenus nuitamment aux portes de la ville. L'horreur ! Deux cents, trois cents morts en une nuit pour une rivalité misérable entre barons. L'ignominie est affreuse. Les pèlerins de la Croisade, tout comme les habitants de Tarse et une bonne partie des soldats de Baudouin, sont révoltés. Au petit matin, à la vue des cadavres éparpillés sous les remparts, la colère gronde dans les rangs des croisés. Une véritable émeute finit par éclater. Elle est dirigée contre Baudouin lui-même. Une insurrection des pauvres et des piétons dégoûtés par le cynisme des puissants. C'est la première depuis le départ de la Croisade. Ce n'est pas la dernière, on le verra.

Baudouin, penaud, est bien obligé de museler son orgueil. Il s'excuse en assurant – le menteur ! – qu'il ignorait que la cruauté des Turcs pût aller jusque-là. Et il demande pardon. Oui, lui le puissant seigneur, lui l'orgueilleux baron, il réclame le pardon. Il se réconciliera finalement avec Tancrède car, écriront les chroniqueurs, « *c'était folie que ceux qui étaient sortis de leur pays pour combattre les ennemis tournassent ainsi leurs armes contre eux-mêmes* ».

Trois cents morts pour cela !

Ayberck, après ce récit, ne regarde déjà plus la porte de Cléopâtre avec la même incuriosité.

Après des heures et des heures passées à Tarse, nous n'avons recueilli aucune réponse cohérente au sujet des Arméniens. En reste-t-il dans la ville ? Combien ? Peut-on en rencontrer ? Ayberck, qui s'est vaillamment acharné, finit pas baisser les bras. Il conclut : « Les gens voient que vous êtes français. Ils pensent que vous voulez poser des questions sur les Arméniens d'aujourd'hui. Alors ils refusent absolument de répondre. »

Il est vrai que la plupart des gens, en Turquie, demeurent fermement convaincus que l'extermination bien réelle des Arméniens par les Turcs, en 1895-1896 puis en 1915-1918, n'est qu'un mensonge colporté à l'étranger. Et surtout en France. Ayberck convient qu'il n'est pas si facile que cela d'être *objectif*. Il est désolé.

Moi aussi.

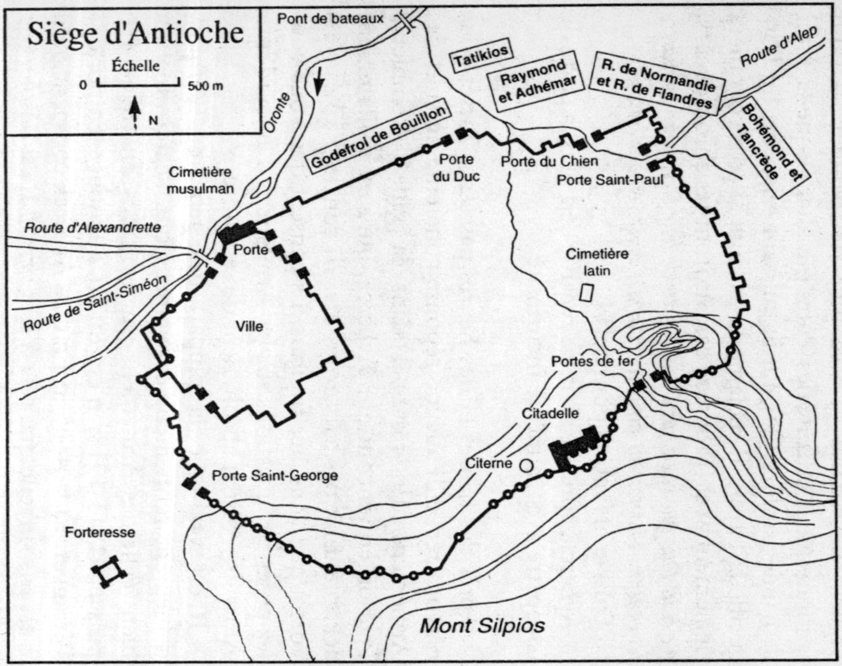
Siège d'Antioche
Échelle
0
500 m
N
Pont de bateaux
Oronte
Tatikios
Raymond et Adhémar
R. de Normandie et R. de Flandres
Route d'Alep
Bohémond et Tancrède
Godefroi de Bouillon
Porte du Duc
Porte du Chien
Porte Saint-Paul
Cimetière musulman
Route d'Alexandrette
Porte
Route de Saint-Siméon
Ville
Cimetière latin
Portes de fer
Citadelle
Citerne
Porte Saint-George
Forteresse
Mont Silpios

XIV

Antioche (Turquie) : des semelles de vent

Trois heures de marche sur des sentiers de montagne. Distance et silence. Tout voyage porte en lui-même l'épiphanie d'un temps fort. Cette matinée en est un. Inattendu. Bouleversant. Avec l'aveuglement des ciels blancs de l'Orient lorsque midi approche, le grésillement des rocailles, les chemins fumant sous la chaleur et l'horizon minéral aux contours nets. Conseillé et guidé par François Saulais, petit frère du père de Foucauld installé à Antioche depuis des années, j'ai grimpé solitairement, ce matin-là, jusqu'à la citadelle. Incluse dans l'ancienne muraille dont subsistent des pans entiers, elle coiffe encore l'un des sommets de l'Habib al-Néjar (le mont Silpius des Byzantins). C'est un extraordinaire nid d'aigle, à peine visible depuis la ville, truffé d'excavations, de tombeaux anciens et de fresques inaccessibles. Bien peu de visiteurs montent jusqu'ici. Je me suis égaré plusieurs fois au flanc des pentes. Assis maintenant sur ce promontoire dominant l'Oronte, j'entends, distinctement, les Klaxons et les rumeurs de la cité, tout en bas. Antioche (l'Antakya des Turcs) est à mes pieds.

Antioche !

Au-delà de toute expression

Une fois encore, l'éblouissement du voyageur d'aujourd'hui fait écho à celui des premiers croisés qui arrivent ici le « *douzième jour avant les calendes de novembre* », c'est-à-dire le 21 octobre 1097. Ah, certes, l'Antioche du XIe siècle a déjà perdu de sa splendeur ! Mais la ville est encore bien assez mythique pour enflammer l'inspiration des trouvères de la Croisade. Troisième ville de l'Empire romain au début de notre ère, pillée par les Perses, conquise par les Arabes en 638, reprise par les Byzantins en 969 et reconquise par les Turcs seldjoukides en 1084, c'est une cité dont la légende se perd dans l'obscurité des temps hittites et mésopotamiens. Pour les chrétiens, c'est un lieu de pèlerinage *originel* puisque ici, dans une cavité creusée au pied de la citadelle, fut consacrée la première église de toute la Chrétienté : la monolithe Saint-Pierre que les Seldjoukides, à l'approche des croisés, avaient transformée en écurie à chevaux. Ici, d'ailleurs, pour la première fois dans l'Histoire, les nazaréens et les galiléens décidèrent de se désigner d'un nom générique : chrétiens.

La ville – Antioche-la-belle, disait-on – avait été immense et riche : plus de deux cent mille habitants avant le *fath*, (la conquête musulmane), avec un étagement d'églises, de souks en arcades et de luxueuses villas. Elle a connu un spectaculaire déclin au XIe siècle (quarante mille habitants en 1097). Mais lorsque arrivent les Francs, cette année-là, elle demeure la plus formidable de toutes les forteresses de l'Orient et de l'Asie Mineure, cette place forte *imprenable* qu'avaient prétendu bâtir les Byzantins peu avant l'an mil. Ses fortifications – une muraille de dix kilomètres jalonnée de quatre cent cinquante tours et parachevée, à l'est, par cette citadelle haut perchée qui domine la ville – laissent les croisés désemparés. « *Nous avons reconnu*, écrit Étienne de Blois à sa femme Anne, *que la grande ville d'Antioche était forte au-delà de toute expression et inexpugnable.* »

En fait, cette incroyable puissance défensive de la cité va changer littéralement le cours de la Croisade. Et cela pendant près d'une année... Plan d'époque déployé sur mes genoux, dans ce grand vent qui dévale, du matin au soir, la vallée de l'Oronte, je m'applique à comprendre pourquoi. Ce n'est pas très difficile. Pour l'essentiel, la configuration de la ville ancienne, sur la rive droite de l'Oronte, n'a pas changé. Le fameux lac d'Antioche, au nord, sur les bords duquel les Francs livreront bataille, a été asséché et planté de coton. De même qu'a disparu l'île qui départageait son cours en deux bras. L'ancienne limite, constituée par l'Oronte, côté ouest, sépare aujourd'hui la vieille ville de l'Antioche moderne (cent vingt-sept mille habitants) avec ses immeubles à étages, ses cinémas et son beau parc semé de bassins et de coins d'ombre.

Quant aux remparts, les vestiges visibles, à l'est, sont encore bien assez impressionnants, neuf siècles après, pour permettre d'interpréter en connaissance de cause les chroniques d'époque. Crapahutant sur ces hauteurs, dans un maquis d'arbustes et de lauriers sauvages, je suis d'abord allé *reconnaître* les principaux lieux stratégiques

Lettre d'Étienne de

Mars 1098

« Vous pouvez être tout à fait sûre, très chère, que le messager que j'envoie pour vous donner confort m'a laissé devant Antioche sain et sauf, et, par la grâce de Dieu, dans la plus grande prospérité. En ce moment, avec toute l'armée élue du Christ, et douée par lui d'une grande valeur, voilà vingt-trois semaines que nous avons avancé continuellement vers la Maison de Notre-Seigneur Jésus. Vous pouvez tenir pour certain, ma bien-aimée, que d'argent, d'or et de toutes autres sortes de richesses, j'en ai présent deux fois autant que votre amour ne m'en avait remis quand je vous ai quittée, car tous nos princes, d'un commun consentement de l'armée entière, contre mes propres désirs, m'ont fait jusqu'à présent le chef, la tête et le guide de leur expédition.

« Vous avez certainement entendu dire qu'après la prise de la cité de Nicée nous avons livré une grande bataille contre les perfides Turcs, et par l'aide de Dieu, nous les avons vaincus [...]

« Pourtant les plus audacieux des soldats turcs, entrant en Syrie, se sont hâtés par marches forcées jour et nuit, afin de pouvoir entrer dans la royale cité d'Antioche avant notre arrivée. L'armée entière de Dieu, apprenant cela, a rendu grâces et louanges au Dieu tout-puissant. Nous hâtant avec grande joie vers la cité d'Antioche, nous l'avons assiégée et nous avons eu là, très souvent, des rencontres

Le comte Étienne de Blois à Adèle, sa très-douce et très-aimable épouse, à ses

de l'interminable, du désespérant, de l'effrayant siège que l'armée franque va organiser, dès octobre 1097. J'en sais désormais chaque péripétie, chaque ruse, chaque temps fort. Ma progression sur la crête de l'Habib al-Néjar, le long de laquelle s'échelonnent les ruines, s'en trouve étrangement vivante. La tour où Bohémond fut blessé est toujours là. Celle où il planta une fois sa bannière. Plus bas, l'ancienne porte de Fer, construite par Justinien, où eurent lieu tant d'escarmouches meurtrières...

Blois à son épouse

avec les Turcs et sept fois nous avons combattu avec le plus âpre courage, sous la conduite du Christ, les habitants d'Antioche et les innombrables troupes qui sont venues à leur aide, et dans toutes ces sept batailles, avec l'aide du Seigneur Dieu, nous avons vaincu et nous avons tué un nombre considérable d'ennemis ; dans ces mêmes batailles, à vrai dire, et dans les très nombreuses attaques faites contre la cité, beaucoup de nos frères ont été tués et leurs âmes emportées aux joies du paradis [...]

« Devant cette cité, pendant tout l'hiver, nous avons souffert pour le Christ Notre-Seigneur d'un froid excessif et d'énormes torrents de pluie. Ce que certains disent de la chaleur du soleil, qui serait impossible à supporter en Syrie, n'est pas vrai, car l'hiver, ici, est tout à fait semblable à notre hiver d'Occident [...] Tandis qu'au jour de Pâques mon chapelain Alexandre écrivait cette lettre en grande hâte, une partie de nos hommes, guettant les Turcs, ont livré contre eux une bataille victorieuse et ont pris soixante cavaliers dont ils ont apporté les têtes à l'armée.

« Je ne vous écris que peu de choses, très chère, parmi toutes celles que nous avons faites ; et parce que je ne suis pas capable de vous dire ce que j'ai dans la pensée, je vous recommande de bien agir, de veiller avec soin sur mes terres, de faire votre devoir comme il se doit envers vos enfants et vassaux. Vous me reverrez dès que je pourrai retourner vers vous. Adieu. »

chers enfants, et à tous les vassaux de sa lignée, salut et bénédiction.

Cheminant, parfois difficilement, d'un pan de mur à l'autre, je pensais à l'extraordinaire document en trois forts volumes que rédigea, au temps du mandat français (1918-1939), un officier aventureux et obstiné, le colonel Paul Jacquot. Parcourant à cheval, méthodiquement et pendant des années, toutes les montagnes d'Antioche, il releva la *totalité* des innombrables vestiges archéologiques qui s'y trouvent. Avec indications de distances minutieuses, notations au mètre près, etc. Rien ne fut accompli, depuis, qui pût rivaliser avec ce travail intrépide et maniaque.

De la citadelle, maintenant, avec une vue plongeante vers les limites ouest de la cité et la route conduisant à l'ancien port croisé de Saint-Siméon, j'embrasse la quasi-totalité du champ de bataille.

Mais faut-il parler de bataille ?

Le naufrage d'une armée

A lui tout seul, ce long siège d'Antioche qui dura huit mois moins deux jours (20 octobre 1097-18 juin 1098) fut une sombre épopée qui mériterait des centaines de pages. L'armée franque s'y abîma peu à peu et fut à deux doigts d'y périr corps et âmes.

Il y eut d'abord l'engloutissement dans l'hiver, ces torrents de pluie et de boue sur les bivouacs grelottants, ces tremblements de terre sporadiques auxquels nul Franc n'était accoutumé. « *Devant cette cité*, écrit Étienne de Blois, *pendant tout l'hiver, nous avons souffert pour le Christ Notre-Seigneur d'un froid excessif et d'énormes torrents de pluie.* »

Le vieil émir seldjoukide Yaghi Siyan, qui défend la ville avec sept à huit mille soldats turcs, n'a guère de mal, à l'abri de ces ahurissantes murailles, à repousser les assauts des croisés. Les Turcs opèrent même des sorties meurtrières et tâchent de gagner du temps en attendant l'arrivée de renforts musulmans venus d'Alep ou de Mossoul. Ah, l'usure du temps ! Chez les Francs, qui s'enlisent peu à peu et désespèrent, la famine s'installe bientôt. Les plus pauvres et les plus faibles périssent,

« *par centaines* », disent les chroniques. On abat les chevaux pour les manger. On fait cuire les ânes, les chiens et même les rats. « *Les plus misérables*, écrit Raoul de Caen, *dévoraient les peaux de ces animaux et, ce qui est affreux à dire, les souris et les graines qu'ils trouvaient dans les ordures.* »

Ponctué par des assauts infructueux, des accrochages et des tentatives de razzias dans les campagnes environnantes, ce siège voit se désagréger lentement l'*ost Notre-Seigneur*. Comme dans toutes les armées du monde, l'enlisement tactique s'accompagne de déliquescence morale : jeux de hasard, beuveries, débauches contre lesquels tempêteront les hommes d'Église. On expulsera finalement « *toutes les foles femmes et les meschines de mauvèse vie* », en décrétant que quiconque serait convaincu d'adultère ou de fornication « *l'en li couperait la teste* ».

Mais un mal plus redoutable encore gagne bientôt l'armée franque et la foule des pèlerins immobilisés dans leurs tentes pourries et leurs vêtements en haillons : la peste. Oui, la PESTE ! Le mot terrible n'est jamais prononcé dans les chroniques mais la réalité ne fait aucun doute au sujet de cette maladie qui, écrit l'Anonyme, fait « *de tels ravages dans l'armée que déjà l'on ne savait plus où ensevelir les corps et que les offices des morts n'étaient plus célébrés pour les funérailles* ».

Pour la première fois depuis le départ d'Occident, les désertions se multiplient au sein de l'armée chrétienne dont les effectifs s'amenuisent. Et cela, en dépit de la menace d'excommunication qui pèse sur quiconque en vient à *rompre le vœu de croisade*. Ces désertions, problématiques à des milliers de kilomètres de l'Europe, disent à elles seules la dureté inouïe du siège. D'abord circonscrites aux simples piétons et aux petites gens, elles gagnent peu à peu les chefs. Pierre l'Ermite *craque* et tente de fuir avant d'être rattrapé par Tancrède qui le ramène au camp *manu militari*. Puis le comte Étienne de Blois lui-même s'enfuit nuitamment avec les gens de sa maison. (Parvenu en France, quelques mois plus tard, il sera si sévèrement jugé par sa femme Anne qu'il reprendra, penaud, la route de Jérusalem et mourra en Terre sainte, en 1101.)

Au septième mois de siège, la catastrophe est annoncée. C'est-à-dire l'anéantissement pur et simple de la Première Croisade.

C'est alors qu'une fois encore l'irrationnel – providence ou manipulation des clercs ? – intervient pour infléchir le cours de l'Histoire. Les signes et les visions se multiplient. L'Anonyme, d'ordinaire scrupuleusement réaliste, assure avoir vu « *descendre des montagnes des troupes innombrables de guerriers montés sur de blancs chevaux [...] Une armée de secours envoyée par le Christ et commandée par saint Georges, saint Mercure et Démétrius* ». Plus décisif encore, un clerc nommé Pierre Barthélemy déclare avoir eu la révélation de l'endroit où se trouve enterrée la Sainte Lance ayant percé le corps du Christ. On se met en quête. Une précieuse relique est trouvée et l'armée s'en trouve aussitôt galvanisée. On organise des jeûnes et des processions. Puis des offensives – victorieuses cette fois – sont menées par les croisés qui parviennent à disperser la puissante armée de l'émir Kerbogha venue à marche forcée de Mossoul pour anéantir les Francs.

Mais le temps s'étire.

Massacres répétés, *amas de cadavres* signalés par les chroniques, arrivées de flottes génoises au port Saint-Siméon, stratagèmes et exécutions sommaires des espions, constructions de forteresses par les Francs pour boucler l'encerclement de la ville, mise en batterie des balistes, mangonneaux, tours de siège, etc. Ce siège-là est un interminable roman médiéval.

Au début de juin, pourtant, Antioche va tomber.

Un miracle ? Non point. Seulement la trahison d'un Arménien converti à l'islam, un certain Firouz, fabricant de cuirasses, trompé par sa femme et ivre de vengeance. Dans la nuit du 2 au 3 juin, Firouz ouvre aux croisés l'une des entrées de la ville, la tour des Deux-Sœurs. Escalades et conciliabules, comme dans un roman d'Alexandre Dumas... A l'aube, après un assaut nocturne, Bohémond, dont la cuisse a été traversée par une flèche et qui s'en moque, peut planter sa bannière au sommet d'une tour située non loin de la citadelle. L'émir Yaghi Siyan s'enfuit épouvanté. Il aura la tête tranchée par un bûcheron chrétien d'origine arménienne.

Le siège fut effrayant. Voici qu'un vaudeville y met fin.

Bohémond et ses descendants s'attribueront la ville, malgré le serment fait à l'empereur byzantin de la lui restituer. Et malgré les convoitises de Raymond de Saint-Gilles, comte de Toulouse. Antioche devient une principauté chrétienne et franque. Elle le restera jusqu'en 1268.

Près de deux siècles...

Ce maudit fabricant de cuirasses

« Quand le seigneur d'Antioche, Yaghi Siyan, apprit leur approche, il redouta un mouvement des chrétiens qui demeuraient dans la ville. Il ne fit donc sortir, pour creuser les tranchées, que la population musulmane ; le lendemain, pour le même travail, il n'envoya que les chrétiens. Il les fit travailler jusqu'au soir, mais, quand ils voulurent rentrer dans la ville, il les en empêcha en disant : " Antioche est à vous mais vous devez me la laisser tant que je n'aurai pas vu comment s'arrangent nos affaires avec les Francs. " Ils lui dirent : " Qui protégera nos enfants et nos femmes ? " Il répondit : " Je m'en occuperai à votre place ", et eux durent se résigner à rester dans le camp des Francs qui assiégèrent la ville pendant neuf mois. Yaghi Siyan manifesta un courage, une habileté, une fermeté et une prudence incomparables. La majeure partie des Francs périt. S'ils étaient restés aussi nombreux qu'à leur arrivée, ils auraient occupé tous les pays d'Islam.

« Yaghi Siyan protégea les familles des chrétiens qu'il avait expulsés d'Antioche et ne permit pas qu'on touchât à un cheveu de leur tête. Après s'être attardés longtemps sous les murs d'Antioche, les Francs se mirent en rapport avec un fabricant de cuirasses nommé Ruzbih (ou Firouz) qui était employé à la défense des tours, et lui promirent beaucoup d'argent et de terres. La tour qu'il devait défendre était contiguë au lit du fleuve et dominait une fenêtre qui s'ouvrait sur la vallée.

« Quand l'accord fut réglé entre les Francs et ce maudit fabricant de cuirasses, ils vinrent à cette fenêtre, l'ouvrirent, entrèrent et firent monter une grande troupe de gens à l'aide de cordes. Quand ils furent plus de cinq cents, ils se mirent à sonner de la trompette, à l'aube, alors que les défenseurs étaient épuisés par la longue veille et par la garde. Yaghi Siyan s'éveilla et demanda ce qui se passait. On lui répondit que le son des trompettes venait de la forteresse, qui certainement avait été prise, alors qu'en réalité il provenait non de la forteresse mais de la tour. Saisi de panique, il ouvrit la porte de la ville et s'enfuit follement avec une escorte de trente pages [...] Puis les Francs, par la porte, entrèrent dans la ville et la mirent à sac ; ils exterminèrent tous les musulmans qui s'y trouvaient. »

(Ibn al-Qalânisi, *Suite de l'histoire de Damas*)

Des ombres qui passent

Je redescends lentement vers Antioche, peu avant midi. Des bergers et des enfants me saluent. A mi-chemin, on me prépare du thé dans une sorte de buvette d'altitude. Voici déjà les abords pentus de la vieille ville, les escaliers de pierre où des marelles sont tracées à la craie, et les venelles étroites. Des vieillards qui fument leur narguilé sur le seuil des maisons me dévisagent en souriant. En vérité, voilà plusieurs jours que je m'attarde à Antioche. Bien plus longtemps que je ne devrais. Et je sais bien pourquoi.

La mémoire de cette ville est encombrée par un tumulte de batailles, de destructions et d'intolérances. Et depuis bien plus de deux mille ans. Non loin d'ici, Alexandre le Grand triompha de Darius, trois siècles avant Jésus-Christ. Le musée archéologique de la cité, où j'ai rôdé pendant des heures, déroule magnifiquement cet emboîtement de conquêtes et de certitudes combattantes. Les monnaies franques frappées par Bohémond y sont exposées à leur place. Elle expriment le fugitif triomphe d'un christianisme punisseur, prosélyte, intolérant, *sacrificiel*, dirait René Girard. Un christianisme dont il ne reste rien.

Mais le passé d'Antioche – et son présent – porte tout autant, sinon davantage, l'empreinte d'une foi radicalement différente. Qu'elle soit chrétienne ou musulmane, elle habite ces résolutions spirituelles qui prennent en quelque sorte à rebours l'esprit de croisade, ces témoignages qui dialoguent au lieu de conquérir, ces vies qui s'offrent à la Providence au lieu de la forcer. Antioche-la-belle, par exemple, fut la base de départ de saint Paul lorsqu'il entreprit ses trois fameux voyages en Asie Mineure. Un beau carnet de route écrit par un Anglais au XIXe siècle – *In the steps of Saint Paul*, par P.H. Morton – en retrace les étapes et en rameute le souvenir. Le contraire d'une croisade... Au chapitre de l'islam, chacun m'assure ici que la cité, dont la moitié de la population est d'origine syrienne, alaouite et sunnite, s'enorgueillit d'une belle tradition de tolérance.

De fait, une indéfinissable douceur est perceptible dans cette ville. Une douceur dont je m'enchante. Mes deux principaux interlocuteurs en sont l'incarnation vivante. François Saulais, d'abord. Soixante-dix ans, petit frère du père de Foucauld, dépêché en Turquie, voilà bien longtemps, après des *débuts* religieux dans le désert algérien. Il habite une antique et modeste maison de la vieille ville. Il a demandé la nationalité turque et entretient une famille adoptive en donnant des leçons de piano. Une minuscule chapelle consacrée est séparée de sa chambre par un mince rideau. La nuit, nous marchons dans la ville en parlant des vanités de l'Histoire.

Et puis, dans cette vieille ville où ne subsiste plus guère qu'un millier de chrétiens, il y a aussi Barbara... Tout le monde ici connaît son nom. Le premier gamin venu vous montrera où elle habite. Barbara était une jeune étudiante allemande de Wiesbaden. Après un séjour dans la communauté de Taizé, elle prit une résolution subite : tout quitter pour partir vers la Terre sainte. A vélo. Et seule. Elle mit six mois pour parvenir jusqu'à Jérusalem. Sur le chemin du retour, elle s'est arrêtée à Antioche.

C'était il y a dix-sept ans.

J'aime le sourire pacifié de cette grande fille en jeans, mi-religieuse, mi-assistante sociale. Ses silences attentifs et sa présence modeste en plein cœur de l'Islam. Barbara et François Saulais n'apprécient guère l'évocation des croisades. « Cette histoire qui nous a fait tant de mal », dit-il. Tous deux préfèrent me parler de ces pèlerins subreptices et solitaires qui, deux à trois fois par an, traversent encore Antioche pour marcher obstinément vers Jérusalem. Ce sont des témoins providentiels et respectés, des voyageurs « aux semelles de vent » qui cheminent depuis des mois, « abandonnés à la Providence », et traînent une carriole portant leurs bagages. La dernière en date était une infirmière à la retraite de soixante-sept ans, partie à pied de sa Bretagne natale.

Des passants convaincus qui avancent doucement sur le chemin et n'assiègent jamais aucune citadelle...

Le fanatisme de l'orgie

Mais, soyons justes, la tradition d'extrême tolérance d'Antioche n'est pas entièrement d'essence religieuse. Un parfum de paganisme libertin flotte aussi sur cette ville qui fut célèbre, au temps des souverains séleucides, pour ses mœurs dissolues. J'y pensais, le dernier soir de mon séjour, en écoutant la colère généreuse de François Saulais, venu me chercher à mon hôtel, le Büyuk Antakya. Colère ? Sur le trottoir, à cinquante mètres, on venait de lui fourrer dans la main un tract polycopié que des jeunes gens distribuaient aux passants. Un tract, plus commercial que politique, annonçant l'ouverture imminente, à Iskandérun, du premier... sex-shop.

François Saulais enrage. « Les salauds ! Quand je pense que la famille turque est tellement extraordinaire ! » Je lui fais observer qu'à deux pas de l'hôtel, sur la place principale d'Antioche, on peut voir... un cinéma porno ! Le Gündüz, en effet, offre au passant le pittoresque spectacle de ses affiches publicitaires suggestives, parfois gouachées et rappelant par le style des poses et le « technicolor » des photos nos *Paris-Hollywood* des années 50. La chose est suffisamment exceptionnelle en Turquie – du moins en dehors d'Istanbul – pour que l'on soit tenté d'y voir un produit de la tradition locale.

Antioche, avant de devenir l'une des cités fondatrices du christianisme, a bel et bien été, deux ou trois siècles avant notre ère, une ville de plaisirs connue en tant que telle dans tout l'Orient. En fait, c'est surtout un faubourg situé à une dizaine de kilomètres, Daphné, appelé encore les *délices d'Antioche*, qui avait la réputation d'être voué au théâtre, à la musique et à ce qu'on appelait « le fanatisme de l'orgie ».

Quant au cinéma Gündüz, qui jouxte le pont sur l'Oronte conduisant à la vieille ville, sa situation géographique m'inspire d'étranges recoupements. Si mes déductions sont exactes, et vérifications faites sur les plans du XIe siècle, il occupe très exactement la place de ce qu'on appelait, en 1097, la Mahomerie. Le site d'un ancien cimetière musulman sur lequel les croisés bâtirent – en quelques semaines ! – un puissant château fort qui parachevait le siège d'Antioche en verrouillant la route de la mer...

XV

Damas (Syrie) : la tentation cannibale

A minuit, ce soir-là, je songeais au soupir de Raymond Makzumé, agent maritime à Iskandérun et consul honoraire de France : « Nous rêvons tous du jour où une même route fera librement le tour de la Méditerranée. » La route existe que suivirent déjà, en 1098-99, les armées franques d'Alexandrette à Antioche et Lattaquié, de Tripoli à Beyrouth, Tyr et Saint-Jean d'Acre. La route existe, mais plus la liberté de la prendre ! Sur mon chemin de 1993, voici qu'il faut compter avec les guerres, les zones de sécurité, les *check points*, les barricades.

Et les dictatures.

Une nuit singulière

Les dictatures, comme on le sait, souffrent d'une crispation récidivante. Elles subodorent dans le journaliste qui passe un péril pour l'État. Dans leur application à s'en prémunir, dans leur hâte brutale à *cadrer* les mouvements de l'indiscret présumé, à diriger ses curiosités, dans leur souci ingénu de verrouiller l'information, elles *mangent le morceau* en quelque sorte. Et *tirent l'œil* sans excès de finesse sur cela même qu'elles voulaient cacher. Vais-je expliquer ce paradoxe au douanier tombant de sommeil que mon cas embarrasse et qui m'interdit obstinément le passage vers Tripoli ?

Sur le plan du strict règlement, le douanier a raison. La Syrie du président Hafez el-Assad est une dictature sans états d'âme mais assurément précautionneuse. Tout journaliste franchissant ses frontières, muni d'un visa en bonne et due forme, est tenu de se présenter dans les jours qui suivent au ministère de l'Information, à Damas. Faute de cela, on ne saurait l'autoriser à sortir. *Debriefing* obligatoire, en somme...

Mais la Première Croisade ne passa point à Damas lorsque, après la conquête d'Antioche, elle finit par reprendre la route de Jérusalem. La capitale syrienne n'est donc pas dans mon programme. Après une déambulation en autobus et taxis divers par Maarat al-Numan, Lattaquié et Tartous ; après une halte convenue au krak des Chevaliers (l'actuel Qal'at al-Horn), fabuleuse forteresse de l'époque franque qui fascinait Lawrence d'Arabie, la grande Histoire me commande expressément de longer la côte vers Tripoli, au Liban, en passant la frontière peu après Hamidiya. L'itinéraire est précis. Mais peut-on sérieusement causer des pérégrinations de Godefroi de Bouillon, au milieu de la nuit syrienne, avec un douanier que flanquent quelques *moukhabarats* (membres de la police politique syrienne) patibulaires, pistolet coincé dans la ceinture du jean ? Pour toute réponse, on m'articule cent fois la règle :

« Tout journaliste doit passer par Damas. » Elle contraint en quelque sorte le visiteur à une curiosité *politique* qu'il n'avait pas

Damas ? Eh bien, soit ; allons-y voir !

Dès lors, commence une nuit très singulière. Pour soixante-dix dollars, un taxi bringuebalant m'emporte sur quatre cent cinquante kilomètres de randonnées imprévues dans des villes endormies, sur des autoroutes, des places et des avenues où nous nous arrêtons parfois. Le chauffeur est un colosse rigolard, et qui entend l'anglais. Nous remontons d'abord vers Lattaquié pour prendre son épouse qui l'aidera à lutter contre le sommeil. Nous faisons du même coup provision de galettes, de fruits secs, d'eau minérale, de cigarettes blondes et de cassettes *arabesques*. Elles seront passées et repassées à plein volume... La vieille Mercedes grince maintenant et rebondit sur les plaques disjointes de l'autoroute. Nous dépassons continûment des files de camions crachant des fumées noires. Ce trajet prend parfois des allures de folle cavale ponctuée de salamalecs et de fous rires un tantinet subversifs. Sur toutes les collines, ou presque, des statues hollywoodiennes de Hafez el-Assad sont éclairées par de généreux projecteurs halogènes et trouent la nuit avec emphase. Au regard de ce culte de la personnalité, plus hyperbolique et illuminé que de raison, toutes les autres dictatures du tiers monde paraissent camper dans la discrétion.

La route est longue. Et nous rions sans témoin. C'est bien le pire...

« Des luttes entre nos princes ! »

C'est dans cet équipage très étrange que nous retraversons Ma'arrat al-Numan et y faisons halte dans la nuit. Une grosse ville poussiéreuse et sans grâces particulières. Je n'imaginais point sacrifier ainsi à cette mémorable étape que toutes les chroniques médiévales mentionnent sur un ton qui exclut la plaisanterie.

Ici, en effet, deux catégories d'événements eurent lieu, en janvier 1099, qui marquèrent la Première Croisade d'une tache indélébile. « *L'épisode de Ma'arrat al-Numan*, écrit Amin Maalouf, *va contribuer à creuser entre les Arabes et les Franjs un fossé que plusieurs siècles ne parviendront pas à combler.* » Les deux péripéties sont extravagantes. D'innombrables dessins ou gravures en rendront compte durant tout le Moyen Age. La littérature épique et l'historiographie arabe ou turque y reviendront sans cesse. Elles s'éclairent par leur contexte.

Après la prise d'Antioche et les combats incessants menés par les croisés qui s'y trouvent, à leur tour, assiégés, après cette épidémie de peste qui emporte Adhémar de Monteil, légat du pape et chef spirituel des armées franques, la croisade piétine interminablement dans la Syrie du nord. Les barons, en effet, sont à ce point mobilisés par des rivalités de conquêtes qu'ils en négligent de reprendre la route vers Jérusalem. Baudouin de Boulogne s'est emparé sans combat de la ville arménienne – et chrétienne – d'Édesse (l'actuelle Urfa) pour y établir un comté franc. Bohémond de Tarente et Raymond de Saint-Gilles se disputent encore la souveraineté sur Antioche. Moins pieux, désormais, qu'aventureux, les autres chefs francs entreprennent l'un après l'autre des expéditions isolées pour se tailler des fiefs.

L'esprit de croisade, en vérité, est aussi mal en point que l'armée elle-même (il reste à peine mille chevaliers et cinq mille piétons) ou la foule des pèlerins décimée par la famine et les maladies. Une foule que négligent désormais avec dédain les chevaliers avides d'exploits temporels et de possessions. Une foule mystique et affamée dont ils parlent même avec un peu de répugnance. Or c'est cette foule en déréliction, où prolifèrent d'étranges sectes prônant l'absolu dénuement et d'où surgissent des meneurs, qui va brusquement entrer en scène. Dans la violence.

Et l'horreur.

Voici les faits. Sous la pression des pèlerins, Raymond de Saint-Gilles s'est résolu à partir, le 23 novembre, pour assiéger Ma'arat al-Numan, ville fortifiée devant laquelle avait échoué, en juillet, un autre seigneur toulousain, Raymond Pillet. Le siège est long, difficile, mais les croisés parviennent cette fois, le 12 décembre, à prendre la ville dont la population est massacrée. « *Pendant trois jours*, écrit le chroniqueur arabe Ibn al-Athir non sans céder aux exagérations d'usage quand il s'agit de chiffres, *les Francs passèrent les musulmans au fil de l'épée, tuant plus de cent mille personnes et faisant un grand nombre de prisonniers.* » Cette nouvelle conquête et le partage du butin rallument aussitôt la querelle entre Saint-Gilles et Bohémond qui ne se sont toujours pas accordés sur la question d'Antioche. Palinodies, négociations, menaces, défis réciproques...

« *Dans chaque place que Dieu nous livre, des luttes entre nos princes !* », se lamente le chroniqueur Raymond d'Aguilers, messager des humbles.

La colère et l'horreur

C'est alors qu'éclate, dévastatrice, impitoyable, la colère des pauvres. Ceux-là mêmes qui erraient, faméliques, dans les rues de Ma'arat et dont nul ne se souciait plus. Ces gueux et ces ribauds, à deux doigts de la déraison, voici qu'ils s'enflamment en une terrible émeute. Elle durera plusieurs jours. Émeute déraisonnable ? Pas tout à fait. Pour contraindre les barons à reprendre la route de Jérusalem, les pèlerins entreprennent la destruction méthodique de cette ville tout juste conquise. Remparts démantelés, maisons incendiées, murailles abattues... Il s'agit de ruiner *absolument* tout ce qui excite la convoitise des seigneurs. Cette destruction est entreprise avec une énergie, une rage dont rendent bien compte les chroniques. « *Alors*, écrit par exemple Raymond d'Aguilers, *les faibles et les infirmes, se levant de dessus leurs couches et s'appuyant sur des bâtons, se rendirent vers les murailles et là, ces pierres que trois ou quatre paires de bœufs n'auraient tirées qu'avec beaucoup de peine, un homme épuisé par la faim les poussait au pied des remparts.* »

Raymond de Saint-Gilles, comte de Toulouse et de Provence, comprend qu'il doit capituler. Et s'humilier enfin. Puisque ces événements le dépassent, il feint d'en être l'organisateur. Pieds nus, vêtu d'une mauvaise robe de bure, il s'avance au-devant de la foule difficilement apaisée et l'entraîne, toute honte bue, sur le chemin de Jérusalem.

Les *pauperes Dei* ont gagné.

Mais ils n'ont pas fait que cela.

Dans l'enfer de Ma'arat, livrés à l'épouvante, à la faim et à la soif, pendant que les barons se chamaillaient, les pauvres et leurs sectes – les redoutables *tafurs* flamands et les *ébionites* intransigeants – ont cédé à la tentation interdite entre toutes, et pratiqué, à grande échelle, le cannibalisme. Les cadavres de Sarrasins qui gisaient dans les fossés ont été découpés et dévorés avec avidité. Raymond d'Aguilers, qui décrit la scène, ajoute que « *ce spectacle jeta l'épouvante chez beaucoup de gens, tant de notre race que de celle des étrangers* ».

Que dire alors de la réaction des autres chroniqueurs ? Tous évoquent les dévorations de Ma'arat avec le même sentiment d'horreur. Raoul de Caen : « *Les nôtres faisaient bouillir des païens adultes dans des marmites. Ils fixaient les enfants sur des broches et les dévoraient grillés.* » Albert d'Aix : « *Les nôtres ne répugnaient pas à manger, non seulement des Turcs et des Sarrasins mais aussi des chiens.* » L'Anonyme : « *... d'autres découpaient la chair des cadavres en morceaux et les faisaient cuire pour les manger.* » Enfin, dans une lettre très officielle écrite au pape, les chefs francs rapportent les mêmes faits avec une sobriété qui trahit la gêne : « *Une famine terrible assaillit l'armée à Ma'arat*, écrivent-ils, *et la mit dans la cruelle nécessité de se nourrir des cadavres des Sarrasins.* »

Dans l'Islam tout entier, cet épisode sèmera l'effroi et conduira plusieurs cités arabes à se rendre sans combattre à l'approche des Francs. Mais surtout, quoiqu'il fût localisé et marginal, ce crime restera désormais attaché pendant des siècles au souvenir des croisades. « *Jamais,* écrit Amin Maalouf, *les Turcs n'oublieront le cannibalisme des Occidentaux. A travers toute leur littérature épique, les Franjs seront invariablement décrits comme des anthropophages. L'épisode de Ma'arat va contribuer à creuser entre les Arabes et les Franjs un fossé que plusieurs siècles ne suffiront pas à combler.* »

Les mystiques en question

A la pointe du jour, voici Damas.

J'y patienterai quelque temps, l'œil – et l'oreille – aux aguets. La ville où je marche maintenant réunit curieusement l'empreinte désuète du mandat français (ces enseignes, ces panneaux...), la désolation bétonnée du socialisme arabe, les splendeurs d'une histoire damascène affleurant partout, et cette tristesse diffuse, indéfinissable, qui naît de la peur politique. Celle-ci est indiscutable, palpable, perceptible à chaque instant dans une ville exagérément *fliquée.* Cheminant longtemps dans le vide alangui d'un vendredi d'été (jour férié de l'islam), je ne douterai pas longtemps, en tout cas, que les croisades soient encore mêlées à l'actualité syrienne.

Et directement.

En plein centre de la ville, au pied de la citadelle fameuse devant laquelle échouera la Deuxième Croisade, en 1148, un mausolée vient d'être inauguré dans les derniers jours de 1992. Le socle de pierre et de béton n'est pas terminé mais le monument de bronze est déjà imposant. On y voit Saladin, en cotte de mailles et casque à pointe, sur un cheval cabré, entouré de ses lieutenants kurdes et brandissant une bannière. Derrière lui, sous la queue des chevaux, à genoux dans la position des vaincus, deux seigneurs francs contemplent mélancoliquement le sol : Renaud de Chatillon et Guy de Lusignan qui, sur les pentes d'un ancien volcan, près du lac de Tibériade, viennent de perdre la bataille de Hattin (1187).

Que le régime d'Hafez el-Assad, comme bien d'autres dans le monde arabe, honore Saladin, mythique vainqueur de l'Occident et libérateur de Jérusalem, n'est pas une surprise. Mais qu'il lui consacre, en 1992, une composition équestre monumentale en plein cœur de Damas n'est pas non plus dépourvu de signification. En 1987, un colloque s'est tenu dans la capitale syrienne pour célébrer le huitième centenaire de la bataille de Hattin. Le mausolée, me dit-on, en est la continuation. Mais ici, comme à Bagdad ou Tripoli, la référence à Saladin et à l'expulsion des Francs est évidemment métaphorique. C'est Israël – nouvel *État croisé* du Proche-Orient – qui se trouve implicitement désigné. C'est bien ainsi que l'homme de la rue considère la statue.

Mes conversations à Damas me confirmeront ce que je subodorais : le souvenir des croisades y est plus vif encore qu'on ne l'imagine. Les indices ne manquent pas. Deux quartiers de la ville, par exemple, en témoignent depuis neuf siècles : *Muhajirin* (les Émigrés) et *Salihiyé* (le quartier du Pieux). Ils furent fondés par des rescapés du massacre qui suivit la prise de Jérusalem par les Francs, en 1099. Chacun le sait ici. Chacun vit confusément avec le rappel d'une blessure infligée voici près d'un millénaire par l'Occident. Et d'ailleurs, le sage mystique al-Ruslan, dont les prières, dit-on, protégèrent Damas contre les croisés, est toujours vénéré en Syrie, et de manière spectaculaire. Lors des fêtes ou des processions de mariage, les foules ont coutume d'acclamer son nom en usant de formules traditionnelles : « *Tu es le défenseur de Cham* (Damas) ! »

Mais au chapitre de l'islam, il existe d'autres manières de se souvenir des croisades. Plus polémiques celles-là. Professeur de philosophie et chercheur à l'Institut français d'études arabes, Bakri Aladdin évoque longuement devant moi un débat interne à l'Islam, assez subtil aux yeux d'un profane, et dont les croisades sont l'objet. Ce débat, me dit-on, n'en finit pas de rebondir. Voici de quoi il s'agit.

Ghazâli, célèbre penseur soufi du XIe siècle (et auteur, notamment, du magnifique *Tabernacle des Lumières*, traduit en français par Roger Deladrière), fut un contemporain des croisades et vécut une partie de sa vie à Damas. Or, voici quelques années, il se trouva violemment critiqué par un auteur libanais aujourd'hui disparu, Omar Fharouk.

Ce dernier reprocha à Ghazâli de s'être « *enfermé dans ses prières* » et de n'avoir « *rien dit ni écrit* » au moment où l'Islam subissait l'invasion franque. Son devoir de musulman, ajoutait-il, eût été de combattre les croisés par ses écrits. La vivacité des reproches n'était pas sans rappeler celle qui accable parfois, chez nous, tel ou tel intellectuel accusé de s'être tu pendant l'occupation allemande. Concernant la Syrie, le grief prend un relief d'autant plus embarrassant qu'à l'époque l'*âtâbeg* (sultan) de Damas, Tughtekîn, fit alliance avec les Francs contre les Turcs et les Fâtimides d'Égypte. Une collaboration politique et militaire avec les infidèles qui dura près de soixante années et qu'on se garde de mentionner aujourd'hui dans le monde arabe.

Ces accusations, enfin, prennent d'autant plus de relief qu'au XIe siècle, déjà, certains poètes musulmans dénonçaient sur le mode lyrique la *passivité* de l'islam syrien devant les conquêtes franques. Notamment Abû al-Muzaffar al-Abiwardi, poète irakien, qui s'écriait :

Osez-vous somnoler à l'ombre d'une heureuse sécurité,
Dans une vie molle comme la fleur du jardi ?
Mais comment l'œil peut-il dormir entre les paupières
Quand les malheurs sont tels qu'ils réveillent tous les dormeurs ?
Les Roumis repaissent les vautours d'ignominie et vous,
Vous traînez une vie tranquille comme l'homme qui est en paix ?

Alors, Ghazâli *collaborateur* ? Le grand penseur attaqué par Omar Fharouk trouva bien sûr des défenseurs. Assez pour que se prolongeât un débat très actuel et dont on me dit qu'il est codé d'une autre façon encore. De quelle manière ? C'est assez clair. La critique de la *démobilisation mystique* et de la vanité des prières apolitiques prend un sens particulier, en ces années 90, dans un contexte d'islam combattant, de regain fonda mentaliste et d'*instrumentalisation* idéologique du Coran.

Journalisme surveillé

Sur la route des croisades, en tout cas, Damas valait bien le détour.

Au ministère syrien de l'Information, on me reçoit avec cette courtoisie circonspecte et directive que je connais bien. On s'enquiert de mes curiosités journalistiques – qui paraissent saugrenues – et de mes rencontres – qui ne le sont pas forcément. S'attend-on à ce que je fournisse une liste de mes rendez-vous ? Cette politique de journalisme surveillé est d'autant plus vaine, à Damas, qu'il n'est pas nécessaire de chercher bien longtemps dans la ville pour entendre monter les plaintes d'une nation tenue sous la férule.

Une fois, dix fois, on me prend à témoin de l'état d'un pays ruiné par le régime alaouite, tenu en main par un clan (et une minorité religieuse), livré à la corruption – cannibale, elle aussi ! – de l'entourage, à la répression des polices parallèles. Un pays d'où la classe moyenne a disparu et où chaque chef de famille doit exercer deux, voire trois métiers pour assurer le strict minimum à sa famille. Plainte sur l'omnipotence des *moukhabarats*, plainte sur les arrestations arbitraires et les prisons surpeuplées, nostalgie d'une époque heureuse, qu'on situe dans les années 50... Les quelques concessions, en faveur des droits de l'homme, du régime soucieux de plaire à l'Amérique, ne changent rien à l'essentiel : la dictature alaouite installée en Syrie est l'une des plus cyniques et féroces du monde arabe. Je comprends mieux, désormais, les soucis du ministère de l'Information quand s'annonce un journaliste étranger.

Mais quoi ! Devait-il interdire qu'on lui parlât d'autre chose que des croisades ? Et pouvait-il ne point remarquer ni entendre ce qui, partout, se murmure si fort ?

XVI

Beyrouth (Liban) : le dialogue des ruines

Des phrases étranges, quelquefois, vous réveillent en fanfare.

« Respirez librement ! Voici le bon air du paradis libanais ! »

Dans ce taxi collectif venant de Damas, qui traverse maintenant une partie de la Beka'a libanaise, je suis seul à entendre madame Antoinette M. jubiler en français. Les autre passagères sont deux dames syriennes voilées de noir qui ne disent mot. Quant au chauffeur, il ne parle qu'arabe et anglais. Grand-mère replète et volubile, chrétienne libanaise aux faux airs de Marthe Villalonga, Antoinette M. parle donc à mon intention exclusive. Elle exprime de façon provocante un soulagement qui vaut à lui seul confidence. Celui d'avoir quitté – enfin ! – le territoire syrien et ce qu'il incarne aux yeux d'une chrétienne maronite : des dangers obscurs, des policiers en civils, des corruptions imprévisibles et des *moukhabarats* menaçants. De la même façon, elle s'inquiète en apprenant que je logerai à Beyrouth-Ouest, côté musulman. A ses yeux, il serait « plus raisonnable » que je m'installe à l'Est, côté chrétien. Elle répète : « Vous voyez ce que je veux dire... »

En vérité, c'est la providence du voyageur qui m'apporte – comme un signe – cette compagne de taxi attentionnée. Si le statut des chrétiens orientaux, leurs rapports difficiles avec l'islam, l'inconfortable et magnifique ambiguïté de leur position furent au cœur même de la guerre civile libanaise, ils constituèrent également l'un des éléments clés de la Première Croisade. Celle qui, laissant les Turcs derrière elle, pénétra enfin, vers la fin du printemps de l'an 1099, dans l'Orient arabe.

S'en souviennent-ils ?

Une fureur apaisée

Le taxi collectif, une grosse Dodge jaune vif immatriculée à Damas, dévale maintenant une route en lacets qu'inondent, par endroits, des lambeaux de nuages. Aux abords de Chtaura ou Zahlé, le *paradis* de madame M. n'est évidemment qu'un champ de ruines. Ces immeubles de béton effondrés comme des châteaux de cartes, et qui jurent au milieu des chantiers de reconstruction, ces façades corrodées, dénudées jusqu'aux armatures d'acier par les impacts, ces pans de murs charbonneux où se lit encore la violence des incendies... Antoinette se reprend : « Enfin je veux dire, le paradis *malgré* la tragédie que nous avons vécue, bien sûr... » Ce *malgré* pèse son poids de sous-entendus. Peut-être exprime-t-il, à lui tout seul, le paradoxe libanais : cette douceur exquise qui subsistait, mes maîtres, au milieu des égorgements.

Étrange, en tout cas, cette lente descente vers Beyrouth, dans une paix retrouvée, industrieuse – mais fragile – dix-sept années après le début de la guerre civile libanaise ! Chacun ici fera et refera devant moi le compte du désastre : cent vingt mille morts, vingt mille disparus, trois cent mille blessés, autant de veuves, d'orphelins, de réfugiés et d'invalides... Le paradis ? La radio du taxi joue un air de violon exagérément romantique. Le chauffeur ralentit aux barrages militaires et embraye sportivement sitôt passée la chicane. Une main posée sur mon épaule, Antoinette M. me prend maintenant à témoin du désastre et craint visiblement que j'oublie de tout regarder. « Là, voyez, à gauche, ce village démoli ! Et là-bas, cet immeuble ! Ah, quel malheur ce fut, Monsieur ! »

Des ruines ? Les chroniques de la Croisade mentionnent à plusieurs reprises l'arrivée des armées franques dans des villes entièrement détruites : Belgrade, Nicomédie, Iconium, Tarse... Leur chemin traversa souvent des territoires qui venaient d'être livrés aux pillages (ceux des croisades populaires) ou dévastés par de longs affrontements militaires (entre Byzantins et Turcs seldjoukides). Ainsi reconnaît-on fréquemment, dans les récits d'époque, cette manière de stupeur oppressée qui naît d'un cheminement prolongé au milieu des décombres.

Voici justement Beyrouth et ses ruines.

L'avenue de l'aéroport, l'ancien camp de Chatilah, le carrefour du Musée, la place des Canons, le quartier des grands hôtels... Voici ces amas de gravats et de carcasses cent fois montrés par les télévisions du monde... Voici ces buildings éventrés que colonisent des squatters chi'ites venus du sud... Voici le trou béant de l'ancien centre ville qui fait de Beyrouth une ville hagarde et emblématique, comme un corps amputé de son cerveau et de son visage. Regarder ne suffit pas. Il faut s'efforcer de lire sur ces ruines. Au Liban, les stigmates de la guerre se réduisent rarement à des pans de murs pulvérisés par les bombes ou les obus, comme l'étaient ceux de Royan, Toulon, Saint-Malo ou Dresde, en 1945. Les destructions sont bien plus fines, plus systématiques, plus terrifiantes aussi. Elles portent encore, inscrit dans la matière, le *staccato* insistant des armes légères s'acharnant, fenêtre après fenêtre, balcon après balcon, pendant des années. La pierre et le béton des immeubles se sont trouvés peu à peu désagrégés par une fureur patiente qui progressait au centimètre.

Ces friselis incroyables de calcaire et de brique, ces infinis découpages au poinçon des balles, ces pointillés des rafales dont on devine qu'elles *travaillaient* méthodiquement, étage après étage, tout cela exprime mieux qu'aucun discours la fureur absolue qui, dans Beyrouth, monta *crescendo* de 1975 à 1992. Par contraste, s'en trouve d'autant mieux souligné l'étrange dégoût *post-coïtum* qui hante aujourd'hui la ville, ce stress écrasant qui paraît s'être abattu sur tous les quartiers quand la folie cessa. Un délire, subitement, prit fin. Une fureur, d'un seul coup, s'apaisa.

Sur les trottoirs d'Hamra ou d'Achrafieh, j'observe, intensément, les visages. Comment définir l'étrange sentiment d'absence qui clôt désormais les regards ? Comment décrire cette fatigue obscure que trahissent les démarches ? Et la résonance bizarre, un peu caverneuse des conversations...

Un affreux *détail* demeure trop peu connu. Dès 1992, les principales milices chrétiennes entreprirent de vendre leurs armes lourdes aux... catholiques croates. Comme si, d'un coup, la violence énorme, infrahumaine, qui tenait le Liban sous son empire, se déplaçait météorologiquement, d'est en ouest, vers les rives de l'Adriatique et les vallées de l'ex-Yougoslavie. Un texte entier serait à écrire sur l'effroi très *renseigné* que laissent percer aujourd'hui les Libanais lorsqu'on évoque devant eux les tueries de Vukovar, Goradze ou Sarajevo. « Chez nous, me dira l'un d'eux, l'horreur est montée peu à peu au fil des années. Là-bas, elle a commencé d'emblée à son niveau maximum. Les Yougoslaves ont eu plus de morts en quinze mois que nous en dix-sept ans... »

C'est donc moins de politique que l'on me parle, d'abord, que de nausée confuse et d'exténuation mentale. Neuroleptiques, psychanalyses, hébétudes sans remède, silences trop lourds... L'écrivain libanais Élias Khoury, rédacteur en chef du supplément littéraire du quotidien *An Nahar*, a récemment enquêté sur un fléau étrange qui fait des victimes parmi les jeunes miliciens démobilisés : la roulette russe, imitée du film de Michael Cimino, *Voyage au bout de l'enfer*. Plusieurs dizaines de morts à l'issue de paris délirants conclus à deux, les yeux dans les yeux, revolver sur la tempe.

Est-il plus fort symptôme d'un désarroi d'après-guerre ?

Les chrétiens d'Orient

Mais il y a d'autres formes de désarroi. Historiques, par exemple.

Le professeur d'histoire avec lequel j'ai rendez-vous dans le quartier Hamra, à Beyrouth-Ouest, a apporté avec lui une feuille de papier pliée en quatre. Elle contient un bref memento sur les croisades, qu'il a minutieusement rédigé à mon intention. En voici, mot pour mot, le premier paragraphe : « *Les chrétiens libanais ne participaient jamais aux croisades, au contraire. Les chrétiens de Syrie prirent partie pour leurs compatriotes musulmans contre les Francs.* »

L'empressement inquiet, le souci immédiat de souligner un point d'histoire et de convaincre d'emblée, avant même la première question, sont en eux-mêmes révélateurs. Si chaque pays traversé, depuis la douce Wallonie belge, exprime un point de vue spécifique au sujet des croisades, entretient à leur sujet un grief particulier ou un remords, la gêne rétrospective du Liban chrétien – et de la Syrie alaouite – pourrait se ramener à un seul mot aux consonances odieuses : collaboration.

Les quelques lignes du professeur d'histoire concernant la solidarité des chrétiens libanais avec leurs « *compatriotes musulmans* » sont assez touchantes. Elles témoignent peut-être d'une conviction répandue ici.

Mais elles sont fausses. Au moins pour ce qui concerne les maronites.

Dès qu'ils eurent franchi, à proximité de Beyrouth, le Nahr al-Kalb (le fleuve du Chien), qui marquait la frontière entre l'influence des Seldjoukides et celle des Fâtimides d'Égypte, les croisés marchant vers Jérusalem n'eurent quasiment plus à combattre. En effet, au-devant des Francs, vinrent les chrétiens orientaux : maronites, syriaques, orthodoxes, prompts à accueillir comme des libérateurs et des alliés ces Latins venus d'Europe. « *En territoire turc,* écrit René Grousset, *les croisés n'avaient rencontré que la guerre. En terre arabe, ils reçurent dès le début des offres d'entente ou, tout au moins, de compromis et purent amorcer enfin une politique indigène.* » Dans son *Estoire d'Eracles* (Histoire d'Héraclius), le grand chroniqueur Guillaume de Tyr raconte dans cette langue imagée du XIIe siècle comment les chrétiens de Syrie et du Liban firent fête à l'*ost Notre-Seigneur.* La saveur de la langue mérite bien quelques efforts de décryptage.

« *Lors vindrent en l'ost Suriens qui abitoient sur le mont de Libane. Icils estoient de nostre foi, preudosme et loïal gent ; si estoient venuz veoir noz barons por eux saluer et fere joie. Li preudome de l'ost les apelèrent et les conjurèrent qu'il leur enseignassent la plus droite voie et la plus déscombrée por aler en Jérusalem.* »

Cette collaboration spontanée des chrétiens arabes avec les croisés fut comparable à celle des Arméniens qui, déjà, en Cilicie, à Édesse ou à Antioche, s'était révélée si précieuse pour les Francs. Mais elle scella en quelque sorte le statut d'une partie de cette chrétienté orientale qui se retrouvera dans les plus grands périls, à partir du XIIe siècle, après l'effondrement des royaumes francs et l'expulsion des Latins. Cette *compromission* initiale avec l'Occident pesa par la suite comme un reproche sur les chrétientés maronites ou arméniennes. Elle domine encore largement l'histoire moderne du Proche-Orient.

En fait, m'explique-t-on à Beyrouth, ce choix initial du XIe siècle et ce ralliement aux croisés n'allèrent pas de soi. Ils suscitèrent, à l'intérieur même des communautés chrétiennes, des antagonismes, des oppositions, voire des conflits armés. Vieux déchirement entre deux types de solidarité antagonistes : la religieuse et la culturelle. Les maronites, par exemple, se trouvèrent divisés. Les villages côtiers penchaient pour la collaboration avec les Francs et même pour le rattachement au rite latin. Les villages de montagne, en revanche, se montraient hostiles aux croisés. De vrais combats eurent lieu et les premiers l'emportèrent : les maronites se rallièrent donc aux croisés. Plus tard, quelques milliers d'entre eux suivirent même les Francs à Chypre et à Rhodes où ils fondèrent des colonies chrétiennes Au sujet des relations entre l'Église maronite et les croisés, l'*Encyclopædia Universalis* souligne que « *les croisades lui permettent un contact direct avec Rome à l'égard de laquelle elle témoignera une indéfectible fidélité* ». Les historiens de l'Église, quant à eux, datent de 1181 le rattachement effectif des maronites libanais à l'autorité du pape. Le patriarche maronite assistera, en 1215, au quatrième concile de Latran.

Ce rattachement au monde latin sera lourd de conséquences. Après le triomphe de l'islam et l'éviction des Francs, sous les Mamelouks puis les Ottomans, les maronites – à la différence des chrétiens syriaques – seront persécutés à plusieurs reprises. En 1860 encore, six mille d'entre eux seront massacrés en quelques jours par les Druzes avant que la France, « *puissance protectrice des chrétiens libanais* », n'envoie un corps expéditionnaire pour rétablir l'ordre.

Cette *divergence* du XIe siècle divisant les chrétiens orientaux rappelle évidemment la guerre entre chrétiens qui opposa, en 1991, les partisans du général Aoun, soutenus par la France, aux forces libanaises plus complaisantes à l'égard de la Syrie. Mais elle explique aussi le caractère obsessionnel, pendant des siècles, de cette question de collaboration avec l'Occident. Au début de la guerre (1975-76), j'en témoigne, le reproche fut fait aux phalangistes de Pierre Gemayel, c'est-à-dire aux maronites, de « *renouer avec l'esprit de croisade* » en opposant la force des armes aux revendications musulmanes. Reproche renouvelé lorsqu'ils firent effectivement alliance avec l'armée israélienne contre les Palestiniens et les chi'ites.

A Beyrouth, l'évocation des croisades n'est pas un jeu gratuit.

Le Livre des désastres

Mais qu'on ne s'y trompe pas. Du côté musulman, les griefs sont aussi vifs. Les griefs de collaboration avec les croisés déterminent même, aujourd'hui encore, certains clivages. Pour les militants chi'ites les plus intransigeants du Hezbollah, par exemple, le grand Saladin, vainqueur des croisés, n'est pas un héros acceptable. Pourquoi ? Parce que Saladin, après qu'il eut battu les Francs à Hattin et repris Jérusalem, sut parfois s'entendre avec les autres comtés, principautés ou royaumes latins qui subsistèrent près d'un siècle encore en Terre sainte. Sage politique d'alliance et de compromis que les fondamentalistes d'aujourd'hui assimilent volontiers à une trahison. En outre, Saladin, qui était kurde, ne fut guère favorable aux chi'ites.

A Beyrouth, les purs et durs du Hezbollah lui préfèrent donc – et de loin – l'ancien esclave *Baybaras* (ou Baibars), l'un des trois Mamelouks qui parachevèrent, dans la deuxième moitié du XIIIe siècle, l'œuvre de Saladin en expulsant les Francs de Nazareth, Bethléem, Beaufort, Césarée, Jaffa, Antioche, Tripoli, Saint-Jean d'Acre...

Mais les Syriens eux-mêmes ne sont pas épargnés par cette mémoire musulmane, très sourcilleuse dès lors qu'il s'agit des croisades. On sait que l'*âtâbeg* (sultan) de Damas, Tughtekîn, fit durablement alliance avec la royauté franque de Jérusalem. Cette ancienne compromission n'est pas oubliée aujourd'hui. En Syrie, le petit peuple plaisante volontiers (en privé) sur ces Alaouites au pouvoir à Damas, souvent des blonds aux yeux bleus, que l'on appelle, par dérision, les Allemands. L'expression n'est pas choisie au hasard. Elle charrie confusément le vieux reproche collaborationniste.

Plus explicite encore. On me raconte à Beyrouth que l'ancien leader druze Kamal Joumblatt, assassiné le 17 mars 1977 par des agents syriens, aimait beaucoup citer un ouvrage de l'écrivain Amin al-Rimany intitulé *Le Livre des désastres*. Et quels désastres évoquaient donc ces pages ? Elles traitaient notamment – mais sans complaisance – de la collaboration prolongée des Alaouites et des maronites avec les croisés aux XIe et XIIe siècles !

Sans doute les Syriens avaient-ils d'autres griefs à formuler contre le grand seigneur druze qu'était Kamal Joumblatt. Mais gageons que ces allusions répétées et intempestives au *Livre des désastres* ne lui furent pas comptées à décharge.

XVII

Tripoli (Liban) : un rêve provençal

Moment bizarre...

Le fouillis des combats, les incertitudes de la paix syrienne, la détermination des islamistes, l'éloignement de Beyrouth et le marasme du port : tout conspire, en 1993, à faire de Tripoli une manière de bout du monde oublié où nul ne va désormais sans raison particulière. Le temps, ici, ne s'est pas arrêté mais il s'étire. Dans la citadelle assommée de silence, et que personne ne visite plus depuis des années, poussent des figuiers sauvages, des roses trémières et des herbes hautes. L'endroit plairait à Julien Gracq. Précisément... la jeune femme tripolitaine qui me guide, Bassam Bassima Zahed, achève une maîtrise de littérature sur l'auteur du *Rivage des Syrtes*. Elle a organisé ma visite dans la capitale du Nord-Liban avec une minutie et une générosité peu ordinaires : rencontre avec un historien, documentation en arabe, rendez-vous pris avec un professeur d'université... En calligraphiant son adresse et celle de son mari sur mon carnet de notes, elle ajoutera même cinq mots soulignés à l'encre bleue : « Vous serez toujours le très bienvenu... »

Bassima est musulmane. « Je descends des croisés », dit-elle en pouffant. On apprécierait l'hospitalité orientale pour moins que cela...

Avec l'accord évasif des deux sentinelles syriennes qui somnolent devant la porte du Qual'at Sanjil, nous errons une heure entière à l'intérieur de l'enceinte : escaliers dérobés, enfilade de salles obscures, labyrinthe de fossés, vestiges d'une ancienne chapelle... L'énorme forteresse est étonnamment bien conservée. Mais elle est vide. Nos voix résonnent sous les voûtes.

Cette citadelle, aux formes trapues et aux aplombs vertigineux, domine un coude de la rivière Nahr Qadicha, devenue ici l'Abou'Ali (cette mythique « *fontaine des Jardins* », ces « *puits d'eaux vives qui descendent du Liban* », évoqués par le *Cantique des cantiques.*). Par les ouvertures des remparts, on distingue tous les quartiers de cette ville qui, dit-on, sent la fleur d'oranger : la grande mosquée, les hammams innombrables, les souks compliqués. Un peu au-delà, plein ouest, on aperçoit la péninsule d'al-Minâ qui abrite le port et, plus loin encore, aplatis sur l'horizon, les contours d'un îlot.

Chacun de ces détails – la citadelle, la péninsule, l'îlot en pleine mer – renvoie explicitement aux croisés. L'épisode de Tripoli, la résistance de la ville, sa conquête tragique, sa longue histoire franque (près de deux siècles) et sa très sanglante reconquête par les Mamelouks, furent si extraordinaires qu'ils méritaient que l'on anticipât un peu sur le cheminement de la Première Croisade qui guide mon propre voyage. Au printemps 1099, en effet, l'armée franque, qu'escorte maintenant, le long des côtes, une escadre génoise, ne s'attarde guère au Liban. Ni à Tripoli, ni à Beyrouth, ni à Sidon (Saïda) ou Tyr... C'est bien après la prise de Jérusalem et la fondation du royaume franc que les croisés s'occuperont des villes côtières de la région.

Cette étape est donc une entorse à la chronologie. Mais comment évoquer la route des croisades sans s'attarder sur l'incroyable destin de Tripoli ?

L'amour lointain

A Tripoli, le nom de la citadelle, Qal'at Sanjil, est une transcription phonétique de Saint-Gilles. C'est le comte de Toulouse et de Provence, Raymond de Saint-Gilles, que l'on a vu renoncer à ses prétentions sur Antioche, abandonner la conquête de Mara'at al-Numan puis le siège d'Arqa, sous la pression des pèlerins, pour reprendre la marche vers Jérusalem, qui fit bâtir cette forteresse en 1103. Ayant rempli son devoir en participant activement à la libération des Lieux saints, le seigneur provençal entend fonder enfin son comté, comme l'avaient fait le rival normand Bohémond (à Antioche) et le neveu de celui-ci, Tancrède (à Édesse). C'est sur Tripoli que Saint-Gilles, quant à lui, jette son dévolu.

Mais la *ville rebelle* résiste mieux et plus longtemps qu'aucune autre place forte en Orient à l'armée provençale. Attaquée une première fois en 1099, la ville ne tombera que le 12 juillet 1109, c'est-à-dire dix années plus tard. C'est pour conduire méthodiquement ce siège et non point défendre la ville que Saint-Gilles fit construire cette énorme citadelle sur l'éperon rocheux que les croisés ont baptisé le mont Pèlerin. A l'époque, il contrôlait la base du triangle que forme la péninsule et dont la ville occupe la pointe. La citadelle bloquait donc les accès terrestres à Tripoli.

Restait la mer...

Dans les chroniques médiévales, dans les récits des trouvères comme Thibaud de Champagne ou Conon de Béthunes, dans les chansons de geste, Tripoli occupe une place particulière. Son évocation est auréolée de légendes et de rêves. Jusqu'à ce refrain magnifique de *L'Amour lointain* (*Amor de lonh*), cité par Régine Pernoud, et qui scande le long poème du troubadour Jaufre Rudel. Celui-ci, sans la connaître, aurait été amoureux jusqu'à l'obsession d'une inaccessible princesse franque, Mahaut de Tripoli. Pour la voir, il aurait affronté les dangers de la mer et ceux de la croisade et serait mort à ses pieds.

Curieusement, les poètes arabes du haut Moyen Age semblent avoir été autant inspirés par Tripoli que leurs homologues occidentaux. Ils ont célébré ici la mémoire de Mélissende, autre princesse lointaine. Mélissende était la fille du roi franc de Jérusalem, Baudouin II, et l'épouse de Foulques d'Anjou. Or Mélissende, devenue reine régente de Tripoli, entretint, en 1132, une intimité – réelle ou supposée – avec le jeune Hugues du Puiset, né en Terre sainte. Cet amour interdit, qui défiait la raison d'État, sema un moment la discorde chez les Francs. Un autre poète musulman (et persan), Saadi, a rédigé un texte célèbre, le *Gulistan* (ou Jardin des roses), qui évoque brièvement le destin d'un prisonnier arabe contraint de travailler aux fortifications de la ville.

L'épisode tripolitain de la Croisade réunit dès l'origine tous les éléments propres à enflammer les imaginations : la splendeur raffinée de ce port sur la Méditerranée, le rêve fracassé du puissant seigneur provençal Raymond de Saint-Gilles, la fidélité téméraire de son fils Bertrand, l'avidité cynique des marins génois qui prêteront leur concours aux Francs. Sans compter la sauvagerie des massacres...

Lorsqu'ils découvrent Tripoli, en 1099, les chevaliers francs, en tout cas, ont tout lieu d'être éblouis. Fondée jadis par les Phéniciens, la principauté est l'un des petits États musulmans les plus prospères de l'Orient. Jouant habilement sur la rivalité entre les Fâtimides d'Égypte et les Seldjoukides de Syrie, ses possesseurs, riches bourgeois de la dynastie des Banû'Ammâr, sont parvenus à sauvegarder l'autonomie de cette ville tournée vers la mer et protégée des convoitises par sa situation péninsulaire. La renommée de Tripoli est exceptionnelle. Cité de l'orfèvrerie et de la soie, des marins intrépides et des cadis lettrés, c'est surtout un centre intellectuel musulman qui rayonne sur la Syrie tout entière. L'un de ses souverains, Abû Tâlib, a fondé ici la fameuse bibliothèque Dar el-Ilm. Elle compte, dit-on, plus de cent mille volumes que les Francs détruiront.

Cette splendeur et ce raffinement illustrent bien la surprise qui est celle des croisés lorsque, après leurs combats contre les Turcs seldjoukides, ils abordent le monde arabe. Les Seldjoukides, encore nomades, étaient relativement frustes. « *Si furent gent moult rude et sanz atirement*, écrit à leur sujet le chroniqueur Albert d'Aix, traduit au XIIIe siècle par Guillaume de Tyr, *ne n'avoient nul certein siège et querroient partout pastures à leurs bestes ; n'oncques n'avoient abité n'en cité n'en chastel. Ils menoient avec eux toutes leurs choses, leurs iveries* [manades de chevaux], *bues et vaches et herbiz : en teles choses estoient toutes leurs richèces.* » L'islam arabe, en revanche, incarne une culture citadine, une civilisation subtile, qui peut rivaliser avec celle de Byzance et tranche sur l'archaïsme occidental. Tripoli, au XIe siècle, symbolise ce décalage.

Peu à peu, Raymond de Saint-Gilles est littéralement obsédé par cette magnificence qu'il peut observer, là, à portée de la main, depuis les remparts de sa citadelle. Et cela pendant plusieurs années tant le siège s'éternise. Au point que d'étranges relations finissent par s'établir entre assiégeants et assiégés. Mais Saint-Gilles mourra, en 1105, avant d'avoir pris la ville dont il rêvait. C'est son fils Bertrand qui, depuis Toulouse, montera une expédition mobilisant quatre mille chevaliers provençaux, s'assurera l'appui d'une escadre génoise de quatre-vingts galères et s'emparera enfin, en 1109, de ce qu'il considérait comme l'héritage paternel.

Dernière cité libanaise à tomber aux mains des croisés, Tripoli sera également l'une des dernières places fortes à résister à la reconquête musulmane. C'est seulement en 1289, plus d'un siècle après la reconquête islamique de Jérusalem, que le Mamelouk Al Mansour Kalaoûn reprendra la cité. Aux massacres commis par les matelots génois, en 1109, répondront alors – cent quatre-vingts années plus tard – les tueries perpétrées par les Mamelouks après leur victoire sur les Provençaux. Celles-ci furent si brutales que les Francs de la ville, hommes, femmes et enfants, tentèrent de fuir à la nage jusqu'à l'ilot qui fait face à la ville. Le témoignage d'un jeune émir de l'époque, Aboul Fida, rapporte l'épisode en ces termes : « *A peu de distance de Tripoli, il y avait, en pleine mer, un petit îlot avec une église. Quand la cité fut prise, beaucoup de Franjs s'y réfugièrent avec leurs familles. Mais les troupes musulmanes se jetèrent à la mer, traversèrent à la nage jusqu'à cet îlot, massacrèrent tous les hommes et emportèrent les femmes et les enfants avec le butin. Après le carnage, je passai moi-même jusqu'à l'îlot avec une barque, mais je ne pus y rester tant la puanteur des cadavres y était forte.* »

Le Mamelouk Kalaoûn, soucieux d'effacer à tout jamais le souvenir de la longue royauté franque, fit raser totalement la ville ancienne d'al-Minâ. Mais l'Histoire se rit souvent des projets trop téméraires. Paradoxalement, c'est autour du mont Pèlerin et du Qual'at Sanjil, que fut rebâti le Tripoli moderne. Et aujourd'hui encore, c'est en citant continûment le nom du seigneur Saint-Gilles, prestigieux croisé, que les Tripolitains se racontent leur propre histoire.

Neuf siècles de graffitis

Bassima, soucieuse de me conduire avec compétence dans les dédales de cette forteresse, s'est munie de coupures de presse et d'articles historiques rédigés en arabe. Elle semble découvrir en même temps que moi – avec une exaltation manifeste – la richesse de ce lieu de mémoire. Le château Saint-Gilles, en effet, raconte à lui seul près d'un millénaire d'histoire tripolitaine.

Plusieurs fois incendiée, mutilée, la citadelle fut rebâtie une première fois au XIVe siècle par l'émir mamelouk Esendemir. Elle fut à nouveau transformée et aménagée sous la domination ottomane. Au-dessus d'une de ses portes figure encore une phrase de Soliman le Magnifique souhaitant que « *cette tour bénie soit un retranchement fortifié pour la durée des temps* ». Un vœu largement exaucé. Mais les traces des croisés ne furent pas effacées pour autant. Le Qual'at Sanjil, écrit un historien local, « *conserve encore une partie de la construction que Raymond commença à élever avec l'aide des Byzantins. De ce fait, il est peut-être le plus vieux témoin de l'œuvre architecturale des Francs au Liban* ».

D'un souterrain à l'autre, nous déchiffrons surtout, ce jour-là, d'innombrables graffitis que Bassima traduit avec application. Ils prolongent jusqu'à nos jours la mémoire vive de la citadelle. Ici un slogan de l'OLP, là le témoignage – en français – d'un soldat syrien éperdu d'amour, là encore une sourate du Coran... Comme par le passé, c'est autour et à l'intérieur de cette forteresse que se sont jouées, pour ce qui concerne Tripoli, les péripéties sanglantes de la guerre civile libanaise. On peut en reconstituer ici-même les grandes phases.

En 1975, lorsque celle-ci débuta, le château était occupé par les Palestiniens du Fatah qui y avaient installé leurs armes lourdes. Ils en furent délogés l'année suivante quand l'armée syrienne pénétra au Liban pour porter secours – à l'époque – aux chrétiens. Les Syriens occupèrent la place pendant sept années et quantité d'inscriptions témoignent de cette longue garnison. Mais, en 1983, lorsque Yasser Arafat et les siens furent progressivement chassés du Liban par les Syriens, via Tripoli – et sauvés du désastre par l'ONU et la France –, les Palestiniens reprirent un moment la citadelle et en firent leur ultime base de défense.

En 1985, ce furent les combattants islamistes du MUI (mouvement de l'unité islamique) qui s'assurèrent le contrôle de Tripoli et y firent régner l'austérité fondamentaliste. Bien entendu, la citadelle devint leur quartier général et leur principal point d'appui militaire. L'année suivante, les Syriens, poursuivant leur patient *jeu de bascule*, entreprirent de contrecarrer l'influence islamique à Tripoli. Une politique menée à la mitrailleuse lourde. Ils chassèrent donc les combattants du MUI du château Saint-Gilles et investirent à nouveau les lieux.

Ils y sont encore.

De ces occupations successives, de ces bivouacs guerriers, des traces subsistent qui ne se ramènent pas toujours à de simples graffitis. On trouve par exemple, dans certains recoins de la citadelle, des vestiges archéologiques – fûts de colonnes, sarcophages de pierre – vraisemblablement volés et entreposés là comme un butin. Certains d'entre eux portent de profondes entailles mordant la pierre dure autour des plus belles sculptures. Les pilleurs voulaient prélever les parties nobles mais furent visiblement découragés par la difficulté du travail.

Nos ancêtres les croisés...

Dans Tripoli, où nous enquêtons maintenant, la mainmise de Damas est immédiatement plus perceptible et plus pesante que dans le reste du Liban. Les Syriens, ici, ne se contentent pas d'occuper militairement la ville. Ils contrôlent à leur profit, me dit-on, une partie du commerce et prélèvent, par exemple, une taxe sur les mouvements du port. Quant aux islamistes, s'ils ne sont plus les maîtres, ils demeurent à coup sûr la première puissance locale. Leurs slogans sont omniprésents et souvent provocants. Leur influence est assez forte et l'avenir bien assez incertain pour inciter de nombreux chrétiens à quitter la ville.

Certains d'entre eux, découragés par la crise économique dans laquelle est englué le Liban, essaient d'obtenir la nationalité française. Au dossier réglementaire qu'elles ont dûment constitué, plusieurs familles ont ajouté un argument inattendu. Portant des noms aux consonances vaguement identifiables – *Anjoul* pour Anjou, *Chanfour* pour Chamfort ou *Douelhy* pour Douai –, ces chrétiens-là jurent qu'ils descendent en droite ligne des croisés. L'hypothèse n'est pas absurde et la France se doit sans doute de reconnaître les siens...

Ceux des chrétiens qui ont choisi de rester, en revanche, ne s'affichent guère. Ainsi cette dame préposée au gardiennage d'une maison, à deux pas de la citadelle. Nous sonnons longuement à sa porte qui, au bout du compte, s'entrebâille. Rassurée, la dame consent à nous introduire dans un étonnant périmètre, figé depuis dix-sept ans dans une immobilité absolue.

L'endroit, à coup sûr, est bouleversant.

En 1975, l'année même du début de la guerre, un archéologue avait mis à jour, ici, dans une sorte de terrain vague dissimulé par des immeubles, les vestiges d'un cimetière croisé. Des plaques tombales portant la croix, des demi-sarcophages et les fondations d'une chapelle. Le tout jouxtant un cimetière musulman, moderne celui-là. Depuis 1975, rien n'a bougé et les fouilles ont été interrompues. Les herbes ont recouvert les tombes à moitié dégagées. L'oubli est retombé sur l'endroit. Quant à la gardienne des lieux, avant de verrouiller à nouveau le portail donnant sur la rue, elle tient à nous convaincre qu'elle entretient de « bons rapports » avec ses voisins musulmans. Elle en parle avec volubilité.

A nous qui n'avions posé aucune question...

XVIII

Jérusalem (Israël) : la violence et la foi

Barrages d'immeubles en pierre rose, autobus Egged à l'arrêt, *soldates* israéliennes cheveux au vent et Uzi à l'épaule, hassidim en caftans noirs et papillotes, atmosphère vaguement américaine qui détonne d'un seul coup sur ce long chemin oriental... Le chauffeur comprend mal pourquoi je lui demande de tourner sans cesse dans ces collines résidentielles et sur ces échangeurs du sud-ouest de la ville. Voudrais-je visiter Yad Vashem, le mémorial de l'holocauste ? Vais-je dormir à l'hôtel Shalom Jérusalem qui n'est pas si loin ? Ai-je l'intention d'aller jusqu'à Emmaüs ? J'arrive simplement de Jaffa et Tel Aviv par la route des croisés. Comme eux, j'ai poussé jusqu'au nord de Bethléem. Le chauffeur du taxi est un Palestinien de Jérusalem-Est. Nous avons sympathisé, parlé de nos enfants et négocié un arrangement. Il répète : « *I am your friend* », mais s'étonne que je scrute avec tant d'insistance le paysage entr'aperçu au-delà des buidings israéliens.

Comment lui dire ?

Ce que je cherche, en vérité, dans ce fouillis d'immeubles, ce n'est rien : un point sur une carte, la trace

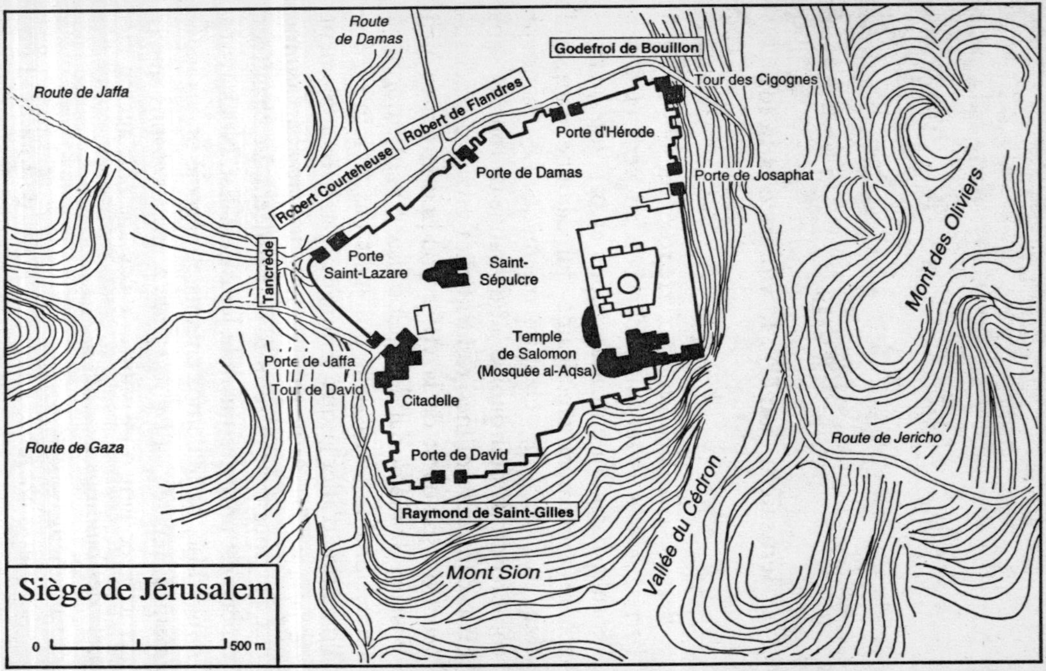
Siège de Jérusalem
0
500 m
Route de Damas
Route de Jaffa
Route de Gaza
Route de Jericho
Godefroi de Bouillon
Robert de Flandres
Robert Courteheuse
Tancrède
Raymond de Saint-Gilles
Tour des Cigognes
Porte d'Hérode
Porte de Damas
Porte de Josaphat
Porte Saint-Lazare
Saint-Sépulcre
Temple de Salomon (Mosquée al-Aqsa)
Porte de Jaffa
Tour de David
Citadelle
Porte de David
Mont Sion
Vallée du Cédron
Mont des Oliviers

hypothétique d'un très bref *moment* de l'Histoire dont le souvenir a traversé neuf siècles et troublé jusqu'aux historiens les plus endurcis. « *Ne poist avoir ses cuers si durs que ils n'en fust esmeuz* », écrit Guillaume de Tyr ordinairement plus froid. Un unique petit matin, rose et tiède comme le printemps en Judée-Samarie, pendant lequel le ciel, à coup sûr, toucha brusquement la terre. « *Tous les chroniqueurs, même tardifs,* observe René Grousset, *nous décrivent en termes émouvants l'allégresse* » de ce rendez-vous.

Allégresse est un mot faible. Je garde à l'esprit assez de pages lues, assez de versions données au long des siècles pour en témoigner : cet instant particulier de la Croisade, suspendu entre guerre et politique, porte en lui je ne sais quelle sidération à laquelle des générations de chroniqueurs et d'historiens seront sensibles. Le rude Anonyme lui-même s'émeut de voir ses compagnons, « *chantant des cantiques, criant et pleurant de joie* ».

Arrêt sur image

C'est le 7 juin 1099, à la pointe du jour.

Venant de Jaffa, la cohorte fourbue des croisés, cheminant sur un « *étroit chemin au flanc de profondes gorges* », découvre au détour d'un lacet – Voyez, là-bas ! – les coupoles dorées, les dômes, les clochers et les remparts de Jérusalem. L'armée tout entière tombe comme foudroyée. Les chevaliers mettent pied à terre. Les pèlerins serrent les rangs. « *Lors commencièrent à plorer et mistrent tuit à genoux et rendirent grasces à Nostre-Seigneur à molt granz soupirs* », écrit encore Guillaume de Tyr, qui ajoute un peu plus loin : « *Lors levèrent leurs mains vers le ciel, puis après se deschaucièrent tuit et besoient la terre.* »

Nous avons du mal aujourd'hui, orgueilleux que nous sommes de notre raison calculatrice, à comprendre *vraiment* ce que fut pour ces gens la vision subite de Jérusalem, silhouettée dans la lumière poudreuse du matin ! Sur les routes de Hongrie, celles des Balkans ou de l'Anatolie, j'ai souvent pensé à cet ultime détour du chemin dont chaque étape me rapprochait. Un détour que les historiens des croisades situent « *à hauteur de l'ancien mausolée de Sheikh Bedr* ». S'il est une minute de cette épopée qui mérite un arrêt sur image, c'est bien celle-là.

Il faut penser, mes maîtres, aux rocailles de l'Orient, aux flèches des cyprès cloués sur les pentes, aux crissements indéfinissables de l'aube, aux brumes dorées qui fument vers l'est jusqu'à Jéricho ou la mer Morte. Pour ces gens, qui ne connaissaient du monde que ce qu'en disaient les Écritures, chaque nom, chaque paysage de Galilée, de Judée ou de Samarie, participe d'un statut qui n'est pas vraiment d'ici-bas. Il faut imaginer ces hommes et ces femmes jetés à terre par l'émotion, les chevaux, rênes sur l'encolure, qui piaffent et secouent les harnais, la sueur qui pue sur les haillons, les chariots empoussiérés qu'on a plantés là sur le chemin. Et devant eux, plus vraie cette fois que le ciel et la terre, Jérusalem !

Tous s'arrêtent.

Voilà un millier de jours qu'ils ont quitté Toulouse ou Verdun, Le Puy ou Pontarlier. Presque trois ans... Cent cinquante semaines qu'ils avancent obstinément vers la

Terre sainte, assiègent d'impossibles murailles, souffrent de faims terribles et de soifs hallucinées, meurent criblés de flèches, décapités par les sabres ou rongés au-dedans par d'innommables pestes. Derrière eux, ils ont laissé tant de cadavres et de tombes !

Combien sont-ils encore ?

Difficile à savoir. Le maniement des chiffres n'est pas une science prisée par le haut Moyen Age. Au moins peut-on, sur la foi des recoupements et des approximations, suggérer un ordre de grandeur. Il est effarant. Des cent à cent cinquante mille personnes mobilisées au total par la Première Croisade, il en reste peut-être douze mille, à condition d'additionner les chevaliers et les clercs, les sergents et les piétons, les pauvres, les femmes.

Un sur six ? Un sur dix ?

Comme à Jéricho

Tous sont face contre terre, épaule contre épaule, cette fois, réunis pour quelques minutes, par-delà les classes et les naissances, hardes crasseuses des *pauperes Dei* frottées fugitivement aux cottes de mailles et à la soie des puissants. Regardez bien cette scène. Le mystère de la Croisade est contenu tout entier dans cette brusque promiscuité. Car enfin... Si l'armée d'Occident est parvenue jusque-là, si elle *voit* enfin Jérusalem à l'horizon, c'est parce qu'elle fut tirée sans cesse vers l'avant par les plus misérables, les plus méprisés, les plus obscurs. Sans les pauvres, seraient-ils en Terre sainte, ces barons orgueilleux, ces chevaliers caparaçonnés de fer qui donneront bientôt l'assaut ? Seraient-ils à pied d'œuvre ces comtes et ces ducs qui vont régner pendant des décennies sur la Syrie franque et chrétienne ?

On sait bien que non. Et ce n'est pas le moindre des paradoxes. « *Personne d'entre vous ne peut être sauvé, s'il n'honore et ne soutient les pauvres* », clamait déjà Adhémar de Monteil, légat du pape, lorsqu'il s'adressait aux seigneurs francs. Abandonnés à leurs soucis temporels, les barons eussent continué de guerroyer en chemin, oublié cent fois Jérusalem, saisis qu'ils étaient par le vertige de la puissance et l'ivresse de la conquête. D'Antioche à Ma'arat, de Tripoli à Beyrouth, les barons – toujours – furent rappelés à leurs engagements, remis sur la route de Jérusalem par ces manants affamés mais ivres de foi. Si les chevaliers donnent à la Première Croisade son sérieux, ce sont les multitudes qui orientent son destin. Ceux-là mêmes dont l'Histoire parlera trop souvent avec dédain.

On pourra bien oublier ce détail et gloser pendant neuf siècles, la vérité est là, qui résiste obstinément à la raison raisonnable. Les pauvres et les humbles, à la fin, ne suivaient plus vraiment l'armée franque. Ils lui montraient la route et dictaient son itinéraire. *Dieu le veut !* Le froid calcul des hommes de guerre ou de grande politique ne fait pas toujours, à lui seul, bouger l'Histoire. Il arrive que la foi l'emporte, cette irrationnelle certitude, cette indéchiffrable – et terrible – inclination dont tout le passé de Jérusalem porte la trace.

Et d'ailleurs ! Savez-vous ce que vont décider, aussitôt

après leur prosternation sur le chemin, ces hommes exténués qui s'apprêtent à livrer bataille ? Ils vont décréter une journée entière de jeûne absolu et organiseront, bientôt, une procession chantante qui fera naïvement le tour des murailles de Jérusalem, bannières au vent et crucifix brandis vers les créneaux garnis d'archers turcs. Ce n'est point là du réalisme... Les Turcs ricanent et crient des blasphèmes. Ils crachent et urinent, dit-on, sur l'*ost Notre-Seigneur* répandu sous les remparts.

Les malheureux !

Le tumulte des invasions

A Jérusalem, j'habite à l'hôtel Gloria, près de la tour de David et de la porte de Jaffa. Je marche dans la vieille ville. J'erre dans les églises et les musées. Je reviens sans cesse me plonger dans cette cohue à nulle autre pareille. Une tension indéfinissable flotte aujourd'hui encore sur ce mélange de boutiquiers arabes, de touristes hilares et de soldats israéliens en patrouilles. La violence rôde sur ce rassemblement incroyable de pèlerins en groupes et de colons juifs en civil, balançant négligemment leur fusil M16 devant les étals.

Cette tension sans équivalent dans le monde, chacun paraît vouloir la conjurer en feignant l'indifférence, en s'ignorant avec application, alors même qu'on avance à touche-touche dans ces souks obscurs, sur ces parvis d'églises, de mosquées ou de temples. Oh, le regard *ailleurs* des Palestiniens occupés ! La guerre contenue qui habite cette ville cernée par les implantations israéliennes est-elle si différente, au fond, de celle qui définissait déjà Jérusalem au moment de l'arrivée des croisés ? Elle est faite, comme hier, de certitudes incandescentes. Et rivales. Cité incroyable dont trop de mémoires se disputent la possession originelle. Jérusalem fut juive durant cinq siècles et demi (la maison de David, puis la dynastie hérodienne), perse et grecque pendant quatre siècles, romaine et byzantine durant sept siècles, franque durant quatre-vingt-huit petites années, mamelouk et ottomane près de huit siècles. Israël, enfin, revendique sa réunification sous l'autorité de l'État hébreu depuis 1967, et encercle méthodiquement la ville de colonies juives profilées comme des bunkers.

Tension ? Violence ? Toute croyance est belle, mais la foi est terrible. Voilà trois mille ans que l'histoire de Jérusalem retentit du tumulte des invasions et des sièges, des occupations et des disputes. Et, à chaque victoire, l'assiégeant du moment jurera qu'il ne fait qu'arracher la ville à une funeste barbarie. Dans une salle du musée de la citadelle (la tour de David), un texte israélien évoque la *libération* de Jérusalem, en 1918, par les troupes britanniques, et la fin de l'interminable domination ottomane (1187-1920). Ce texte parle des persécutions et de l'intolérance auxquelles on viendrait de mettre fin. Il le fait avec les mêmes accents, les mêmes mots – et les mêmes exagérations – que les prêches d'Urbain II en 1095.

Violence de la foi. Fatalité de Jérusalem...

En juin 1099, à l'arrivée des croisés, la ville compte environ trente mille habitants. Elle a été reprise, onze mois auparavant, par les Fâtimides d'Égypte qui ont profité de l'affaiblissement de leurs rivaux seldjoukides aux prises avec les Francs. Iftikhar al-Dawla, le gouverneur égyptien qui commande la garnison, composée de soldats arabes et soudanais, a placé la ville en état de défense. Il en a chassé tous les chrétiens, suspectés d'intelligence avec l'ennemi. Dans la banlieue, il a fait raser les églises, obstruer les puits, empoisonner les sources, briser les canalisations, cacher le bétail dans les cavernes. Derrière les remparts, on a rempli les carquois, placé les mangonneaux en batterie, préparé des milliers de feux grégeois, entassé les munitions...

Les croisés se moquent d'abord de ce barricadement temporel. Ils se jettent follement contre les remparts, certains que leur foi et le secours de Dieu suffiront pour vaincre. Ils manquent de peu la victoire mais, faute d'échelles et de machines, sont finalement taillés en pièces, refoulés par les archers turcs, brûlés à vif par les feux grégeois. Jérusalem n'est pas Jéricho. Ni la foi toute seule, ni les processions à tue-tête ne feront tomber les murailles.

Voici la guerre ...

Un tel carnage d'ennemis...

Le siège dure tout un mois. Les chroniqueurs latins, byzantins, turcs et arabes ont tant écrit que l'on en connaît chaque détail. Jusqu'au patronyme des charpentiers génois qui bâtiront les tours de siège. Jusqu'au nom des ouvriers et des espions. Jusqu'aux paroles d'Arnould Malecorne, chapelain du duc de Normandie, qui exhor-

La prise

Vue par les Arabes

« Les Francs marchèrent donc sur Jérusalem, après leurs vains assauts contre Acre, et y mirent le siège pendant plus de quarante jours. Ils élevèrent deux tours, dont l'une du côté de Sion que les musulmans brûlèrent en tuant tous ceux qui étaient dedans ; mais à peine avaient-ils fini de la brûler qu'un messager arriva, réclamant de l'aide car la ville avait été prise par l'autre côté : de fait elle tomba par le côté nord, le matin du vendredi 22 sha'bân 492 [*15 juillet 1099*]. La population fut passée au fil de l'épée et les Francs massacrèrent les musulmans de la ville pendant une semaine. Une petite troupe s'était retranchée dans l'oratoire de David ; elle y résista pendant plusieurs jours. Les Francs leur accordèrent la vie sauve et, ayant respecté leur parole, les laissèrent partir de nuit pour Asacalon où ils s'établirent. Dans la mosquée al-Aqsa, au contraire, les Francs massacrèrent plus de soixante-dix mille personnes parmi lesquelles une grande foule d'imâms et de docteurs musulmans, de dévots et d'ascètes qui avaient quitté leur pays pour venir vivre en une pieuse retraite dans ces Lieux saints. Sur le Rocher ils dérobèrent plus de quarante candélabres d'argent, chacun d'un poids de trois mille six cents drachmes, un grand lampadaire d'argent du poids de quarante livres syriennes, et d'autres candélabres plus petits, cent cinquante en argent et plus de vingt en or, ainsi qu'un énorme butin.

« Les Syriens fugitifs arrivèrent à Baghdâd dans le mois de ramadhan avec le cadi Abû Saïd al-Hârawi et tinrent devant la chancellerie du calife un discours à faire pleurer les yeux et émouvoir les cœurs. Le vendredi, ils vinrent à la grande mosquée et implorèrent du secours en pleurant, en faisant pleurer, en racontant tout ce que les musulmans avaient souffert dans la Cité sainte : hommes massacrés, femmes et enfants prisonniers, biens pillés. En raison des graves malheurs qu'ils avaient supportés, ils en arrivèrent à rompre le jeûne... »

(Ibn al-Athir, *Somme des histoires*)

tera les croisés insultés par les Turcs à « *vengier la honte de Jesu Cris* ».

Ces trente et quelques journées de préparatifs sont ter-

de Jérusalem

Vue par les Francs

« C'est alors que nos seigneurs mirent au point ce plan d'assaut qui permettait d'entrer dans Jérusalem y adorer le sépulcre de Notre Sauveur. Ils firent deux tours de bois et plusieurs autres machines. Le duc Godefroi fit faire la sienne, assortie de machines, et le comte Raymond en fit autant. On alla chercher le bois très loin. Voyant les nôtres faire ces machines, les Sarrasins fortifièrent la cité à merveille, renforçant leurs remparts pendant la nuit.

« Repérant l'endroit où la cité fléchissait, nos seigneurs y firent transporter, une nuit de samedi, notre machine et notre tour de bois ; c'était à l'orient. Au point du jour, ils les dressèrent ; ils ajustèrent et équipèrent la tour les dimanche, lundi et mardi. Cependant, dans la zone sud, le comte de Saint-Gilles mettait au point sa machine [...]

« Le vendredi, de grand matin, nous attaquons de toute part la ville sans aucun succès, et nous étions tous dans la stupeur et une terrible angoisse. Mais à l'approche de l'heure à laquelle Notre-Seigneur Jésus-Christ a daigné souffrir pour nous les fourches de la croix, nos chevaliers se battaient vaillamment dans le château placé sous le commandement du duc Godefroi et de son frère, le comte Eustache. C'est alors qu'un de nos chevaliers, nommé Liétaud, escalada le mur de la ville. Peu après qu'il fut monté, tous les défenseurs de la cité s'enfuirent par les remparts et par la cité. Les nôtres les suivirent et les pourchassèrent, tuant et sabrant à plein corps, jusqu'au temple de Salomon. Là, il y eut un tel carnage que les nôtres enfonçaient dans le sang jusqu'aux chevilles [...]

« Une fois entrés dans la cité, nos pèlerins poursuivirent et massacrèrent les Sarrasins jusqu'au temple de Salomon, où ils se rassemblèrent et livrèrent tout le jour aux nôtres un furieux combat. C'était au point que tout le temple ruisselait de leur sang. Enfin, les païens furent réduits. Les nôtres se saisirent dans le temple d'une bonne quantité d'entre eux, mâles et femelles, qu'ils tuèrent ou épargnèrent selon leur bon plaisir. »

(*La Geste des Francs, chronique anonyme de la Première Croisade*, traduit du latin par Aude Matignon, Arléa, 1992.)

ribles. La nourriture manque. Et l'eau qu'il faut aller chercher jusqu'au Jourdain dans des outres de peau. Et le bois des machines de siège que l'on va couper, du côté de Naplouse, dans les rares forêts de Samarie et dont on charge des caravanes de chameaux. Des hommes et des femmes meurent encore. Mais le *moral*, assurent les chroniqueurs, demeure « *très élevé* ». Une fois de plus, d'ailleurs, l'irrationnel vient au secours de l'espérance. Un clerc nommé Pierre Didier assure avoir vu apparaître sous ses yeux le légat Adhémar de Monteil, mort l'année précédente devant Antioche. Les croisés s'enflamment.

Six galères génoises, arrivées opportunément dans le port de Jaffa, fourniront aux barons le matériel et les ouvriers nécessaires à la construction des machines. Deux énormes tours roulantes de trois étages chacune sont bientôt bâties par les Italiens. Toutes deux sont recouvertes de claies doublées de peaux d'animaux qui les protègent du feu. Au prix de mille difficultés, elles seront tirées nuitamment jusqu'aux remparts. L'attaque commence dans la nuit du 13 au 14 juillet. L'assaut général est lancé le 15 à la pointe du jour.

Furieuse bataille...

« *Cris, coups sourds des pierres battant les pierres*, écrivent Pierre Barret et Jean-Noël Gurgand, les auteurs du livre *Si je t'oublie Jérusalem*, *détente sèche des machines, appels des femmes portant de l'eau boueuse aux soldats.* » Le récit de cette journée sera mille fois repris, détaillé, réécrit durant neuf siècles. D'innombrables fresques, vitraux, enluminures et tableaux représenteront cet assaut, les « *clercs en robe blanche brandissant des croix et des prières* ». Ils immortaliseront également le geste de cet obscur chevalier de l'armée lotharingienne, un certain Liétaud, qui, le premier, escalade le mur nord de la ville et prend pied sur les remparts. Il est suivi par deux chevaliers flamands, les frères de Tournai, puis par Godefroi de Bouillon lui-même et son frère Eustache de Boulogne.

Tandis que les défenseurs s'enfuient épouvantés vers l'intérieur de la ville, les chrétiens font sauter les serrures de la porte Saint-Étienne (l'actuelle porte du Lion). Le flot des croisés s'y engouffre. La ville est prise.

Alors survient l'horreur.

Celle dont toutes les chroniques rendront compte avec effroi. Celle dont se lamenteront des générations de chrétiens. Celle que René Grousset appelle « *la faute* », qui déshonore la Croisade et se gravera à tout jamais dans la mémoire musulmane.

Répandus dans la cité, saouls de frayeurs et d'attentes accumulées, les croisés poursuivent et massacrent les musulmans et les juifs qui sont alors alliés. D'abord dans les ruelles, puis dans la mosquée al-Aqsa ou temple de Salomon. « *La ville*, écrit Guillaume de Tyr, *présentait en spectacle un tel carnage d'ennemis que les vainqueurs eux-mêmes ne pouvaient qu'être frappés d'horreur et de dégoût.* » L'Anonyme, quant à lui, utilise une image que l'Histoire retiendra et assure qu'à l'intérieur de la mosquée al-Aqsa « *les nôtres marchaient dans le sang jusqu'aux chevilles* ».

D'autres chroniqueurs évoqueront ces monceaux de cadavres qui, *pendant une semaine entière*, brûleront sous les remparts de la ville. Combien de morts ? Soixante-dix mille affirment les historiens arabes. Chiffre impossible. Vingt mille peut-être... N'est-ce point assez pour parler d'horreur ?

Quelques barons francs, comme Tancrède et Raymond de Saint-Gilles, tentent de s'opposer au massacre. En vain.

Le soir, enfin, hagards, dégrisés, ignobles et magnifiques, les soldats francs courent jusqu'au Saint-Sépulcre et s'y « *laissent choir bras en croix* ». Dans l'une des cryptes, sur un mur mal éclairé, j'ai retrouvé les croix qu'ils ont gravées dans la pierre. Oui, la foi est terrible.

Jérusalem le sait.

XIX

Naplouse (Cisjordanie) : l'Histoire recommencée ?

Neuf siècles ont passé. Voici le bout de ma route.

Oubliées les croisades ? Allons donc ! De Ramallah à Naplouse, partout où je passe maintenant dans ces territoires occupés – et progressivement colonisés – par Israël depuis 1967, les références aux éphémères royaumes latins d'Orient sont plus nombreuses que jamais. Slogans, colères, dernier recours du désespoir : chacun s'accroche à l'idée que le puissant royaume chrétien, théocratique et militaire, fondé par les croisés après la conquête de Jérusalem en 1099, ne dura que quatre-vingt-huit années. Qu'en sera-t-il d'Israël ? Pour les Palestiniens de l'intérieur, soumis à une occupation qui s'est durcie avec le temps, humiliés par les soldats de Tsahal, traqués par les unités spéciales en charge des liquidations, minés en tout cas par le cycle infernal de l'Intifada et convaincus aujourd'hui d'être lâchés par les États arabes, cette convocation de l'Histoire, c'est d'abord une incantation consolatrice. Comme les États croisés, répète-t-on en se réfugiant dans le *temps long*, Israël devra s'intégrer à l'Orient ou disparaître.

Bien sûr, ces allusions aux fatalités historiques sont

courantes dans l'ensemble du monde arabe. Et cela, depuis la fondation même de l'État hébreu, en 1948. Mais ici, dans les frontières de ce que la droite israélienne appelle *Eretz Israël*, elles paraissent de plus en plus violentes, *bombées* rageusement sur les murs de Jérusalem ou de Naplouse, répétées dans les tracts du mouvement Hamas ou sur les affiches qui exhibent, à l'université Al Nadjah de Naplouse, les portraits de gamins-martyrs, abattus par les soldats israéliens. Violentes et sans nuances.

Sauf exception. Il y en a.

Des peuples venus de loin

En mars 1993, à l'université palestinienne de Bir Zeit, à Ramallah (qui fut fermée pendant quatre ans par les Israéliens), un colloque sur les croisades réunissait de nombreux spécialistes arabes et occidentaux. Pour ne point risquer d'envenimer les relations avec le monde chrétien, on évita d'utiliser le mot croisade dans le libellé de cette rencontre. Titre plus anodin : *Les guerres franques et leur influence sur la Palestine.*

Anodin ? Dans son exposé introductif, le vice-président de Bir Zeit, Gabi Baramki, ne dissimula guère le sens qu'il donnait à la réunion. « *La nature de l'occupation israélienne n'est pas seulement coloniale,* affirma-t-il, *c'est une colonisation de peuplement. Or, voici neuf siècles, des peuples sont venus de très loin pour occuper notre terre, massacrer et chasser une partie de notre peuple, s'installer à sa place et créer leur propre État. Durant leur séjour, ils ont laissé une*

« Nous, les Poulains... »

« Nous qui étions occidentaux, nous sommes devenus orientaux ; celui qui était romain ou franc est devenu galiléen ou palestinien, l'habitant de Chartres ou de Reims, tyrien ou antiochien. Nous avons oublié les lieux de notre origine ; plusieurs d'entre nous les ignorent ou même n'en ont jamais entendu parler. Un tel possède ici des maisons en propre et des domestiques comme par droit d'héritage, tel autre a épousé une femme non parmi ses compatriotes, mais syrienne, arménienne, parfois même une Sarrasine baptisée. Un autre a beau-père, belle-mère, gendre, descendance, parenté. Celui-ci a des petits-enfants et neveux. Celui-ci possède des vignes, celui-là des champs. On se sert alternativement des diverses langues du pays ; et les langues jadis parlées à l'exclusion les unes des autres sont devenues communes à tous, et la confiance rapproche les races les plus éloignées. La parole de l'Écriture se vérifie : " *Le lion et le bœuf mangeront au même râtelier.* " Le colon est maintenant devenu presque un indigène ; qui était étranger s'assimile à l'habitant.

« Chaque jour, des parents et des amis viennent d'Occident nous rejoindre. Ils n'hésitent pas à abandonner là-bas tout ce qu'ils possédaient ; car, ceux qui là-bas étaient pauvres, Dieu ici les a rendus riches. Celui qui n'avait que quelques deniers possède ici des trésors. Tel qui chez lui ne jouissait même pas d'une terre possède ici une ville : pourquoi retournerait-il en Occident celui qui en Orient a trouvé une telle fortune ? »

(Fouchers de Chartres, *Histoire du pèlerinage des Francs à Jérusalem*)

empreinte sur le peuple indigène (que l'on songe au nombre de Palestiniens aux yeux bleus) et sur le paysage sous la forme de maisons, de monuments, de châteaux. Mais, en dernière analyse, comme ce fut le cas voici neuf siècles, les peuples et les cultures vont et viennent dans cette partie du monde tandis que le peuple du pays demeure. »

Prolongeant un parallèle désormais convenu, l'universitaire palestinien ajouta quelques mots qui invitaient au compromis en reprenant indirectement la distinction classique entre juifs sépharades et ashkénazes.

« *Aujourd'hui,* dit-il, *nous vivons le même phénomène avec l'arrivée de centaines de milliers de nouveaux immigrants venus de Russie et d'ailleurs. Ils espèrent trouver ici une vie meilleure. Ceux qui ont organisé leur arrivée leur ont promis la fin des persécutions. Dans le même temps, les gens d'ici sont ignorés, méprisés, chassés de leurs terres. Il faut déduire de cette comparaison que les peuples venus du Nord devront cette fois s'intégrer à la région. Autrement, à la fin, ils décideront de partir. Cette intégration dans la région n'est pas impossible. Il y a des exemples. Mais ces exemples ne sont pas pris en compte par la génération actuelle de colons.* »

Gabi Baramki murmura enfin, comme bien d'autres avant lui : « *L'Histoire se répète.* »

Des colonies-forteresses

L'Histoire se répète... Dans les territoires occupés, la formule est surtout une profession de foi. Mais garde-t-elle un sens ? Pose-t-elle un question sérieuse ? Je pensais à cela en reprenant – vingt ans après – les routes de Cisjordanie. J'étais là, en effet, au moment de la guerre d'octobre (1973), puis dans les années qui suivirent. A l'époque, déjà, les Palestiniens fondaient leurs espoirs sur une défaite future – voire une disparition – de l'État d'Israël. Mais l'occupation israélienne, alors, n'avait que six ans. Elle se voulait précautionneuse et relativement douce. Je garde en mémoire mille conversations avec de jeunes officiers ou réservistes de Tsahal qui ne dissimulaient point leur répugnance à jouer le rôle d'occupants.

Les choses ont bien changé.

De Jérusalem à Ramallah et Naplouse, le sommet des collines a été raboté au bulldozer et coiffé par ces colonies-forteresses, ces lotissements-ghettos barricadés sur lesquels flotte le drapeau israélien. Le mot implantation rend mal compte de cette étrange réalité : une violence faite au paysage, un pays bis, avec ses propres routes, ses itinéraires fléchés, ses colons armés ; un rajout de pierres et de béton plaqué sur le pays réel. Cent vingt à cent cinquante mille colons au total, dont les deux tiers autour de Jérusalem. Un fait accompli dont les intellectuels de Bir Zeit avaient beau jeu de souligner, en mars 1993, à quel point il rappelle le temps des croisades. « *Voici des siècles,* souligna-t-on durant le colloque, *les mini-États des croisés ont surgi dans le paysage, avec leurs châteaux et leurs forteresses. Leurs monuments n'avaient aucune part à ce qu'on pourrait appeler le paysage culturel. Aujourd'hui, nous voyons partout les implantations, avec leur protection électronique. Elles aussi sont artificielles. Elles ont été installées par la force et en faisant violence à la nature humaine.* »

Mais cette violence nouvelle, qui rôde continûment dans les territoires occupés, ne vise pas seulement le paysage. Les soldats israéliens que je rencontre, pris au piège de l'Intifada – provocation, répression – ont acquis des manières brutales, bien différentes de celles d'il y a vingt ans. Les plus sensibles d'entre eux s'effraient à voix haute (ils l'écrivent parfois) de cette funeste métamorphose de Tsahal, si peu conforme à l'idéal sioniste : des soldats juifs agissant désormais comme le faisaient les paras de la Légion étrangère dans la Casbah d'Alger et ne répugnant pas à torturer. (« Israël a perdu son âme », répètent les intellectuels proches du mouvement « La Paix maintenant ».) Dans l'autre camp, on me parle d'humiliations quotidiennes et gratuites, de mépris, voire du racisme ordurier des colons. Autant de dérives à peine atténuées depuis l'arrivée des travaillistes au pouvoir.

Parmi les Palestiniens, ceux-là mêmes que j'avais connus modérés et ouverts au dialogue confessent aujourd'hui ne plus y croire. A Ramallah, dans cette ville devenue trouble et sale comme une prison, un jeune avocat palestinien, Rajah Schehadé, me reçoit à son bureau. Voilà dix ans, il avait publié en France, sous le titre *Tenir bon*, un beau livre patient et doux. La suite de ce *journal*, qui vient de paraître en anglais – *The Sealed Room* –, exprime cette fois un désespoir plus sombre et une tentation avouée pour la révolte.

Bien peu de Palestiniens, parmi ceux que je rencontre, croient sérieusement aux pourparlers de paix. Au contraire. Depuis mars 1993, la *fermeture* des territoires, décrétée par les autorités israéliennes, précipite leurs habitants dans un dédale de formalités kafkaïennes et multiplie les occasions d'humiliation. L'avenir est plus opaque que jamais. Le grand refus islamiste gagne du terrain. Le mot *djihâd* ne fait plus sourire personne. Quant au souvenir des contre-croisades victorieuses, lancées contre les Francs aux XIIe et XIIIe siècles, celles de Saladin ou des Mamelouks, jamais il n'avait été autant rabâché.

Mais il faut élargir le champ !

Cet énorme refus...

Comment exprimer cela en peu de mots ? On ne conclut pas un reportage sur la route des croisades. Ce serait absurde. *La bêtise consiste à vouloir conclure,* a écrit Flaubert. Mais s'il faut récapituler en quelque phrases ce que l'on retient d'un si long périple, alors une évidence s'impose : c'est cet énorme refus de l'Occident qui monte comme une rumeur tout autour de la Méditerranée. Il faudrait être sourd pour ne point l'entendre. Et inconséquent pour le ramener à une agitation groupusculaire.

En Turquie, le renouveau de l'islam et la remise en question du kémalisme ne mobilisent pas que des illuminés et des poseurs de bombes. Ils occupent aussi beaucoup d'intellectuels diplômés, de sociologues ou de juristes formés aux États-Unis. Tous sont soucieux de « réconcilier, comme il disent, l'islam avec la modernité ». Certes, leur projet à eux n'est pas terroriste, ni même radical. Mais il exprime le clair refus d'une occidentalisation à sens unique.

Au Liban, la dernière force politique organisée, présente sur le terrain social et militaire, c'est le Hezbollah pro-iranien. Ce mouvement, lui non plus, n'enrôle pas que des jeunes chi'ites déracinés et des miliciens analphabètes. On y trouve d'anciens militants d'extrême-gauche, venus du marxisme ou du baasisme. L'un d'eux me confiait : « Les islamistes sont désormais les seuls à s'intéresser aux pauvres. »

En Syrie, comme on le sait, les islamistes sont discrets, mais c'est parce que la terreur d'État ne s'embarasse pas de scrupules : plus de dix mille civils tués à Hama en 1982 par les soldats d'Hafez el-Assad. Les fondamentalistes syriens referont certainement surface à la première occasion.

Dans les territoires occupés, de Gaza à Naplouse, la représentativité de l'OLP est irrésistiblement grignotée par le mouvement Hamas dont les Israéliens avaient cru habile, voici quelques années, de favoriser l'émergence. Ces islamistes-là ne s'en prennent pas seulement à Israël en tant que tel mais aussi à ce qu'il incarne à leurs yeux : la culture occidentale. Pendant la guerre du Golfe, des slogans rageurs avaient été bombés sur les murs de l'antenne culturelle française de Naplouse : « *We don't want your culture !* ». En juin 1993, les organismes culturels occidentaux de Jérusalem ont reçu, par la poste, des lettres répétant la même menace. Et partout, sur ma route, cette question obsédante : que va-t-il advenir en Égypte où, face à la violence folle des islamistes, le régime Moubarak se crispe dans la corruption et la terreur officielle.

Un immense refus ?

C'est le vide laissé par l'effondrement du communisme qui favorise, bien sûr, ces mobilisations identitaires derrière l'islam. Normal. Qu'était, en effet, le camp socialiste sinon une vision alternative de la modernité, le recours possible – et rêvé – à une autre forme d'occidentalisation ? « *Le marxisme est une ruse de l'Histoire pour occidentaliser le tiers monde* », disait déjà Claude Lévi-Strauss dans les années 70. L'Histoire, désormais, n'a plus les moyens de ruser. Elle laisse en pleine trajectoire de collision deux mouvements exclusifs : l'américanisation accelérée et son refus, le syndrome *CNN* contre les prêcheurs de mosquées.

Cette configuration n'est pas si éloignée, au fond, de celle qui voyait s'affronter, dans l'Orient des croisades, deux religions *totales*. Certes, il existe dans tous ces pays des élites acquises à la modernité et imperméables au fanatisme religieux. L'ennui, c'est qu'aujourd'hui, en Méditerranée, le choix de la modernité est rarement incarné par des régimes dévoués aux lumières, à la liberté et au droit. Partout, j'ai noté l'embarras – pour ne pas dire plus – des militants progressistes qui s'effraient des progrès du fondamentalisme mais se trouvent pris, en quelque sorte, entre la peste du fanatisme islamique et le choléra du *statu quo*. Et quel *statu quo* ! Féodalité archaïque à Ryad, dictature cynique à Damas – mais bénéficiant de la mansuétude occidentale depuis le ralliement d'Assad à la guerre du Golfe –, corruption décourageante au Caire, entêtement colonisateur à Jérusalem, protectorat brutal à Beyrouth, etc.

Comme au pire temps des croisades et des contre-croisades, en somme, les modérés, les raisonnables, les adversaires de la violence et de l'obscurantisme se trouvent progressivement repoussés vers les marges.

Le débat du croisé

Dans un poème célèbre du XIIIe siècle, Rutebeuf imagine un débat opposant deux
décroisé se déclarera

XVI

Seigneur qui prêchez la croisade
Souffrez que moi je m'en abstienne.
Prêchez à ces hauts couronnés,
Ces grands doyens et ces prélats
Tous ceux à qui Dieu s'abandonne
Et qui ont bien-être en ce monde.
Ce jeu est trop mal ordonné
Qui toujours nous prend en ses lacs.

XVII

Clercs et prélats doivent venger
La honte Dieu, puisque ont ses rentes.
Ils ont à boire et à manger
Et ne leur chaut qu'il pleuve ou vente.
Le siècle est pour lors à leur gré.
Aillent à Dieu par cette sente,
Seraient fous d'en vouloir changer
Car c'est de toutes la plus gente.

XVIII

– Laisse clercs et prélats en paix
Et te prends garde au roi de France
Qui pour paradis conquérir
Veut mettre son corps en balance
Et prêter ses enfants à Dieu :
Ce prêt n'est pas petite affaire !
Et tu vois qu'il veut s'apprêter
Pour faire ce que je te dis.

XIX

De demeurer en son royaume
Le roi a plus que nous raisons,
Qui de son corps veut honorer
Celui que pour Seigneur tenons,
Qui en croix se laissa meurtrir.
Si pour le servir ne peinons,
Hélas ! Trop aurons à pleurer,
Car trop folle vie nous menons.

et du décroisé

*chevaliers ; l'un hostile et l'autre favorable aux croisades. Précisons qu'*in fine *le convaincu par les arguments du croisé.*

XX

– Je veux entre mes voisins vivre
Me réjouir et vivre à l'aise.
Vous irez outre la mer paître,
Vous qui pouvez porter grand faix.
Dites au sultan votre maître
Que je prends pour peu ses menaces.
Qu'il vienne et il me trouvera,
Mais n'irai là-bas le chasser.

XXI

Je ne fais nul tort à nul homme,
Personne ne se plaint de moi.
Me couche tôt et dors grand somme,
Et tiens mes voisins à amour.
Je crois par Saint-Pierre de Rome
Qu'il vaudrait mieux que je demeure
Que d'autrui prendre quelque bien
Dont je serais en grande crainte.

XXII

– Tu veux ici vivre à ton aise :
Sais-tu si tu vivras assez ?
Dis-moi si tu sais en quel livre
On mesure avec foi la vie.
Mange, bois et même t'enivre,
Le mauvais se lasse de peu.
C'est tout un, il le faut savoir,
Que vie d'homme ou bien œufs cassés.

XXIII

Las ! Tu te plains, la mort te chasse,
Qui tôt te prendra en ses lacs.
Sur ta tête elle tient sa masse.
Vieux et jeunes ont même prix.
Elle a tôt fait de pied béquille,
Et tu as tant vers Dieu péché !
Au moins suis un peu le chemin
Où les bons gagnent los et prix.

Quant aux appels renouvelés à l'Histoire, qui pourrait les juger de bon augure ?

Une greffe culturelle

Les Arabes, à vrai dire, ne sont pas les seuls à s'intéresser, avec une énergie particulière, au souvenir des royaumes francs des XIIe et XIIIe siècles et aux leçons qu'on peut en tirer. Une bonne partie des travaux récents sur cette période sont le fait d'historiens et chercheurs israéliens. La somme la plus neuve et la plus complète consacrée aux croisades fut écrite en hébreu. Il s'agit de l'ouvrage monumental en deux volumes de Joshua Prawer : *Histoire du royaume latin de Jérusalem* (traduit en 1975 aux éditions du CNRS). Il est vrai qu'entre les deux situations que séparent neuf siècles les parallèles ne manquent pas.

Comme Israël, les royaumes francs, à peine installés, durent résister à d'innombrables contre-croisades. Ces royaumes furent ainsi condamnés à demeurer en permanence l'arme au pied. Comme Israël, ils représentaient une greffe – culturelle et politique – occidentale dans un univers hostile. Certes, dès la deuxième génération, les Francs de Jérusalem, d'Édesse ou d'Antioche s'étaient passablement orientalisés. Les gravures d'époque montrent les souverains latins parés de magnificence, avec des vêtements et des turbans empruntés aux traditions locales. Une identité culturelle spécifique, analogue à celle des pieds-noirs d'Algérie, commença même d'émerger avec les fameux

Poulains (Francs nés en Orient) parlant arabe, entretenant avec le monde islamique des relations d'où la connivence n'était pas absente. Mais cette orientalisation des Francs demeura superficielle.

Comme Israël, d'ailleurs, les royaumes latins profitaient de l'appui permanent d'une puissante diaspora chrétienne. Un appui militaire, certes, puisque les croisades ultérieures furent destinées à secourir les États francs menacés. Mais aussi un appui financier, assez comparable à celui dont bénéficie l'État hébreu de la part des États-Unis et de la diaspora. Les ordres militaires, créés par les Francs pour assurer la défense des pèlerins (Templiers, Hospitaliers...), drainaient, au XIIe siècle, des sommes d'argent si considérables qu'elles furent à l'origine du mécanisme de la compensation bancaire.

Comme Israël, encore, les rois francs furent obsédés par les questions de démographie et d'infériorité numérique. Dès la prise de Jérusalem, en effet, la plupart des pèlerins et chevaliers rentrèrent en Europe. C'est avec des effectifs squelettiques – quelques centaines de cavaliers – que les souverains latins durent repousser, inlassablement, les attaques arabes et turques. Jamais, à aucun moment, une immigration significative ne leur permit de « coloniser » le pays au sens moderne du terme. Comme Israël, enfin, les États francs bénéficièrent des divisions continuelles du monde arabe, ce que René Grousset appelle « *l'anarchie musulmane* ».

On pourrait prolonger à l'infini ce parallèle. Il est

éloquent. Mais jusqu'à un certain point. Les Francs n'avaient aucun droit historique sur la Terre sainte. Ils n'étaient pas en quête d'un foyer national, puis d'un État-refuge. Mais surtout, eux n'avaient point connu, au-dehors, la persécution et l'holocauste. Au XIe siècle, il n'y avait nulle part dans le monde de mémorial comparable à Yad Vachem, ce mausolée de la Shoah où, revenu à Jérusalem, je termine évidemment ce voyage.

Dans le silence.

Quelques dettes...

Pour préparer ce voyage, j'ai lu et dépouillé, bien sûr, quantité de livres mais aussi de dossiers divers et articles de revues. On trouvera ici non point une véritable bibliographie (plus de trois mille ouvrages ont été consacrés aux croisades), mais un relevé sommaire de mes dettes les plus lourdes.

– *La Geste des Francs, chronique anonyme de la Première Croisade,* traduit du latin par Aude Matignon, Arléa, 1992.

– René Grousset, *Histoire des croisades et du royaume franc de Jérusalem*, (trois vol.), réédition chez Perrin, 1991.

– Joshua Prawer, *Histoire du royaume latin de Jérusalem*, éditions du CNRS, 1975.

– Pierre Barret et Jean-Noël Gurgand, *Si je t'oublie Jérusalem,* Hachette, 1981.

– Régine Pernoud, *Les Hommes de la Croisade,* Fayard, 1982.

– Pierre Willemart, *Pour Jérusalem : croisade et djihâd*, Félin, 1989.

– Edgar Weber et Georges Reynaud, *Croisade d'hier, djihâd d'aujourd'hui*, Cerf, 1990.

– Amin Maalouf, *Les Croisades vues par les Arabes,* J'ai lu, 1992.

– Cécile Morisson, *Les Croisades*, P.U.F, « Que sais-je ? », 1969.

– Paul Rousset, *Histoire d'une idéologie, la Croisade,* L'Age d'Homme, 1983.

– Jean Richard, *L'Esprit de la Croisade*, Cerf, 1970.

– *Les Croisades,* Le Seuil, 1982.

– Francesco Gabrielli, *Chroniques arabes des croisades,* Sindbad, 1986.

– Georges Bordonove, *Les Croisades et le royaume de Jérusalem*, Pygmalion, 1992.

– Antony Bridge, *Les Croisades,* Denoël.

– Alphonse Dupront, *Du sacré : croisades et pèlerinages*, Gallimard, 1987.

– Georges Tate, *L'Orient des croisades,* Gallimard, 1992.

– Claude Cahen, *Orient et Occident au temps des croisades,* Aubier, 1992.

– Paul Alphandéry, *La Chrétienté et l'idée de croisade*, Albin Michel, 1954.

TABLE

IMPRIMERIE B.C.I. À SAINT-AMAND (CHER)
DÉPÔT LÉGAL MAI 1995. N° 24676 (4/383)

Collection Points

DERNIERS TITRES PARUS

R510. Madrapour, *par Robert Merle*
R511. Ménage à quatre, *par Manuel Vázquez Montalbán*
R512. Tremblement de cœur, *par Denise Bombardier*
R513. Monnè, Outrages et Défis, *par Ahmadou Kourouma*
R514. L'Ultime Alliance, *par Pierre Billon*
R515. Le Café des fous, *par Felipe Alfau*
R516. Morphine, *par Mikhaïl Boulgakov*
R517. Le Fou du tzar, *par Jaan Kross*
R518. Wolf et Doris, *par Martin Walser*
R519. La Course au mouton sauvage, *par Haruki Murakami*
R520. Adios Schéhérazade, *par Donald Westlake*
R521. Les Feux du Bengale, *par Amitav Ghosh*
R522. La Spéculation immobilière, *par Italo Calvino*
R523. L'homme qui parlait d'Octavia de Cadix
par Alfredo Bryce-Echenique
R524. V., *par Thomas Pynchon*
R525. Les Anges rebelles, *par Robertson Davies*
R526. Nouveaux Contes de Bustos Domecq
par Jorge Luis Borges et Adolfo Bioy Casares
R527. Josepha, *par Christopher Frank*
R528. L'Amour sorcier, *par Louise Erdrich*
R529. L'Europe mordue par un chien, *par Christophe Donner*
R530. Les hommes qui ont aimé Evelyn Cotton
par Frank Ronan
R531. Agadir, *par Mohammed Khaïr-Eddine*
R532. Brigitta, *par Adalbert Stifter*
R533. Lune de miel et d'or, *par David Shahar*
R534. Histoires de vertige, *par Julien Green*
R535. Voyage en France, *par Henry James*
R536. La Femme de chambre du Titanic, *par Didier Decoin*
R537. Le Grand Partir, *par Henri Gougaud*
R538. La Boîte noire, *par Jean-Luc Benoziglio*
R539. Le Prochain sur la liste, *par Dan Greenburg*
R540. Topkapi, *par Eric Ambler*
R541. Hôtel du lac, *par Anita Brookner*
R542. L'Aimé, *par Axel Gauvin*

R543. Vends maison, où je ne veux plus vivre
par Bohumil Hrabal
R544. Enquête sous la neige, *par Michael Malone*
R545. Sérénissime, *par Frédéric Vitoux*
R546. Fleurs de ruine, *par Patrick Modiano*
R547. Les Girls du City-Boum-Boum, *par Vassilis Alexakis*
R548. Les Rives du fleuve Bleu, *par Emmanuel Roblès*
R549. Le Complexe polonais, *par Tadeusz Konwicki*
R550. La Patte du scarabée, *par John Hawkes*
R551. Sale Histoire, *par Eric Ambler*
R552. Le Silence des pierres, *par Michel del Castillo*
R553. Une rencontre en Westphalie, *par Günter Grass*
R554. Ludo & Compagnie, *par Patrick Lapeyre*
R555. Les Calendes grecques, *par Dan Franck*
R556. Chaque homme dans sa nuit, *par Julien Green*
R557. Nous sommes au regret de..., *par Dino Buzzati*
R558. La Bête dans la jungle, *par Henry James*
R559. Nouvelles démesurées, *par Adolfo Bioy Casares*
R560. Sylvie et Bruno, *par Lewis Carroll*
R561. L'Homme de Kiev, *par Bernard Malamud*
R562. Le Brochet, *par Eric Ambler*
R563. Mon valet et moi, *par Hervé Guibert*
R564. Les Européens, *par Henry James*
R565. Le Royaume enchanté de l'amour, *par Max Brod*
R566. Le Fou noir *suivi de* Le Poing fermé, *par Arrigo Boito*
R567. La Fin d'une époque, *par Evelyn Waugh*
R568. Franza, *par Ingeborg Bachmann*
R569. Les Noces dans la maison, *par Bohumil Hrabal*
R570. Journal, *par Jean-René Huguenin*
R571. Une saison ardente, *par Richard Ford*
R572. Le Dernier Été des Indiens, *par Robert Lalonde*
R573. Beatus Ille, *par Antonio Muñoz Molina*
R574. Les Révoltés de la « Bounty »
par Charles Nordhoff et James Norman Hall
R575. L'Expédition, *par Henri Gougaud*
R576. La Loi du capitaine, *par Mike Nicol*
R577. La Séparation, *par Dan Franck*
R578. Voyage autour de mon crâne, *par Frigyes Karinthy*
R579. Monsieur Pinocchio, *par Jean-Marc Roberts*
R580. Les Feux, *par Raymond Carver*
R581. Mémoires d'un vieux crocodile
par Tennessee Williams

R582. Patty Diphusa, la Vénus des lavabos
par Pedro Almodóvar
R583. Le Voyage de Hölderlin en France
par Jacques-Pierre Amette
R584. Les Noms, *par Don DeLillo*
R585. Le Châle, *par Cynthia Ozick*
R587. Liberté pour les ours !, *par John Irving*
R588. Mr. Stone, *par V. S. Naipaul*
R589. Loin de la troupe, *par Heinrich Böll*
R590. Dieu et nous seuls pouvons, *par Michel Folco*
R591. La Route de San Giovanni, *par Italo Calvino*
R592. En la forêt de longue attente, *par Hella S. Haasse*
R593. Lewis Percy, *par Anita Brookner*
R594. L'Affaire D., *par Charles Dickens*
Carlo Fruttero et Franco Lucentini
R595. La Pianiste, *par Elfriede Jelinek*
R596. Un air de famille, *par Michael Ondaatje*
R597. L'Ile enchantée, *par Eduardo Mendoza*
R598. Vineland, *par Thomas Pynchon*
R599. Jolie, la fille !, *par André Dubus*
R600. Le Troisième Mensonge, *par Agota Kristof*
R602. Le Déménagement, *par Jean Cayrol*
R603. Arrêt de jeu, *par Dan Kavanagh*
R605. La Belle Affaire, *par T. C. Boyle*
R606. La Rivière du sixième jour, *par Norman Maclean*
R607. Le Tarbouche, *par Robert Solé*
R609. Une femme en soi, *par Michel del Castillo*
R610. Le Parapluie jaune, *par Elsa Lewin*
R611. L'Amateur, *par André Balland*
R612. Le Suspect, *par L. R. Wright*
R613. Le Tueur des abattoirs, *par Manuel Vázquez Montalbán*
R614. Mémoires du Capitán Alonso de Contreras
par Alonso de Contreras
R615. Colère, *par Patrick Grainville*
R616. Le Livre de John, *par Michel Braudeau*
R617. Faux Pas, *par Michel Rio*
R618. Quelqu'unbis est mort, *par Jean-Luc Benoziglio*
R619. La Vie, quelque part, *par Anita Brookner*
R620. Iblis ou la Défroque du serpent, *par Armande Gobry-Valle*
R621. Fin de mission, *par Heinrich Böll*
R622. Les Mains vides, *par Maurice Genevoix*
R623. Un amour de chat, *par Frédéric Vitoux*

R624. Johnny s'en va-t-en guerre, *par Dalton Trumbo*
R625. La Remontée des cendres, *par Tahar Ben Jelloun*
R626. L'Enfant chargé de songes, *par Anne Hébert*
R628. La Terre et le Sang, *par Mouloud Feraoun*
R629. Le Cimetière des fous, *par Dan Franck*
R630. Cytomégalovirus, *par Hervé Guibert*
R631. La Maison Pouchkine, *par Andreï Bitov*
R632. La Mémoire brûlée, *par Jean-Noël Pancrazi*
R633. Le taxi mène l'enquête, *par Sam Reaves*
R634. Les Sept Fous, *par Roberto Arlt*
R635. La Colline rouge, *par France Huser*
R636. Les Athlètes dans leur tête, *par Paul Fournel*
R637. San Camilo 1936, *par Camilo José Cela*
R638. Galíndez, *par Manuel Vázquez Montalbán*
R639. China Lake, *par Anthony Hyde*
R640. Tlacuilo, *par Michel Rio*
R641. L'Élève, *par Henry James*
R642. Aden, *par Anne-Marie Garat*
R644. Dis-moi qui tuer, *par V. S. Naipaul*
R645. L'Arbre d'amour et de sagesse, *par Henri Gougaud*
R646. L'Étrange Histoire de Sir Hugo et de son valet Fledge *par Patrick McGrath*
R647. L'Herbe des ruines, *par Emmanuel Roblès*
R648. La Première Femme, *par Nedim Gürsel*
R649. Les Exclus, *par Elfriede Jelinek*
R650. Providence, *par Anita Brookner*
R651. Les Nouvelles Mille et Une Nuits, vol. 1 *par Robert Louis Stevenson*
R652. Les Nouvelles Mille et Une Nuits, vol. 2 *par Robert Louis Stevenson*
R653. Les Nouvelles Mille et Une Nuits, vol. 3 *par Robert Louis Stevenson*
R654. 1492. Mémoires du Nouveau Monde, *par Homero Aridjis*
R655. Lettres à Doubenka, *par Bohumil Hrabal*
R657. Cassandra, *par John Hawkes*
R658. La Fin des temps, *par Haruki Murakami*
R659. Mémoires d'un nomade, *par Paul Bowles*
R660. La Femme du boucher, *par Li Ang*
R661. Anaconda, *par Horacio Quiroga*
R662. Le Polygone étoilé, *par Kateb Yacine*
R663. Je ferai comme si je n'étais pas là, *par Christopher Frank*
R664. Le Divin Enfant, *par Pascal Bruckner*

R665. Un homme remarquable, *par Robertson Davies*
R666. Une sécheresse à Paris, *par Alain Chany*
R667. Charles et Camille, *par Frédéric Vitoux*
R668. Les Quatre Fils du Dr March, *par Brigitte Aubert*
R669. 33 Jours, *par Léon Werth*
R670. La Mort à Veracruz, *par Héctor Aguilar Camín*
R671. Le Bâtard de Palerme, *par Luigi Natoli*
R672. L'Ile du lézard vert, *par Eduardo Manet*
R673. Juges et Assassins, *par Michael Malone*
R674. L'Enfant de Port-Royal, *par Rose Vincent*
R675. Amour et Ordures, *par Ivan Klíma*
R676. Rue de la Cloche, *par Serge Quadruppani*
R677. Les Dunes de Tottori, *par Kyotaro Nishimura*
R678. Lucioles, *par Shiva Naipaul*
R679. Tout fout le camp !, *par Dan Kavanagh*
R680. Les Sept Solitudes de Lorsa Lopez, *par Sony Labou Tansi*
R681. Le Bout du rouleau, *par Richard Ford*
R682. Hygiène de l'assassin, *par Amélie Nothomb*
R683. Le Crime des pères, *par Michel del Castillo*
R684. Les Adieux, *par Dan Franck*
R686. Annam, *par Christophe Bataille*
R687. L'Homme de la passerelle, *par Isabelle Jarry*
R688. Bambini, *par Bertrand Visage*
R689. Nom de code : Siro, *par David Ignatius*
R690. Paradis, *par Philippe Sollers*
R691. Le Quinconce, vol. 1, *par Charles Palliser*
R692. Le Quinconce, vol. 2, *par Charles Palliser*
R693. Rituels, *par Cees Nooteboom*
R694. Félidés, *par Akif Pirinçci*
R695. Le Trouveur de feu, *par Henri Gougaud*
R696. Dumala, *par Eduard von Keyserling*
P1. Cent Ans de solitude, *par Gabriel García Márquez*
P2. Le Chevalier inexistant, *par Italo Calvino*
P3. L'Homme sans qualités, tome 1, *par Robert Musil*
P4. L'Homme sans qualités, tome 2, *par Robert Musil*
P5. Le Monde selon Garp, *par John Irving*
P6. Les Désarrois de l'élève Törless, *par Robert Musil*
P7. L'Enfant de sable, *par Tahar Ben Jelloun*
P8. La Marche de Radetzky, *par Joseph Roth*
P9. Trois Femmes *suivi de* Noces, *par Robert Musil*
P10. Un Anglais sous les tropiques, *par William Boyd*
P11. Grand Amour, *par Erik Orsenna*

P12. L'Invention du monde, *par Olivier Rolin*
P13. Rastelli raconte..., *par Walter Benjamin*
P14. Ce qu'a vu le vent d'ouest, *par Fruttero & Lucentini*
P15. L'Appel du crapaud, *par Günter Grass*
P16. L'Appât, *par Morgan Sportès*
P17. L'Honneur de Saint-Arnaud, *par François Maspero*
P18. L'Héritage empoisonné, *par Paul Levine*
P19. Les Égouts de Los Angeles, *par Michael Connelly*
P20. L'Anglais saugrenu, *par Jean-Loup Chiflet*
P21. Jacques Chirac, *par Franz-Olivier Giesbert*
P22. Questions d'adolescents, *par Christian Spitz*
P23. Les Progrès du progrès, *par Philippe Meyer*
P24. Le Paradis des orages, *par Patrick Grainville*
P25. La Rage au cœur, *par Gérard Guégan*
P26. L'Homme flambé, *par Michael Ondaatje*
P27. Ça n'est pas pour me vanter, *par Philippe Meyer*
P28. Notre homme, *par Louis Gardel*
P29. Mort en hiver, *par L. R. Wright*
P30. L'Exposition coloniale, *par Erik Orsenna*
P31. La Dame du soir, *par Dan Franck*
P32. Le Monde du bout du monde, *par Luis Sepúlveda*
P33. Brazzaville Plage, *par William Boyd*
P34. Les Nouvelles Confessions, *par William Boyd*
P35. Comme neige au soleil, *par William Boyd*
P36. Hautes Trahisons, *par Félix de Azúa*
P37. Dans la cage, *par Henry James*
P38. L'Année du déluge, *par Eduardo Mendoza*
P39. Pluie et Vent sur Télumée Miracle
par Simone Schwarz-Bart
P40. Paroles malvenues, *par Paul Bowles*
P41. Le Grand Cahier, *par Agota Kristof*
P42. La Preuve, *par Agota Kristof*
P43. La Petite Ville où le temps s'arrêta, *par Bohumil Hrabal*
P44. Le Tunnel, *par Ernesto Sabato*
P45. La Galère : jeunes en survie, *par François Dubet*
P46. La Ville des prodiges, *par Eduardo Mendoza*
P47. Le Principe d'incertitude, *par Michel Rio*
P48. Tapie, l'homme d'affaires, *par Christophe Bouchet*
P49. L'Homme Freud, *par Lydia Flem*
P50. La Décennie Mitterrand
1. Les ruptures
par Pierre Favier et Michel Martin-Roland

P51. La Décennie Mitterrand
2. Les épreuves
par Pierre Favier et Michel Martin-Roland
P52. Dar Baroud, *par Louis Gardel*
P53. Vu de l'extérieur, *par Katherine Pancol*
P54. Les Rêves des autres, *par John Irving*
P55. Les Habits neufs de Margaret
par Alice Thomas Ellis
P56. Les Confessions de Victoria Plum, *par Anne Fine*
P57. Histoires de faire de beaux rêves, *par Kaye Gibbons*
P58. C'est la curiosité qui tue les chats, *par Lesley Glaister*
P59. Une vie bouleversée, *par Etty Hillesum*
P60. L'Air de la guerre, *par Jean Hatzfeld*
P61. Piaf, *par Pierre Duclos et Georges Martin*
P62. Lettres ouvertes, *par Jean Guitton*
P63. Trois Kilos de café, *par Manu Dibango*
en collaboration avec Danielle Rouard
P64. L'Ange aveugle, *par Tahar Ben Jelloun*
P65. La Lézarde, *par Édouard Glissant*
P66. L'Inquisiteur, *par Henri Gougaud*
P67. L'Étrusque, *par Mika Waltari*
P68. Leurs mains sont bleues, *par Paul Bowles*
P69. Contes d'amour, de folie et de mort
par Horacio Quiroga
P70. Le vieux qui lisait des romans d'amour
par Luis Sepúlveda
P71. Rumeurs, *par Jean-Noël Kapferer*
P72. Julia et Moi, *par Anita Brookner*
P73. Déportée à Ravensbruck
par Margaret Buber-Neumann
P74. Meurtre dans la cathédrale, *par T. S. Eliot*
P75. Chien de printemps, *par Patrick Modiano*
P76. Pour la plus grande gloire de Dieu
par Morgan Sportès
P77. La Dogaresse, *par Henri Sacchi*
P78. La Bible du hibou, *par Henri Gougaud*
P79. Les Ivresses de Madame Monro, *par Alice Thomas Ellis*
P80. Hello, Plum !, *par Pelham Grenville Wodehouse*
P81. Le Maître de Frazé, *par Herbert Lieberman*
P82. Dans la peau d'un intouchable, *par Marc Boulet*
P83. Entre le ciel et la terre, *par Le Ly Hayslip*
(avec la collaboration de Charles Jay Wurts)

P84. Sur la route des croisades, *par Jean-Claude Guillebaud*
P85. L'Homme sans postérité, *par Adalbert Stifter*
P86. Le Nez de Mazarin, *par Anny Duperey*
P87. L'Alliance, tome 1, *par James A. Michener*
P88. L'Alliance, tome 2, *par James A. Michener*
P89. Regardez-moi, *par Anita Brookner*
P90. Si par une nuit d'hiver un voyageur, *par Italo Calvino*
P91. Les Grands Cimetières sous la lune
par Georges Bernanos
P92. Salut Galarneau !, *par Jacques Godbout*
P93. Liaisons étrangères, *par Alison Lurie*
P94. American Psycho, *par Bret Easton Ellis*
P95. Vingt Ans et des poussières
par Didier van Cauwelaert
P96. Un week-end dans le Michigan
par Richard Ford
P97. Jules et Jim, *par François Truffaut*
P98. L'Hôtel New Hampshire, *par John Irving*
P99. Liberté pour les ours !, *par John Irving*
P100. Heureux Habitants de l'Aveyron et des autres départements français, *par Philippe Meyer*
P101. Les Égarements de Lili, *par Alice Thomas Ellis*
P102. Le Maître d'escrime, *par Arturo Pérez-Reverte*
P103. Cadavres incompatibles, *par Paul Levine*
P104. La Rose de fer, *par Brigitte Aubert*
P105. La Balade entre les tombes, *par Lawrence Block*
P106. La Villa des ombres, *par David Laing Dawson*
P107. La Traque, *par Herbert Lieberman*
P108. Meurtres à cinq mains, *par Jack Hitt*
avec Lawrence Block, Sarah Caudwell,
Tony Hillerman, Peter Lovesey, Donald E. Westlake
P109. Hygiène de l'assassin, *par Amélie Nothomb*
P110. L'Amant sans domicile fixe
par Carlo Fruttero et Franco Lucentini
P111. La Femme du dimanche
par Carlo Fruttero et Franco Lucentini
P112. L'Affaire D., *par Charles Dickens,*
Carlo Fruttero et Franco Lucentini
P113. La Nuit sacrée, *par Tahar Ben Jelloun*
P114. Sky my wife ! Ciel ma femme !
par Jean-Loup Chiflet
P115. La Barbare, *par Katherine Pancol*